어게인

< 야.내.꺼.자.까 .이.야.기 >

< 야, 네가 꺼져야지, 이 정신 나간 여자야! >

어게인 ♂Again‥♀

Again‥‥

Again‥‥

Again‥‥

Again‥‥

징검다리

프롤로그

1902년 독일의 한 작은마을 _
뜨거운 불길 속에 한 성당이 불타고 있다.
처절하게 들려오는 여자의 비명소리 _
그에 비해 밖에서 들려오는 함성 _

"와아아… 와아아…"

"용서하지 않겠어. 너희도… 사강을 뺏어간 너도….”
주변이 온통… 적붉은 핏빛으로 물들여진다.
……

"후후 이제 계약을 할텐가?…"

"좋아, 하겠어요."

"크크… 그럴 줄 알았다. 대신 영혼은… 알겠지?"

소름끼치는 웃음소리가 울려 퍼지며 불길이 점점 사그러든다.

그리고 _

마을 사람들이 잿더미가 된 교회를 찾았지만 그들이 그렇게 태워버렸던 여자의 시체는 찾을 수가 없었다.

사람의 인연의 실은 끊어지지 않는 이상 항상 이어져 있어서 만나야 할 사람들은 꼭 만난다고 합니다.

하지만

가끔 하나님의 실수로 만나도 이루워지지 않는 엉킨 실타래가 있는데 그런 실타래는 꼭 다음 세상에선 이루워진다고 합니다.

그렇지 않다면

내가 그렇게 만들겠습니다.

당신과 다시 만날

그날을 기약하며……

6

Again…

♂Again⋯♀˚No.1

그로부터⋯ 100년 후 _
"현민아, 빨리빨리 〉_〈 와 ~~~"
저 기집애들은 오늘도 저 지랄염병들이다. ㅡ.,ㅡㅗ
저런 싸가지 없는 새끼가 뭐가 좋다고 _ ㅉㅉㅉ.
정현민 _
그래, 저 녀석은 우리학교 축구부다. ﹣_﹣⋯
축구?⋯ 졸라 잘한다. ﹣_﹣ 재수없게 얼굴도 조각이다. ﹣_﹣게
다가 집도 부자다. ﹣0﹣⋯
　근데 엄청나게 성격 더.럽.다. ﹏﹏^
　내가 왜 그렇게 잘 아냐고? ㅇ_ㅇ? 나 축구부 매니저거든. 〉_〈

행여라도 잠시 내가 저 녀석의 골빈 추종자라고 생각했다면 하루속히 지구를 떠나길 바란다. -0-ㄴ

에휴…ㅜ_ㅜ…

이런거 생각하면 생각할수록 내 가슴만 아프지…. 가서 밀린 빨래나 하련다.

부원들의 밀린 유니폼을 빨러가기 위해 세탁실로 향하는데 _

"물 내놔. -_-"

연습게임이 끝났나보다. 쒸벨…ㅜ_ㅜ… 아직 빨래도 못했는데 졸라 바빠지게 생겼네. 아오~ 짜증나!!

그래도 줄 건 줘야지. -0-

8

"여기. -_-"

결코 내가 저 자식이 무서워서 준 게 아니다. -_-^ 난 축구부 매니저로서 할 일을 한 것 뿐이야!!

거기 너… __.,__^ 나 불쌍하다고 자꾸 씨불딱 거릴래??

"챙겨. -_-"

"……."

말하는 꼬락서니 하곤… -_-^ 넌 우리부 엘리트만 아니었어도….

~OT^TO

아니었어도 -_- 방법은 없다.

"주하린, 오늘이 그 날인 거 알지??"

"-_-;;; 글쎄… 오늘이 무슨 날이니? -0-"

"···ㅡ.,ㅡ^."

"하핫;;;; 알지. 알다마다 -0- 모를리가 있니.ㅠㅠ."

아주 그런 건 잊어버리지도 않아요~!!!

며칠전 되도 안한 오기 부리다가 현민이 놈하고 내기를 해버렸
는데 내가 졌다. ㅠ0ㅠ 그리고 내기의 조건은 그놈 집에 들어가
식.모.살.이 를 하는 것이었다. ㅜ^ㅜ

설마했는데 정말 시키다니··· ㅠ0ㅠ 학교와서 부서활동으로
매일 빨래하고 청소하고 잔심부름 하는 것도 모자라서 이젠··· 정
현민 네 놈 집까지 가서 내가 그 짓거리를 해야한단 말이냐!!

ㅠ0ㅠ

말도 안돼~~ 이건 거짓말이야. ㅠ0ㅠ~~

머리를 쥐어 뜯으며 절규했다.

"돼지 같은 년 -_- 이제 발광까지 하냐?? 미친 돼지···.ㅋㅋ"

이 새끼가 -0-^

뒤를 돌아봤는데 현민이 놈이 아니다. ㅡ.,ㅡ..

현민이 이 자식은 고새 가버린거야? -_- 쳇_

"뭐?? 이 말라 비틀어진 오징어 같은 놈이 언제 나타나서 지랄
이야. -0-!!!!!"

······

김도현 놈이 싱긋 -_-^ 졸라 안 어울리게 상큼한 웃음을 띠고
서있다. 그래 사실대로 말하자면 저 놈도 잘 생기긴 잘 생겼지.

임진고 4대천왕 中 한 명이니···. -_-

대체 왜 저놈이 4대천왕일까? 까불거리는 걸로 뽑았나 -_-?
현민이 놈이나 사강님 보면 그런 건 아닌데….

히히 -0- 그리고 보니 우리 축구부에 4대천왕 中 세 명이나
있구나. >0<v (괜히 지가 으쓱해 함 -_-)

정현민 놈이랑 오징어새끼 도현이랑 이강이가 우리 축구부지.
>_<

나머지 한 명은 -_-;;;; 이사강이라고 이강이의 형인데 그분께
선 영~~ 음침하고 무서우시기까지 하시고 ㅠoㅠ 게다가 그분은
우리 축구부가 아니시다.

"이게~~ 내가 오징어 소리 하지 말랬지? -_-^ 참!! 너 오늘이
라며? ㅋㅋㅋ"

"그래 쉬파."

"으하하 _ 식모야 식모. >0<"

"써글 놈."

"그렇게 나오면 재미 없을텐데…."

"아니에요, 도현 친구님*^^* 목마르지 않으세요? ^o^? 음료수
드릴까요?"

"-_-… 느끼해 그만해."

"너라두 잘 해줄꺼지?"

"생각해 보고. -_-a"

"어우 야~~~"

뚝!

10

민도현 놈의 이성의 끈이 끊어질려 하는가 부다. =_= 그만 할 시기가 온거군. 훔_

"-_-)ㅇ 한 번만 더 하면 알지?"

"그… 그럼 -0-;;"

"나중에 보자."

"그래. TㅇT"

저~~ 멀리 민도현 놈까지 사라져 버리고 난 앞으로의 일을 걱정하며 드디어 밀린 빨래를 하기 위해 세탁실로 향했다.

세탁기에 땀냄새에 쩔은 유니폼들을 쑤셔 넣고 돌렸다. 아~~~ 기분까지 상쾌해지는 것 같아~ 히히_

돌려 돌려_♬

윙~~~~ 윙~~~ (세탁기 돌아가는 원초적 효과음 -_-)

"오늘 우리 집 온다며?"

깜짝이야. -0-!!

"어디서 나타났니?"

"락커룸에서 옷 갈아입고 있었지. 너 여기 있는 줄 알았음 니 앞에서 섹쉬하게 갈아입는건데…. ^ㅇ^"

"똥개가 오줌 갈기는 소리 하지 말고, 너!!!"

"왜 갑자기 소리 지르고 난리야 ~"

"누나라고 안 부를래?!"

"난 또 뭐라고… 니가 무슨 누나야. =_= 암튼 나중에 봐."

ㅠ_ㅠ^ 젠장

하여튼 정현민, 민도현, 이이강 저 세 인간들 때문에 내 인생이
조용할 날이 없어!!!
　　앞으로의 일이 깜깜하기만 하구나~~ 휴.

　　⚣Again…♀˚No.2

　　"아저씨 -0- 여기 세워주세요. ㅇ_ㅇ"
　　나 지금 어디냐고??
　　쌍 -_-+ 어디긴 어디야~!! 그 새끼들 집 앞이지!! 별로 챙길
것도 없어 옷가지만 딸랑 들고 왔다.
　　"에휴… 지옥 소굴로 정말 들어가고 마는구나. ㅜㅜ"
　　불안+긴장+초초한 마음으로 문고리를 살짝 돌렸다. 이 문을
지나면 악마들이 날 기다리겠지.
　　찰칵
　　엥??
　　찰칵찰칵찰칵
　　이게… 왜 이런데? 문이 잠겼나?
　　찰칵 찰칵 찰칵 찰칵 찰칵
　　……
　　쉬파ㅠ0ㅠ 잠겼다.

써글 놈들!! 한 놈이라도 있어야 할 꺼 아니냐, 한 놈이라도!!!
분명 정현민 이 자식 날 물먹이려고 일부로 그런 걸꺼야. -_-+

쌍!!

일단 기다려보지.

쳇 -_-+ (←사실 방법이 없음)

한 시간…

……

두 시간…

……

잠 온다. 다리도 아프다. 그리고… 비도 온다. ㅠㅇㅠ 엄마도
보고싶어.

"훌쩍… 정현민 이 나쁜새끼… 흑… 추워. 이이강 민도현 이 써
글 놈들!!! ㅠㅇㅠ 엉엉…."

저벅저벅_

풀썩_

흑 _ 이게 무슨 소리야?? 설… 마 귀신??? 아~~ 그러기엔 아
직 시간이 이른데? 그럼 고양인가? 무… 서워. T^T

그래도 궁금하다. 실눈을 뜬 채 살짝 옆을 흘려 보았는데 _

……

ㅇㅁㅇ ㅇㅁㅇ ㅇㅁㅇ

움마움마움마 이게 무슨일야?? -0-

웬 남자 하나가 온통 피범벅이 된 채 담벼락에 기대에 앉아있

13

었다.

"이보세요~ 정신차려요!! 괜찮아요?"

온 몸이 피투성이고 얼굴도 피와 비가 섞여 범벅이 되어 잘 보이질 않는구나.

그치만 난 그 남자의 몸을 흔들며 느낄 수 있었다.

'무쟈게 잘생겼다…*-_-*'

어쨌든 내가 지금 이럴 때가 아니지!!

"괜찮아요? 집이 어디에요??"

"여기…."

잉?? 여기????

……

-_-;;

헉!!

설마…

"도현이니 ㅠ0ㅠ?"

"……."

"그럼 현민이니 ㅠ_ㅠ?"

"……."

"현민이 놈도 아님 이강이니 ㅜ0ㅜ?"

"… 사강이다."

"전 이만 -_-;;;;;"

"넌… 누구야?"

"네 -0-?"

"넌 누구냐고…??"

"전… 그게 저… 오늘 여기 오기로 한… 그… 현민이 놈과 민도현의 친구이자…."

"식모로군."

-_-; 그렇게 단도직입적으로 말씀하실 것 까지야 없는데….

"대… 대충 그런 셈이죠."

"그런데 왜 여기있냐?"

"무… 문이… 자… 자… 잠겨 있네요."

목소리마저 너무 무서워서 말이 자꾸 더듬거려지는구나. 흑 _

"피식…."

사강님은 그렇게 날 비웃으시더니 힘겹게 몸을 일으켜 번쩍이는 열쇠로 문을 여셨다.

하지만….

……

내가 들어가는걸 채 기다려 주시지도 않으시고 문을 _

쾅!!

닫아 버리시는 사강님 _ 젠장 ㅜ_ㅜ 그래두 안 잠궈서 다행이다. -_-;;;;;

문을 빼꼼히 열고 들어가 욕실을 찾아 샤워하고는 주방에 들어가 코코아를 탔다.

음~ 향기좋아~ 난 세상에서 코코아가 제일 좋아.

코코아 잔을 들고 쇼파에 앉아있으니 이미 집안으로 들어가 사라지신 사강님이 생각날 건 또 뭐람. —.,—

피… 많이 흐르던데… 얼굴 전체가 피범벅이던데 치료라도 해야하지 않을까?

난 정말 너무 착해서 탈이야. ㅠㅠ^ㅠ 그래!! 용기를 내자, 주하린. 일단 사강님의 방을 찾아야해.

굉장히 -_- 오래 걸릴 줄 알았는데 30초도 되지 않아 찾은 사강님의 방_

방문마다 이름이 쓰여진 문패가 있는 이 집_

정말이지 정현민 너의 머리를 나는 참 이해할 수가 없다. -_-

이사강 이라고 적혀진 방문 앞 _

일… 일단… 밖에서 말해볼까?

"저… 저기요… 괜… 찮…?"

말이 다 끝나지도 않았는데 문이 벌컥 열리더니 피를 닦아내 말끔해지신 사강님께서_

"신경쓰지 말고 애들한테 비밀이야…. 그럼 나 잘테니 깨우지마."

라고 카리스마 있게 말씀하신 후 -0- 쏙 하고 또 들어가 버리셨다!!!!

이 허탈함은 어디가서 풀어야할꼬…. -_-

허탈한 가슴을 부여쥐고 쇼파에 앉아 다시 코코아를 마시며 세 놈을 기다렸다. 약속이나 했다는 듯 저녁 먹을 시간이 되자 딱!!!

맞춰 동시에 들어오는 세 녀석!!

　"My baby~~~~ 벌써 와 있었네?"

　"어이~~~ 식모 어째 들어왔냐? 열쇠도 없었을텐데….ㅋ"

　"주둥아리 찢어버리기 전에 닥쳐!!"

　"=_=;;;;;"

　"허니 _ 무셔. ㅠㅠ"

　지랄오두방정을 떠는 이강이 놈과 도현이 놈을 뒤로한 채 샤워
실로 향하는 싸가지가 지지리도 없는 현민이 새끼의 목덜미를 낚
아챘다.

　"왜? -_-^"

　"내 방 어디야!!"

　"뭐??"

　"내 방 어디냐고!!!"

　"식모가 방도 필요하냐?"

　"뭐? 야 이 써글놈아!! 넌 TV도 못봤냐? 식모도 방은 준다고!!"

(스스로 식모인 건 인정함 -_-)

　"-_-… 그래??… 그럼 주지 뭐…."

　"뭐 -0-?"

　"또 왜…?"

　"아… 냐."

　그냥… 너무 순순히 준다고 해서 단지 좀 놀랬을 뿐이다. -0-

　어≥든_ ♬ 이 드넓고 좋은 집에 내 방도 있다~~~ 식모도 아

마 해볼만 할꺼야. >0<

"-.,- 띨구 같은 표정 짓지 말고 따라와."

"그래 ♫"

방을 준다는 말에 마냥 좋아 현민이를 따라가는 나 _

어딘지는 모르겠지만 왜 자꾸만 계단을 올라가는걸까 _♫

그래도 좋아♫ 방이 날 기다리고 있을테니까 _♫

계단을 좀 많이 -_- 올라온 듯하다.

"-_-;;… 니네 집엔… 원래 이렇게 계단이 많냐?"

"다 왔어."

고개를 들어보니 웬 문 앞에 도착해 있었다. 근데 영… 찜찜하고 음산한 기운이…. =_=

18

"도대체… 여기가 어디냐?"

"니 방이지. ^-^ 들어가렴. 안녕~~~"

딱!!

그놈은 날 곰팡이 썩은 비린내가 나는 이상한 곳으로 처넣고는 즐거운 웃음소리를 내며 멀어져갔다. ㅠ0ㅠ!!!

정말 여기가 어디야??ㅜ0ㅜ

눈을 떴을 때 내가 느낀 건… 여긴 분명 창고였다!! 정현민 이 빌어먹을 개새끼 ㅠ0ㅠ!!!!

♂Again⋯♀°No.3

이 빌어먹을 씹자식 정현민 네놈을 언젠가는 축구공으로 마구 찍어 눌러주겠다!! *OTTO*

정말 말도 안 되는 저주를 -_- 먼지구덩이 창고 안에서 쉴새없이 퍼붓고 있는데 사랑스런 핸폰이 울린다. +.+♡

얼마만에 울리는 소리인고~~~ 아아 -0- 최대한 목소리를 가다듬고~

"여보세요오~~~^▽^"

"우리 저녁은 시켜먹으니까 걱정말고 넌 거기서 푹 쉬렴. -_- 현민이가 참고로 그 문은 밖에서 잠기는 거라더라? 그럼 안녕~"

탁!!

"오우~~~~~ Shit!!"

써글것들⋯ 인정머리 없는 개새끼들⋯ ㅠㅠ 꼬르르륵⋯ 배고파 죽겠다.

비 맞고 샤워해서 그런지 잠도 오고 _

"일어나. -_-"

뭐야? 누가 자꾸 발로 건드리는거야. 잠와 죽겠는데⋯!!

"아우 쌍!! 일어난다 일어나!! 대체 누구야?"

졸린 눈을 비비며 말하는데 _

"니 주인이다. -_-^"

이건 또 뭔 소리래.

"뭔 개소리래….=_="

"주하린 너 정신 안 차릴래!!"

핫!! 맞다!! 나 어제 정현민 이자식 집에 왔었지. 제길… 이제 잠도 맘대로 못 자는구나. ㅠ0ㅠ

참 -_-+ 이자식… 어제 날 창고에 처넣었었지? 나쁜놈!!

"야 이 나쁜놈아!!! 아무리 그래도 그렇지 이런 창고에서 어쩌란 거야!!!"

"시끄러!! 방 달래서 줬더니 줘도 난리야. 식모 주제에… 늦잠이나 처자고… 빨리 씻고 밥해!!"

획_

바람소리까지 내며 차가운 한마디 남기고서 돌아서는 그대 이름은 정현민_

쌍 -_-+ 성질 같아선 정말 다 때려 부셔버림 좋겠네!!!

마침 옆에 손에 잡히는 물건 _ 집어던지기에 딱 좋군.

"에잇!! 정현민 나쁜 놈!!"

손에 잡은 물건을 힘껏 집어던졌다.

콰 쾅★☆⊙★☆

"죽고싶어??"

바로 반응 오는 아래층 _

무… 무서워라 _ 이만 내려가서 밥을 해줘야겠다. ^▽^∞

날 보고 비굴하다 욕하지마라. -_- 난 단지 현실 적응력이 굉장히 뛰어날 뿐이니까!!

대충 씻고 주방으로 내려가니 매우 황량하다.

"애들은?"

"지금 시간이 몇 신데? -_-^"

"몇 신데 -_-??"

"여섯 시."

"뭐?? 근데 왜 날 벌써 깨웠어??"

"장난하냐?"

"아… 아니…. ^^;; 그런데 넌 왜 이렇게 일찍 일어났냐?"

"아침 운동 할려고! 잔소리 말고 밥이나 차려."

21

날 지네집 똥개 마냥 부려먹고는 또 휙하는 바람소리를 내며 나가버리는 놈. -_-^

정말 내 손에 작두만 있었음 넌 당장 모가지야!!

↑Again…♀°No.4

현민이가 나간 후 난 즐겁게 콧노래까지 부르며 나름대로 최선을 다해 아침밥으로 카레를 준비했다. 히히-0-

룰루랄라~*

애들 깨우러 가야지 _♬
이렇게 주부의 행복인가봐 _♬
제일 먼저 찾은 민도현의 방 _
꼭 지놈을 연상케 하는 방이구나. 어찌나 지저분 한지_
"야 _ 아침이야 일어나."
"……."
"아침이라고~!!! 일어나라고~!!!"
"……."

이런 식으로 나온다 이거지? –_–^
휙 _이불을 걷어내 버렸다.

"우웅… 추워…."
지켜보는 사람 우습게 괜히 귀여운 척 하면서 다시 이불을 끌어당겨 덮는 민도현. 그렇다고 내가 그냥 넘어갈 줄 아나보지? 메롱이다 이놈아~!!!
"어머~~ 이 일을 어쩔까~? 민도현은 오늘 늦잠 자서 아침 못 먹겠네. ^o^ 남으면 썩으니까 싹~!!! 버려야겠다 _♬"
벌떡!!
"밥… 어딨어 ?"
무서운 놈–_–
"어딨긴!! 식탁에 있으니 얼른 씻고 처먹어!! 낼부터 깨울 때 안 일어남 진짜 밥이고 뭐고 없는 줄 알엇!!"

"아우씨…."

"뭐라고라고라? -_-^"

"밥… 먹으러 가야지. =_=…밥이 어딨으려나!!"

저런~ 밥 앞에서 비굴해지는 불쌍한 놈 같으니라고 ㅉㅉㅉㅉ

(꼭 자신은 아니라고 생각함 -_-)

아~ 이제 이강이만 깨우면 되는구나. ^_^그럼 가볼까?

그때까지만 해도 난 사강님의 존재를 다시금 까마득하게 망각

하고 마는_ 실로 엄청난 일을 저지르고 있었다. -_-

#이강이 방   23

문을 여니 온갖 이상한 잡지들로 가득한 방_

"야, 임마 일어나!"

"……."

"안 일어나?"

"^▽^ 뽀뽀해주면~"

능글맞게 기다렸단 듯 눈을 뜨며 말하는 이강이_

"-ㅠ- 아침부터 토 쏠리게 하지말고 일어나렴."

"우리 허니는 너무 부끄러움을 많이 타_ 히히."

"이 잡지 널린 니방 사진 찍어 학교 신문부에 갖다줄까? 아님

닥치고 일어날래?"

"…^o^;; 우리 허니가 일어나라는데 그만 일어나야지. 아흠~
너무 잘잤다~ 나 옷 갈아입고 나갈게~~"

"오냐."

도대체 저 놈은 어릴 때 뭘 잘못먹었길래 저러는건지 -_- ㅉㅉ
ㅉㅉㅈㅈ 하여튼 네 놈 앞날이 깜깜~~ 하다. (그러는 지 앞날은 식모
밖에 더 있으리…=_=)

나도 그만 교복이나 갈아입고 와야지. 애들을 쉽게 깨웠단 즐
거움과 함께 교복을 갈아입고는 다시 주방으로 향했다.

"애들아~~~~~ 밥먹자♬"

"밥이… 이거냐?"

즐겁게 들어갔건만 또 태클거는 현민이 놈 _

그래도 아침이니 참아야겠지?

"왜? 너희들을 위해서 열심히 준비했는데?"

"너… 양키새끼냐?"

"-_- 뭔 말이냐!!"

"양키놈도 아닌데 아침부터 뭔 놈의 카레야!! 난 아침은 꼭 된
장에 밥이어야 해!! 알겠어? 너 정말 축구부 매니저 맞냐? 이거
먹고 어디 축구나 하겠냐??"

그럼 그런거지 왜 소린 지르고 난리래 -_-a

그리고 지가 무슨 조선시대 대감마님이라고 아침은 꼭 된장에
밥이어야 한대? 쳇 _

딴놈들도 그런가 싶어 옆을 슬쩍 쳐다보니… 이강이는 약간 찜

찝한 표정이었지만 우리의 밥돌이 민도현은 아랑곳하지 않고 매우나도 잘 먹고 있었다.

"도현이는 잘 먹네. 니들도 그냥 먹으렴. -0-"

"-_-^…씨발~ 한 번만 더 이짓거리 하면 창고도 없을 줄 알아!!"

-0- 그렇게 심한 말을!!

"그… 그래. -0-… 이만 먹자.-0-"

행여나 정말 현민이 놈이 창고마저 안 줄 수도 있단 생각과 함께 앞으로는 아침에 꼭 된장과 밥을 해야 겠단 다짐도 하면서 나도 이만 밥을 먹으려고 하는데_

"근데 허니_ 우리 형은? 우리 형은 안 깨웠어?"

니네… 형이라 함은_

맞다 -0-!! 사강님!!

"맞다. -0-!!"

25

"야 사강이 형은 차라리 잠자는 걸 깨웠음 깨웠지 밥 먹을 때 안 부르는 거 졸라 싫어해. -_- 난 밥먹을 때 안 부름 울지만 형은 밥먹을 때 안부름 다 때려부셔…."

돼지같이 열심히 처먹던 도현이 놈이 거들었다.

"그럼 나 이제 어쩌니 ㅜ_ㅜ?"

"어쩌긴 깨우러 갔다 와."

음성의 높낮이가 전혀 변화없이 말하는 현민이_ 그래… 식모인 내가 다녀와야 하는거겠지.

하지만 나 너무 무섭거든 ㅠ_ㅠ? 혹시라도 사강님이 몸부림 치시는 주먹에 맞음 어떡해?

↥Again…♀°No.5

이런저런 걱정들을 하며 사강님의 방을 찾는 나 _ 흐흑. ㅠㅠ
무서워 어떡해~~~
사강님의 방 앞 _

가슴을 졸이며 문을 빼꼼히 열어보았다. 웃통을 시원하게 벗으신 채 침대에 널부러져 편히도 자고계신 사강님 _ 개미 만한 목소리로 겨우겨우 말을 꺼낸 나 _
"일어… 나세요. = ="
"……."
"저기… 아침인데…."
"……."
반응없는 사강님… 주무시게 둬야지. ^▽^;;
방문을 아주 아~~~ 주 조용히 닫아드리고 주방으로 돌아왔다.
"깨웠냐? -_-"
"아니 _ 안 일어나시더라고 많이 피곤하신가봐. -0-"

"너… 진짜 뒷감당 어찌 할려고 그러냐?"

현민이 놈까지 저런 식으로 말하다니_

정말… 내가 안 깨워서 밥 못 드시게 되면 큰일이 나는건가??

"니… 니가 깨워-0-!!"

"ㅡ.,ㅡ++++++"

"아니 _ 갔다올게. ^o^;;"

누누히 말하지만 자꾸 비굴하다 생각지 마라. 분명히 난!!! 현실 적응력이 뛰어난거다. ㅡ.,ㅡ

다시 한번 눈물을 머금고 사강님의 방을 찾은 나 ㅠ_ㅠ

여전히 같은 포즈로 잠들어 계신 사강님 _

거참 몸이 좋으시구나. 으흐흐흐 *ㅡ_ㅡ*

그나저나 어떻게 깨워야 하는가 _ 내 앞에서 웃통을 벗으신 채 자꾸만 뒤척이시는 사강님을 보니 저 근육을 은근히 한번 꼬집어 보고 싶다는 집념이 몸서리를 친다.

도대체 나의 이 개깡은 어디서 나오는걸까?

난 사강님의 침대에 살짝… 엉뎅이를 걸친 채 단단해서 잘 잡히지도 않는 근육 뭉텅이를 꼬집기 시작했다.

한번씩 꼬집힐 때 마다 움찔거리는 사강님 _

히히 _ 잼있다 _ ♬

딱!! 한 번만 더 해야지!! (정말 미쳤음 ㅡ_ㅡ)

꼬집 _

27

"으아야야야야야악"

조금 강도가 세었는지 엄청난 괴성을 지르며 눈을 번쩍 뜨는 사강님!! 덕분에 난 엄청나게 놀래서 허둥지둥 대는 바람에 나도 모르게 위에서 사강님을 덮치려는 실로 대단한 자세가 되고 말았다. =0=;;;

"하핫… 안녕… 하세요. -0- 좋은 아침이네요. ^▽^∘∘"

"내려와라."

"네?? -0-"

"내려오라고 했다."

"네. ^ㅇ^;;;;;"

어색한 웃음과 함께 사강님의 섹시한 몸 위에서 내려왔다.

내가 잠시 미쳤던 것일게야. ㅠㅇㅠ

그래. ㅠㅇㅠ 그렇지 않고서야 어찌… 난 정말 미쳤어!!!

도대체 이 상황을 어찌 수습해야하나 _

졸지에 곤히 주무시는 사강님을 겁대가리 상실하고 덮치려 시도한 파렴치한 년이 된 난 두 눈을 질끈 감고 사강님의 분부를 기다리고 있었다.

이윽고 들려오는 소리 _

"눈 떠라."

-_-;;;

눈을 뜨게 하시고 때릴 작정이신가? 너무 잔인하시네!!

이런저런 오만 가지 생각들이 머릿속을 스쳐 지나가며 나는 슬며시 실눈을 떴다.

어느 틈에 옷을 입으신건지 내가 꼬집고 싶을 정도로 멋진 근육을 자랑하던 사강님의 단단한 근육들은 어느새 단정히 흰색 교복 셔츠로 가려져 있었다.

그나저나 흰색 교복 셔츠만 입었을 뿐인데 어찌저리 멋지실꼬 – –

아! 내가 지금 이딴 생각들을 할 만한 상황이 아니었지?

다시 정신을 가다듬고 고개를 똑바로 들… 지 못하고 – –;; 숙였다.

– –

내 앞으로 점점 다가오시는 사강님 _

난 이제 끝인가 봐!!!

"담부턴 아침에 말고 밤에 유혹해."

당황스러운 말 한마디 남겨놓으시고 쾅 _! 하는 문소리와 함께 방에서 빠져나가시는 사강님 _

– 0 –??

뭐라고 – 0 –???

아하하하핫 _ 아하하하하하핫 –0–;;

사… 사강님에게 이런면이 –0–;;;;;;;

당신은 이런 농담도 하실 줄 아시는 분이셨군요. -0-…

한참동안이나 당혹스러움과 황당함을 감추지 못하고 입을 쩍_ 하니 벌리고서 사강님이 빠져나가신 문만 멍하니 바라보고 있었다. --

그러다가 문득 떠오르는 생각 _

"밥!!!"

그러나 _ 내가 주방으로 달려갔을 땐 이미 모두들 밥을 해치운 뒤였다. -_-

"야 설거진 냅두고 학교 가게 가방 들고 나와라. -_-"

"난… 밥… 못 먹었는데??

"너 여기서 학교 가는 길 아냐? -_-"

"(--)(--)(--)(--)"

"그럼 어떻게 해야하는 지두 알겠네? 똑.똑.하.면."

"(ㅜㅜ)(_)(ㅜㅜ)(_)"

"피식 _ 그럼 지금 밥이 중요한지 아닌지도 알겠네? 가방들고 나와라? 먼저 나간다."

으아아아악!!!

정현민 이 악마새끼!!! 새벽 6시에 일어나서 아침밥도 못 먹고 학교 가야하는 이런 사태가 발생하다니!! 말도 안돼 이건 거짓말이야. ㅜoㅜ

"빨리 안 나와??"

"가고 있어. -0-^"

현민이 놈의 재촉에 고독을 씹어 줄 시간도 없이 -_-^ 서둘러 가방을 들고 현관으로 나가는 나였다.

현관문을 여니 오토바이에 각자 타고 있는 세 놈들 _

"니… 네 뭐니…? -_-.."

"뭐가? -_-^"

"웬 오토바이니 -0-?"

"허니 _ 우리 원래 이거 타구 학교 가. 〉_〈 열라 쌈빡하지?"

뭐시라고라고라고라 -0-??

전통을 자랑하는 울 학교 축구부가 사실은 이런 개날라리 양아치 집합소였단 말인가? 엉엉 _

박코치님 우리 축구부는 이제 어찌하면 좋을까요. ㅠㅠ 어찌해야 하나요!!

그나마 축구부 엘리트라는 것들이 ㅠㅠ 늦잠에 밥 처먹는 것만 좋아하고 게다가 뛰는 것도 모자랄 판에 오토바이를 타고 등교한다네요.

미래가 안보여요!!! 얼마남지 않는 머리카락을 부여잡고 매일 우리 축구부의 앞날을 걱정하시는 울 불쌍한 박코치님 이 사실을

아시면 또 얼마나 충격받으실까!! ┬^┬

　내가 울 축구부의 앞날과 박코치님을 걱정하고 있을 쯤 _

　"주하린, 언제까지 그러고 있을꺼냐?"

　좍_ 하니 가라 앉은 목소리로 말하는 정현민 _

　흥! 니가 그런다고 내가 쫄줄 알고?

　"가야지 어디에 타면 되니?^o^;;;;"

　사실 쫀다 미안타. -_-

　그럼 오토바이를 골라볼까나? 그나마 젤 만만한 놈이 민도현
이기에 민도현 놈을 찬찬히 쳐다봤다.

　그러자 _

32

　"내 뒤만 타지마. 제발… 오토바이 내려앉어. ㅠ_ㅠ"

　저런 오징어 같은 놈이!!

　"뭐라고??? 민도현 너 이자식 죽을래? 탈 생각도 없었어. 나
도-0-!!! 안 탄다고!!"

　순간 복받치는 화를 참지 못하고 무작정 소리치긴 했는데 정말
난 어디 타야하냐 _ㅠ0ㅠ

　그렇다고 정현민 뒤에 탈 수는 없잖아. -_-

　그때 마침!!

　"달링 ^o^ 내가 있잖아~"

　매우나 즐겁게 소리치는 이이강 _

　저녀석 영~~ 꺼려진다.

　그러나… 결국 -_- 이강이 놈의 오토바이에 올라 탈 수밖에 없

었다.

이강이 놈의 오토바이에 타긴 탔는데 _ 왜 이리도 녀석의 허리를 잡기 민망한거야. -.,- (<-남자 뒤에 처음 타봄-_-)

할 수 없이 살짝 이강이의 교복자락을 잡았다.

"달링~ 그렇게 살짝 잡음 떨어져 죽어."

"시꺼 임마~ 니가 천천히 달려!"

"히잉~ 난 달링이 꼭 껴안아주면 좋겠는데~~~"

"—., —++++ 학교신문~~~"

"내가 천천히 달리지 뭐~~ 그럼 출발할게. ^^;;"

"오냐 -0-!! 야 근데 사강님은 왜 안보이냐? 혹시 빼놓고 학교 갔다가 또 나보고 가서 데려오라 그런 말 할려고 그러는거 아냐 ??"

33

"형아는 밥 먹었으니까 아마 더 자고 올꺼야. -_- 절대 2교시 전에는 등교 안해."

"그… 그럼 다행이고. -0-"

"응 _ 달링 그러면 나 진짜 출발한다~"

"그래."

이윽고 오토바이는 출발했고 미친 듯이 달리는 이강이 놈 덕분에 학교로 가는 내내 난 이강이의 허리를 죽을 힘으로 껴안아야 했다.

그리고 어느새 _ 3분도 채 지나지 않아 학교 교문 앞에 도착해 있었다.

"꽤 빨리 도착하는구나. -_-;;.."

"달링~ 나 멋졌어?"

"시끄러!! 지금 널 어떻게 학교 신문으로 매장시킬지 고민 중이니까!!!"

"히잉~"

"… —.,—^"

"알았어 미안해!! 앞으로는 천천히 달린다구!"

"그래 약속한거다. 나 그럼 간다. 너두 니네 반으로 가봐~ 나중에 부활동 시간에 보자꾸나. 또 쓸데없이 늦지말고!!"

"그래 ~ 나중에 봐 달링~"

"-_-ㅗ"

별로 상쾌하다고 느끼지 못하는 이강이의 인사를 뒤로하고 밥도 못 먹어 꼬르르르륵~~ 소리가 나는 배를 부여잡고 추욱_ 처져서 교실문을 열었다.

내 인생은 아침밥 못 먹으면 살아갈 가치가 없어. ㅠ_ㅠ!!!

"애들아… -_-나 왔어. -_-"

"하린아 ^o^ 왔어? 왜 글케 힘이 없어?"

"응 밥을 못 먹었어.ㅜ_ㅜ"

"헉 -0- 정말?? 괜찮아?? 매점 가자~~ 내가 빵이랑 우유 사줄게."

"정말??"

"그래 ^-^ 가자 어서~~"

엉엉 ㅠㅇㅠ 내 친구 세희는 정말정말 좋은 친구였어!!
세희야 정말 사랑해♡
다시 업된 마음으로 세희와 함께 매점으로 향했다.

#매점 안

이른 아침이라 그런지 꽤 한산한 매점 _
"아줌마~~~~"
"하린이 오늘은 일찍부터 보이네?"
"아침을 안 먹고 와서 세희가 쏘기로 했어용 히히. -0-"
"좋겠네~~ 그래 뭐줄까?"

"초코봉이랑~ 딸기우유. ^ㅇ^"
"그래~ 여기있다. 자~~~~"
아줌마에게 초코봉이랑 딸기우유를 건네받고는 즐겁게 전자렌
지에 초코봉을 한번 돌려주고~~ 품안에 안고서 세희와 함께 다
시 교실로 올라왔다.
히히 -0- 역시 먹는 것이란 좋은게야 ♬
우거적 우거적 -„- 우물우물
"근데 세희야 너 이사강 알지?"
"설마 내가 우리학교 사대천왕 중 한 명을 모르겠냐~~ 사강선
배 알지!! 잘 알지!! 너무 잘 생겼잖아 으흐흐흐. 그런데 갑자기 그
사람은 왜?"

"아니… -_-;; 그… 사람 여자도 사귀고 그럴까?"

"글쎄? 갑자기 왜 그러는 건데!! 너 그 사람한테 반한거야??"

왜긴… 아침에 그 말이 생각나서 그러지. -_-;

"아… 아니야 -0- 그냥 궁금해서~~."

"치 _ 기집애 만약 진짜 그런거면 나한테 꼭! 말해줘야 해~"

"그래그래 알았어. 으흐흐. -.,- 우거적 우거적… 근데 오늘 초코봉 너무 맛있다, 세희야!!"

한참동안 초코봉의 맛을 느낀 후 수업을 시작하자마자 아침에 정현민 놈이 일찍 깬 덕분에 바로 잠들 수 있었고 푹~~ 자고 일어나자 어느새 수업은 끝나 있었다. -_-

에구구 _ 그만 부실로 가봐야지. 또 피곤한 일들이 잔뜩 쌓여있겠구나.

36

힘겨운 몸을 이끌고 부실에 도착한 나 _ 한참 애들 점검하고 연습을 시작하는데 _

저~~ 멀리서부터 빛이 나는 웬 여자아이 하나가 현민이의 이름을 다정하게 부르며 달려온다.

"현민아~~~.^^"

뭐야?!?! -.,-

멀리서 봐도 이쁜년은 티가 난다고 했던가 _

써글 −_−^ 저 멀리서 뛰어오고 있는데도 뽀샤시한 피부와 잘 매치된 검은 생머리가 반짝반짝 빛이 난다.

옴마? 그런데 눈이 퍼런색이네. o_o 렌즈 낀 건가??

"현민아 나 너네 부활동 구경왔어. ^−^ 매일 온다 온다 하면서 이제야 처음 왔다. 오늘 괜찮지?"

"−_− 맛있는 건 들고 왔냐?"

"어 ^−^ 여기 샌드위치 좀 싸왔어~~ 친구들이랑 나눠먹어."

"역시~ ㅋㅋ"

어버버버버 지금 정현민 놈이 웃으면서 지지배랑 대화를 하고있네. −0− 이런 황당한 일이 벌어지다니 −0−;;;

37

고등학교를 입학한 후 2년간 정현민을 쭉 지켜본 나이지만 아직 한번도 여자랑 웃으면서 이야기하는 걸 본적 없는데!

웬일이니~ 웬일이야 정말~~.

잠깐!! 그런데 가만히 보니 어디서 많이 본 얼굴인데 어디서 봤더라. −_−a

한참동안 고민하고 있는데 또 고새를 틈타 민도현 놈은 내 옆에 와서 깔짝대고 있었다.

"역시 수민이는 여전히 이쁘군. ㅋ 옆에 돼지랑은 차원이 달라.-_-"

"뭐야??!!! 야! 그런데 어디서 많이 봤다? 이상하다. 내가 저렇
게 이쁜애를 어디서 봤을까?"

"너… 설마."

"설마 뭐?"

"걔 이수민이잖아!! 너 이수민 혹시 모르는거 아니지? -0-? 수
민이 모르는거 아니지!!! 응?"

"모르니까 묻는 거지 임마 -_-^ 왜 니가 흥분하고 난리야~"

"역시 니 머리의 한계는 어디까지일까?"

"-_-^… 잡소리 집어치고 쟤가 누군데?? 아… 기억이 가물가
물 한단 말야? 분명 어디서 보긴 본 것 같은데…."

38

"요새 제일 잘 나가는 탤랜트잖아!! 하이틴 스타 -0-!! 이수민
!! 아역시절 모델로 데뷔해서 지금 모든 청소년 남자들의 우상??
-0-!!! 몰라 -0-? 진짜 몰라 -0-? 혼혈아라서 더 이쁜애!!"

"아 -0-!!! 맞다. 이제 기억나!! 그래 어디서 저렇게 이쁘게 생
긴 애를 봤나 했더니 탤랜트였구나. -0- 티비에서 본 거였어!!
어? 그런데 머리는 왜 검은색이야??"

"염색 했겠지."

"아! 그래서 눈은 퍼런데 머리는 검구나. -0-"

"에휴… 정말 누가 데리고 갈지…."

"걱정마 임마 _ 너만 아니면 돼."

"나도 너만 아님 세상 여자들 환영이야."

"쳇! 어쨌든 왜 정현민 따위와 –_– 잘 나가시는 연예인께서 저렇게 친하시냐?"

"현민이랑 수민이 소꿉친구잖아!! 수민이 집이 현민이네 본가 옆집이야."

"그랬냐? –_–"

"ㅉㅉㅉㅉㅉㅉㅉㅉㅉㅉ"

"–_–^ 꺼져 임마~! 왜 옆에서 짜증나게 지랄이랴~ 쟤가 먹을 거 들고 왔던데 너 안 먹냐?"

"뭐–O–? 정말 –O–!!! 진작 말했어야지!!!"

고새 **쪼르르르** 달려가고 있는 민도현 _

하여튼 그저 먹는거라면 _

민도현이 사라진 쪽으로 바라보고 있노라니 어느새 모든 부원들은 연습을 멈추고 –_–^ 그 잘나신 정현민 놈 소꿉친구라는 이 수민이 들고온 샌드위치를 먹고 있었다.

그리고 _

거기엔 박코치님까지 헤벌떡 거리고 끼어 계셨다.

코치님 ㅠ^ㅠ 어찌 이러실 수가 있나요!!

쳇 –_–^ 그나저나 인정머리라곤 병아리 눈꼽 만큼도 없는 것들!! 지들끼리 다 먹으면서 나는 한번 와보란 소리도 안 해? 내가 그동안 지들 빨아준 유니폼이 몇 벌이며 옆에서 시키는 일들을 얼마나 열심히 해줬는데 나한테 이럴 수가 있어?? ㅠ^ㅠ

"야 매니저 일로 와서 한 쪽 먹어라. –_–"

헛!!! 생각지도 못했던 정현민 _ 역시 너두 인간이었구나. 그래 너두 역시 인간이었어. ㅠ_ㅠ

앞으로 아침은 꼭!! 된장찌개로 해 줄게 -_-!!!!

정현민 놈의 생각지도 못한 초청으로 인해 ㅠㅠ 겨우 이수민이 싸온 샌드위치가 있는 곳으로 갈 수 있었다.

그런데 이거야 도대체 이 여자 옆에 있으니 비교돼서 서 있을 수가 있어야지~!!

아오~!!!

우물쭈물 어쩔줄 몰라하고 있는 와중 _

"반가워요. ^-^ 축구부 매니저예요? 우리 현민이 잘 부탁해요."

써글년 웃는 것도 이뿌네. -_-피부가 백옥같고 코는 역시 혼혈아라 그런지 몰라도 하늘을 찌르는 것 같구나.

"아… 네. ^^;;;;;"

"참!! 현민아 너 밥은 잘 챙겨먹고 다녀? 굶고 다니는 거 아니지? 내가 가서 밥해 줄 시간 있음 얼마나 좋을까…?"

"우걱우걱… 수민아 괜찮아. 저기 저 울 매니저 울집 식모야. 깔깔."

저런 써글 민도현 자식!!!

"뭐?? 이분이 식모라고? 그게 무슨 말이야??"

"웅 그게~ 그냥 어쩌다가 현민이 놈 때문에 그렇게 됐어. 키키 근데 샌드위치 디게 맛있다. 니가 직접 쌌니?"

"응. ^-^ 근데… 현민이 때문에 그렇게 됐다고? 그럼… 현민이 여자 친구?"

"아니아니~~ 그냥 그런게 있어~~~"

"그래? ^-^"

……

이수민이 겉으론 웃고 있었지만 주먹을 꽉… 뭉쳐지는 걸 순간 포착할 수가 있었다.

아무래도 그녀는 굉장한 오해를 했지 싶다. ㅠㅠ

↑Again…♀°No.8

그렇게 한참 배를 채우고 나서 우리 부원들은 다시 연습을 시작했고 −_^ 이수민 그녀는 스케줄이 있어 바쁘다며 담에 또 오겠다는 말을 남기고 다시 돌아갔다.

그런데 왜 이강이가 안보이지? 가만히 보니까 아까 이수민이 나타난 이후부터 쭉 안 보이던데 이 자식 또 정신 없는 틈타서 새 버린 거 아냐??!!!

그렇게 시간은 흐르고 흘러 어느새 연습이 끝나고 모두들 녹초가 되어서 집으로 돌아왔다.

"아… 힘들어. 샤워부터 해야지."

“-_-… 식모는 젤 꼴찌야.”

“뭐야???!!”

“왜? -_-^ 불만 있냐?”

“쳇 _!!”

언제나 내가 뭐 좀 해볼려고만 하면 태클을 거는 놈 정현민~!!!
그래 너 혼자 샤워하고 다 해먹고 살아라!!! 흥이다!!

흥흥거리며 -_-^ 난 나의 방이자 창고인 곳으로 올라왔다. 정
말 이 곳에서 살아야 하는건가??

정녕 ㅠ_ㅠ??

그래… 정녕 그런 거라면 치우기부터 해야지. 흑 _ 어차피 정현
민 놈이 좋은 방을 줄 것 같지도 않다. 이럴 땐 그저 빨리 체념하
고 덜 상심하는 게 낫다.

이곳에서 생활할 결심을 굳힌 채 일단 먼지라도 없애 보자는
생각으로 걸레를 빨아 이곳저곳 닦아내기 시작했다. 그런데 이놈
의 먼지는 어찌 이리 닦아도 닦아도 끝이 없는지 -_-^ 샤워도 하
기 전에 아주 제대로 먼지로 목욕하겠네!!!

창고 안에 있던 가구도 좀 들어내며 대충 치우고 보니 창고가
아주 그럴 듯한 방이 되었다.

음 하하하하하 -0-

마지막으로 싹! 한번만 더 깔끔하게 닦아야지. 흐흐흐^^

다시 깨끗하게 걸레를 빨아 죽을 힘을 다해 바닥을 박박 닦아
내고 있는데 이것이 무엇인고? o_o?

바닥에 계속 연결되는 듯한 그림이 그려져 있다. 어쩐지 닦아도 닦아도 닦이지 않는다 했더니 _

일어나서 살펴보니 계속 연결되는 그림이 꽤 크다. 그 그림의 중간에는 큰 홈이 패여져 있다.

하지만 뭔지 무슨 그림인지 전혀 알 수 없다.

왜 안 지워질까?? 어디에 쓰는 거길래 이런 곳에 그려져 있는 걸까??

머리가 굴러가지 않자 바로 생각하기를 포기해 버리는 나였다. -_-그냥 무시해 무시! 뭐 어차피 생활하는데는 지장도 없겠네. ㅎㅎㅎ….

그나저나 이쯤이면 모두들 샤워를 끝냈겠지?

룰루랄라 _ 즐거운 마음으로 화장실로 향하기 위해 창고를 막 나서려는데 창문쪽에서 햇빛이 내려쬐는 순간 반짝 하고 빛나는 무언가 _!

뭐지??

행여라도 돈나가는 것일까 싶어서 쪼르르르르~~ 달려가서 봤는데 웬 목걸이 하나가 햇빛에 반사되어 반짝반짝 빛이 나고 있었다.

오오 -0- 혹시 이건 말로만 듣던 다이아몬드??

43

이것이 웬 횡재란 말인고 _〉0〈!!

그런데 진짜 다이아몬드면 내가 가져도 되는건가??

뭐 _ 되겠지? – _ – 될꺼야! 아마 – _ – <u>으흐흐흐</u>….

창고에 버려져 있던 걸 내가 찾아서 주운건데 누가 뭐라고 하

겠어? <u>으흐흐흐</u>….

된다 된다! 되니까 걱정하지 마 하린아!!

내 멋대로 해석해 버린 뒤 당장 목걸이를 하고서는 **룰루랄라**

즐거운 마음으로 아래층으로 내려갔다.

역시 다이아몬드가 확실했어!! 걸을 때마다 목주변에서 번쩍번

떡 빛이 나는게 정말 황홀하구나. –0–

계속해서 빛이 나는 목걸이에 괜시리 기분이 좋아 콧노래까지

흥얼거리며 샤워실로 향하는 나 _

"– _ –^ 돼지 멱따는 소리 내지마."

굳이 뒤돌아보지 않아도 안다 누구일지!! 쳇~!!

"왜 또 태클이야!! 기분도 좋은데~"

"돼지도 감정이 있나보지?"

"–0–^"

"그 목에 안 어울리는 건 또 뭐냐??–_–^"

"(흠칫) –_–; 그… 게… 뭐… 뭐냐면…. =_="

44

"근데 왜 그렇게 더듬거려? 짜증나게…."

"응 –_–?? 아… 니…."

"시끄럽게 떠들지 말고 그럼 씻어라. –_– 그 안 어울리는 목걸이는 어서 구했는지는 모르겠다만 얼른 빼버리고! 훗 _ 돼지목에 진주목걸이가 어디 어울린다고 생각하냐 푸하하…."

한껏 비웃음을 날리며 –_– 정현민 놈은 내 앞에서 사라져갔다.

으히히히히 그래도 저녀석 이 목걸이에 대해서는 모르는가 보구나. 괜히 쫄았잖아. >_< 이제 이 목걸이는 영원히 내꺼야!!

–0–v

다이아몬드 목걸이가 정말로 내 것이 되었다는 기쁨과 함께 가뿐히 샤워를 마치고 머리에 물기가 촉촉히 젖은 채 내 방이자 창고로 들어와 바닥에 누워서 목에 걸려있던 목걸이를 빼 다시 한번 바라보았다.

아~~ 볼수록 이쁘단 말야? 히히 _ 목걸이야! 앞으로 내가 널 영원히 이뻐해 주마. 뽀하하하하핫….

처음으로 가져보는 보석에 정말 단단히 미쳐서 비열한 웃음을 날리고 있는데 갑자기 문이 벌컥 열렸다!!!

"밥…."

오늘 아침에 보고 처음보는 사강님 _

매우나 초췌해지신 모습으로 주변에는 암울+어둠의 그림자와 함께 나지막하게 밥… 을 중얼거리셨다.

45

"네?? 아 밥… 드… 려야죠 하핫. -0-∞ 잠시만 기다리세요오
~~!!!"

내 말이 끝나자마자 다시 문을 닫고 나가버리는 사강님 _ 정말
너무 음침하세요. ㅠ_ㅠ!!

"오물오물 -.,- 우거적 아 -o- 잘 먹었다~~"

지놈이 언제는 잘 못 먹었던 것처럼 이야기하는 민도현 _ 하여
튼 먹성 하나는 오질나게도 좋다니까. -_-+

식사가 끝나자 소리 없이 또 사강님은 사라지셨고 나머지 떨거
지 세 놈과 난 문화생활을 위해 거실로 나와 티비를 켰다.

46

티비에선 한참 고수 오빠와 멋진 정철 오빠 그리고 써글 김민
희 -_-^ 가 나오는 순수의 시대가 한참이었다.

오오오오옷… 정철 오빠랑 김민희가 키스를 할려고 하는구나
-o-

[동화야… 나 니 여자친구 맞어.]

[키스… 한다?]

"꺄아~~ 어떡해!! 정철 오빠 너무 멋지잖아~~" =하린=

"씨발 조용히 안 봐?" =현민=

"야〉_〈!! 이런 상황에서 어떻게 조용히 해!!" =하린=

"달링 부러워? 내가 저렇게 해줄 수 있는데… 〉_〈" =이강=

클라이 막스 부분을 앞두고 오도방정을 다 떨어가며 티비를 시
청하고 있는 우리들 _

그런데 그때 마침 _

띵똥띵똥 띵똥띵똥

뭐야 ㅠㅠ 이 중요한 순간에!!
"야! 식모 나가봐. -_-^"
"안돼. ㅠㅇㅠ 이 순간이 젤 중요하단 말야!!"
"-_-++++++++"
"나는 식모…. 나가야지 뭐. 흐흐흐흑…."
"쇼하지 말고 나가!!"
"알았어. -0-!!!"
쓰라린 눈물을 삼키며 나의 정철 오빠를 뒤로하고 ㅠ_ㅠ 인터
폰으로 향했다.
"누구세요오~~ ㅠㅠ"
"저 이수민인데…. ^^"
맑게 울려퍼지는 이수민 양의 목소리 _ 이쁜 것들은 왜 목소리
도 맑고 염병이야. -_-+
그나저나 스케줄이 바쁘시다더니 갑자기 왜 오셨을까?-_-…
딸각_
대문 열리는 소리와 함께 곧이어 이수민이 꽃미소를 띄우며 등
장했다.
"현민아 ^^ 나 왔어~"

"왔냐? -_-"

"뭐하고 있었어?"

"티비 봤어. -_-…"

저년은 난 안중에도 없는건가!! -_-^ 아무리 내가 이 집에서 식모라고 하지만 그래도 명색이 지가 들어오게끔 대문을 따줬는데 인사 한마디 없어?? 앙?? 이런 싸잡아 죽일년 같으니라고!!!

허나 _ 무시당한 건 나만이 아니었었다.

"수민아… 난 보이지도 않는거니? 어쩜 이럴 수가 있는 거니? ㅜ_ㅜ…"

"아 도현이도 있었구나. 안녕?"

"그래. ㅠ_ㅠ"

"왜 왔냐?"

"이강이 오랜만이네. 낮엔 안 보이더라. ^-^"

민도현 놈과의 인사와는 다르게 매우나 찜찌브리하게 이강이 놈과 인사하는 이수민 양 _

매일 까불락 거리기만 하는 이강이 녀석이 왜 이수민을 저런 식으로 대하는 거지??

거참 이상한 일이네…. -0-

"참! 현민아 너 밥 먹었어? 내가 오랜만에 밥 해줄까? 너 사는 거 보고 싶어서 스케줄 하나 구멍내구 왔는데~~"

"니눈엔 저 식모가 안 보이냐? 밥 먹었으니까 조용히 놀다 가던지 말던지 맘대로 하셔~"

"식모…??? 아 맞다!! 식모 있다고 했었지? 어머나?? 언제부터 여기 계셨어요?"

저… 쓰글년이….ㅜ_ㅜ

내 존재를 여태 철저히 무시하고 있었단 말인가?

"아까부터 있었거든요? -_-"

"그래요? 몰랐네."

당신 표정은 전혀 몰랐단 표정이 아냐!!!

"현민아 근데 사강 오빠 어디갔지?"

"내가 어찌 알어. 형 보러 온거였구만?"

"너도 볼겸 사강 오빠도 볼겸 온거지. 우리 오빠 어디 갔을까?"

이게 무슨 소리야? 이수민은 사강님과도 아는 사이?? 게다가  이수민이 사강님을 보러 온거라고?

이수민은 분명 내가 정현민 집의 식모라하자 주먹을 꽉 쥐었던 여자인디… =_= 정현민과 썸씽이 있는 게 아니었던가?

"사강님… 아까 밥 먹고는 사라지셨는데요? -_-;"

"어떻게 아세요?"

시퍼런 눈을 도끼처럼 똑바로 뜨고서 내게 다시 묻는 이수민 양_

"그거야 내가 이것들 말대로 식모니까 당연히 아는거죠."

"그럼… 사강 오빠 아침도… 당신이 지어요?"

"-_- 당연하죠?"

"깨울 때… 도?"

"당연한 걸 왜 자꾸 묻나요? -_- 야! 정현민 내가 할일 다 끝났지? 나 이만 올라간다?"

"그러던지 말던지….-_-"

쳇 -_-+ 마치 기다렸단 말 같이 들리는군.

웬지 모를 서러움에 정철 오빠를 못 보게 만든 장본인인 이수민을 철저하게 씹어드리며 나의 침실 =_= 창고로 올라왔다.

하지만 그때 난 이수민의 일그러진 표정을 미처 다 읽을 수가 없었다.

#다음날아침

드디어 오늘은 기다리고 기다리던 즐거운 방학식 _

히죽히죽 -0-

물론 아침일찍 일어나서 오늘은 된장찌개도 끓였고 맛있게 밥까지 먹고서 학교에 왔다. 으히히히히~

그리고 오늘 아침은 사강님이 방에 없으셨기에 별일도 있지 않았다!! 으하하하하 기분 최강이야!!

방학이라서 이렇게 기뻐하냐고? 노우노우~ 단지 방학이라서가 아니야. >0<

우리 축구부는 방학마다 합숙을 가거든~~ 그것도 명문 축구팀 합숙소로~ 고로 축구 스타들과 함께 생활한단 거지!

낄낄깔깔~~

내가 힘든 축구부 매니저 생활을 하는 이유도 다 이것 때문이
아니겠어?

"방학 때 유흥생활을 하지말고 어쩌고 저쩌고…."

한가닥 남은 머리가 매우 안쓰럽게 자리잡고 있는 울 교장의
긴 방학식 사가 끝나고 축구부 실에 모였다. 이번엔 어느 쪽으로
갈까~~~ 기대되어라. 히히~

"흠흠… 다 모였나?"

"네 〉O〈!!! 코치님. 이번에 우리 어디로 가요??"

"주하린 매니저 너무 대놓고 좋아하는 거 아닌가? 어차피 매니
저니까 빼놓고 가는 수도 있어."

"코치님 ㅜOㅜ!!!"

"그래그래 =_= 알았어. 이번엔 준성팀 숙소로 정했다. 모두 그
렇게들 알고 내일 빠짐없이 학교 운동장 앞에 버스가 대기하고 있
을테니 모이도록 이상!"

준성팀이라고라고라고라????

준성팀이라고 하시면 그 유명하시고 솔직하시고 잘 생기기까
지 하셔서 나의 가슴을 항상 설레게 하시는 성진우 선수가 있는
곳이 아닌가!! 진짜… 그 곳으로 가는 거야? -0-

정말 축구부 매니저 하기 잘한 거 같애. ㅠOㅠ ㅠOㅠ

"입 찢어진다. -_-^"

언제나 그렇듯 항상 내게 시비를 안 걸면 몸에 두드러기라도
나는지 태클거는 정현민!! 하지만 그래도 좋은 걸? 내일이면 진우

오빠를 볼 수 있잖아. 〉_〈 으흐흐훗!!

"박정철이 좋대며?"

"그건 그거고 이건 이거지!!"

"하여튼 기집애들이란 ㅡ_ㅡ^ 야!! 그나저나 이번 합숙은 사강형도 가니까 그렇게 알아라. ㅋ"

ㅡ.,ㅡ… 시방 이게 무슨 소리다냐? 사강님이 울 축구부 합숙 훈련을 가다니!!

"무슨 소리야??"

"혼자 있음 밥 못 먹는다고 따라간다고 며칠 전부터 말하던데?"

"뭐 ㅡ0ㅡ???"

"하여튼 그런 줄 알아라. 난 오늘 갈 곳 있어서 먼저 간다. 도현이랑 이강이랑 집으로 가."

정현민 놈은 그 말만 남기고 내 앞에서 잔인하게도 사라져 갔다. ㅜ_ㅜ…

말두 안돼. 사강님도 가다니… ㅜ_ㅜ 음침한 사강님도… 간다고? ㅜ_ㅜ

무시히 돌아올 수 있을까?? ㅜ_ㅜ…

그래 하린아. 그래도 진우 오빠가 너를 기다리잖아. 그 정도는 감수해야지. ㅜ.,ㅜ

힘내렴!!

"아아아아아아악!! 지금이 몇 시야? 어떡해~~ 늦었잖아!!"

그랬다. 합숙을 떠나는 당일 _ 바로 오늘 -_-!!! 난 늦잠을 자고 말았다. ㅠㆆㅠ!!!

인간들 아무도 깨우는 이가 없었다니. -0-

준비해야해. 어서어서 _!! 하린아 늦으면 진우 오빠가 기다려주지 않아. ///-0-///

초스피드로 15분만에 모든 준비를 마친 나 _ 역시 사랑의 힘은 대단한 것이라고 하겠다. 으흐흐….

"-_-… 늦잠자도 일찍 준비 하는군." =현민=

"시끄러~!! 출발해!!"

"달링~ 오늘 패션 너무 죽인다~ 근데 웬만하면 핫팬츠로 입지 그랬어~~. >0<"

53

"--^ 죽을래!!!"

"그… 그래. 우리 달링은 너무 차갑다니까? ㅠ_ㅠ 근데… 형은 왜 안 나오지??"

형이라 말함은 사… 사강님을 말하는건가? 진짜루… 정녕 가신단 말인가 ㅠ0ㅠ?

현실을 인정할 수 없어 몸부림 치고 있을 때 어느새 나타나신 사강님 _

"…가자. 출발~~"

—.—;;;;; 정말 간편한 옷차림!! 손에는 아무것도 없다. 정말 아무 -_-!!!! 것도!!!

"저… 저… 기… 갈아입을 옷은 챙기셨나요?"

"…-_-^…."

내 나름대로는 참으로 어렵게 말을 더듬으면서 까지 건넨 말이건만 ㅠ_ㅠ 참으로 무참하게도 씹으시며 표정을 일그러뜨리시는 사강님 _

그냥 조용히 닥치고 있을 걸…. -_-;

산 넘고 물 건너 한참을 달리고서 진우 오빠가 기다리고 있는 숙소에 도착할 수가 있었다.

아 -0- 심장 떨려라.

"자!! 각자 숙소에 짐을 풀고 여기 로비에 모이도록 한다. 그리고 매니저!!"

"네 -0-!!"

"-_- 미안한 일이 하나 생겼다."

웬지… 졸라 느낌이 안 좋다.

"-_-;; … 뭐… 뭔데요?"

"너와 함께 객식구가 한 명 늘어남으로 인해 -_- 니네 둘이 방을 써야하게 생겼다. 넌 이사강과 함께 방을 쓰니 알아서 잘 하도록!! 그럼 이상!!"

으아아아악!! 이거 뭔일이야!!! 사… 사사… 사강님과 함께 방을 쓴다고라고라고라???

이건 말도 안돼. 거짓말이야. ㅠ0ㅠ!!!

스무 살이 다 되어가는 처녀총각이 그것도 학생끼리 같은 방을 쓰게 만들다니 이게 도대체 학교에서 할 일이란 말인가!!

진짜 이건 너무너무 말도 안 되는 일이야. 학교가 미치지 않고 코치님이 돌지 않고서야 어찌 이럴수가 있단 말이더냐. ㅠ0ㅠ 정말 이것은 작가의 농간이 아닐 수 없음이다. -0-!!! (작가말: 하린아 니가 이럴때 아님 언제 꽃미남과 한방 쓰겠니 ㅡ.,ㅡ 나에게 감사하렴. 깔깔)

듣고 보니 작가말이 약간 맞는 것 같기도 하다. 그래도 -_-!! 이건 아니란 말이다. ㅠ_ㅠ

"아!! 한 가지 빼먹은 게 있는데… 이봐 매니저!!"

"네 ㅜ_ㅜ?"

"매니저 바로 옆방이 성진우 선수 방이라더군. 이 정도면 그래도 꽤 괜찮지 않나? 그럼 난 진짜 이만일세."

55

므시라고라고라고라고라 -0-?? 진우 오빠의 옆방이라고라고라고라고라 -0-???

웬일이니~ 웬일이니~

그래!! 뭐… 사강님과 생활하는 것도 꽤 괜찮을거야. 암 -0- 괜찮고 말고!!

"달링 ㅠ0ㅠ 우리 형한테 넘어가면 안돼. 알았지? 절대 바람피지마!!"

이강이 자식이 생쇼를 하며 사라져갔다. 그에 비해 무표정인 현민이 놈과 고소하다는 듯 비웃고 가는 민도현 놈!!

내 오늘 진우 오빠 때문에 참는게야. *OTˇTO*

"가자. 열쇠 챙겨와라."

......

아무 표정없이 열쇠를 챙겨오라는 사강님 _

그래 하린아, 진우 오빠 옆방이라잖아. -_- 옆방이라잖니.

ㅜ^ㅜ

일단 열쇠부터 챙겨 가보자꾸나. -_-^

프론트에서 열쇠를 받아 챙긴 난 사강님과 -_-;;; 한방인 305
호실로 향했다.

문을 열고 들어가보니 _ 다행히도 침대는 두 개였다. ─..,─(무
슨 기대를 한거였니 -_-····)

일단 짐들을 풀어야지! 짐을 풀고 진우 오빠 구경을 가보자꾸
나. ^0^

한참동안 짐을 풀고 있는데 _

"이강이한테 속옷 좀 받아와."

-0-;;;;;

사… 사강님은 내 앞에 주요 부분을 수건으로만 가리신 채…
금방 샤워해서 촉촉히 머리카락이 물에 젖어 굉장히 섹시한 포즈
로 이강에게 속옷을 받아오라고 말씀하고 계셨다.

-0-··· -0-··· -0-···

아무리 진우 오빠 옆방이라도 이건 정말 아니지 싶어. ㅠ^ㅠ 나
정말이지 점점 자신이 없어져!!!

"뭐하냐?··· 안 가냐?"

"네 =//0//=? 아… 아뇨. 가… 가야죠. 잠시만… 기다리세요.

-0-!"

벌개진 내 얼굴을 감싸쥐고 방을 뛰쳐나왔다.

아직도 얼굴이 화끈거려. 어찌 그리도 보면 볼수록 잘 빠지셨단 말이더냐 ㅠ_ㅠ!!!!

"어?? ㅇ_ㅇ 달링? 복도에서 이상한 표정 지으면서 모해??"

"응?? 아… 아니… -0- 저기… 그게 사강님이… 속옷 받아오라던데…??"

"아~ 잠시만~~!!"

곧 이강이는 사강님의 팬티인지 이강이 놈의 팬티인지 정체불명 알 수 없는 웬 망사팬티 하나를 가지고 왔다. -.,-;;

"-_-;;;;;;; 이… 이걸 사강님이 입으시니? 좀 더 건전한 건… 없겠니???"

"형은 그 팬티 제일 좋아하는데. ^ㅇ^ 괜찮아~~ 그거 가져다 줘~~"

-0-;;;;;; 사… 사강님은 참으로 취향이 독특하시구나!! 매우나 보기도 민망스럽고 남사스러운 검은색 망사팬티를 손가락 하나에 살짝 걸치고 다시 방으로 향해 돌아섰다.

와글와글~~ 시끌시끌~~

"ㅋㅋ 그랬단 말이지? 참!! 오늘 저녁 반찬 뭐랬지?? 아니아니~~ 맞다!! 밥 먹고 나이트 가자 나이트 ~"

"그래그래 나이트~~"

응? 이게 뭔 소리지??

소리난 쪽을 돌아보니 그 곳엔 내가 그토록 만나기를 소원하고
갈망하던 나의 사랑 _

내가 사강님과 한방을 쓸 수 있게 만들어 주시는 원동력 진우
오빠가 걸어오고 있었다!!!!

어쩜 좋아 어쩜!!! 구경은 하고 싶은데… -0- 어찌 이리 숨어
서 구경할 곳이 없단 말이냐~~

우물쭈물 어찌할 바를 모르는 사이 진우 오빠는 벌써 내 앞에
바짝 다가와 계셨다.

"어?? 축구부 합숙소에 웬 여자지?"

나… 나를 향해 손짓하며 말하는 진우 오빠 =0=

꺄아~~ 목소리도 멋지시구나. 이렇게 생생하게 목소리를 듣
다니 ㅠ0ㅠ 난 정말 복 받은거야. 엉엉~~

"참!! 오늘 어느 고등학교에서 합숙 훈련 왔다던데? 그 학교 학
생인가??"

진우 오빠 옆의 선수가 말을 했다.

"축구부 학생에… -_- 웬 여자??"

"하핫 -0-∞ 매니저예요."

"그랬구나. 안녕 ^^ 반갑다."

내가 약간 오바하여… -0- 두 분의 대화에 끼어 들긴 했지만
환하게 웃으시며 친절하게 인사까지 해주시는 진우 오빠 _ 그대
는 어찌 이리도 빛이 나시는가요ㅠ0ㅠ!!!

"아… 아… 안녕하세요 오빠?ㅜ_ㅜ 정말 팬이에용. 싸인 좀 해

주세요!! 저 여기 바로 옆방이거든요 ㅠ_ㅠ?"

"어… ^-^ 저기… 근데…."

"네!! 근데… 뭐요?"

"그 팬티는… 니꺼니?? ㅇ_ㅇ?"

오 마이 갓~ -0-

사강님이 챙겨 오라해서 이강이에게 받았던 민망한 망사팬티를 난 여태껏 손가락 사이에 낀 상태로 진우 오빠와 대화하고 있었던 것이다. -0-;;;;

게다가 사강님이 팬티 챙겨오라고 한지가 언젠데 여기서 진우 오빠를 만나 얼마나 시간을 지체했던가!!!

난… 미쳤어. ㅠ0ㅠ

"그… 그게… 안녕히 계세요!!!!"

우다다다다다다다다다닥~~~

전속력으로 질주해 방문을 후딱 열고 들어와 버렸다!! 이제 쪽 팔려서 진우 오빠를 어떻게 본다니. ㅜ_ㅜ 이 일을 어쩌면 좋을까 ㅜ0ㅜ 엄니~~ 지는 어쩌면 좋대유!!!

"팬티를… 만들어 왔나봐? -_-^"

아 맞다 -0-!! 사강님!!

"네?? 하핫… -0-;; 그… 그게… 팬티… 여기 있어요!!!"

"내 팬티… 갖고 싶니??"

"네 -0-??"

"갖고 싶어서 중간에 들고 튈까 그런 생각 한 거였지?"

59

"하하하하하하핫 ^▽^ㅇㅇㅇㅇㅇ"

아무래도 사강님은 -.,- 내가 아는 것보다 굉장히 알 수 없는 면이 많은 그런분이신가부다.

그리고 사강님과 이강이는 확.실.히 _ 한 형제임이 맞는 것 같다. -_-

⇧Again…♀°No.10

황당했던 짐풀기를 마치고 저녁식사를 하기위해 식당으로 향했다.

"달링~ 그동안 얼마나 보고 싶었는지 몰라. >_< 방으로 무사히 잘 들어갔지?"

"-_-… 몇 분되었다고…."

"아잉~ 난 달링이랑 1분 1초도 떨어져있고 싶지않웅~"

"-ㅠ- 난 밥 먹고 싶다 아그야. 버터 두르지마!!"

"ㅜ0ㅜ 역시 달링은 형이랑 바람난 거였어?!"

"-_-…."

더 이상 상대할 가치를 못 느낀 나는 이미 와서 앉아있는 민도현 놈과 정현민 자슥의 자리로 다가갔다.

"나 성진우 봤다. >0<!! 어쩜 그렇게 멋있니~~~~"

"-_-… 바로 뒤에 있거든?"

"엉?? -_-?"

현민이 놈의 알 수 없는 소리에 저거시 대체 뭔 소리인가 -0- 싶어서 벙벙해 있는데 _

"어랏? 망사팬티 소녀 내 이야기 하고 있었네? ^-^?"

이게 무슨 개같은 상황이냐. ㅠ_ㅠ 진짜 내 뒤에 있었단 말야??

"하하하하하하핫 ^▽^oo 저는 망사팬티가 아니고 매니저거든요? ㅠ_ㅠ?"

"그래 망사팬티 ^o^ 그럼 맛있게 먹으렴."

-0- 망사팬티가 아니라니까!!!

"-_-^ 뭔 말이냐? 웬 망사팬티?"

"-0-;;… 하 핫… 그런 일이 좀 있었어."

"-_-…."

내 사랑 진우 오빠에게 결국 망사팬티란 이름으로 찍혀버리다니 정말 이번 합숙은 너무 끔찍해. ㅠ0ㅠ ㅠ0ㅠ ㅠ0ㅠ

"현민아~~~"

안그래도 슬퍼 죽겠는데 이건 또 무슨 소리야. 내가 망사팬티 덕분에 정신이 없어서 환청이 들리나? 왜 여기서 이수민 양의 목소리가 들어오는거지?

하지만 그것은 환청이 아니었으니 _

"현민아 밥 먹구 있었구나. ^^"

"넌 또 여기 웬일이냐?"

"이 주변에서 촬영이 있었는데 니가 여기 있단 소식을 듣고 내가 달려왔지~~"

"-_-… 사강형도 있단 소식을 듣고 달려온 건 아니고?"

"뭐 그런 건 꿩먹고 알먹고 아니겠어? ㅎㅎ 그나저나 우리 오빠 또 왜 안 보이는거야~~"

"나한테 물어보지 말고 얘한테 물어봐."

헉 -! 왜 날 향해 손짓하고 그러니?? -0-..

한참동안 날 노려보던 이수민 양은 입을 열기 시작하였다.

"우리 사강 오빠 어딨는지 아세요?"

"-_-… 방에 있겠죠?"

"방이 몇 호실인데요? -_-^"

"글쎄… -_-a 도현아 우리 방이 몇 호실이었지? -0-"

"빙딱아_ 305호실이었잖아."

"305호실이라는군요."

"우리… 방이라니…??"

"아~ 수민아 넌 모르지? 울 식모 사강형이랑 한방 쓰잖아 ~~ 깔깔깔!"

"뭐… 라… 고???"

"왜 그래?"

"진짜… 한방 쓰나요?"

눈에 독기를 품고 날 향해 되묻는 이수민 양 _

"그런데요 왜요?"

"……."

이수민 양은 결국 305호실이라고 내가 친절히 가르쳐드렸건만 가보지도 않고 이쁜 얼굴을 똥상으로 만든 채 -_- 올 합숙소에서 나가버렸다!!

진짜 사강님이랑 뭔 관계인가 —.,— 왜 저리 오바한데?

"야! 사강님이랑 저 여자랑 뭔일 있냐?"

"아니? 전혀. -_-"

"근데 왜 저런데?"

"내가 아냐. 밥 먹는데 말 시키지마!!"

"그래그래 알았다!"

도현이는 내 말을 밥 먹는데 열중하기 위해 어영부영 넘겼버렸고 나 또한 밥 먹는데 정신이 팔려 곧 이수민 양의 일은 잊어버렸다.

한편 _

"주하린… 죽여버리겠어…."

낮게 중얼거리는 이수민 _

차가운 푸른빛 눈동자가 변하면서 하얀 얼굴과 잘 매치되던 검은 생머리가 서양인 특유 금발의 구불구불한 머리로 변하기 시작했다.

♂ Again…♀° No.11

아흠 _ 배도 부르고 오다보니 합숙소 주변 경치가 꽤 좋던데 산
책이나 한번 해봐야지!!

혼자서 산책하긴 좀 뭣하지만 그래도 같이 해 줄 사람이 없으
니 혼자 할 수밖에 흑!!

아까 밥을 먹자마자 도현이는 좀 쉬어야겠다며 방으로 올라가
버렸고 정현민 놈은 엘리트답게 뭐 연습을 해야하네 어쩌네 하며
연습장으로 갔고 _

그나마 제일 만만한 이강이 놈마저 아까 이수민의 등장과 함께
또다시 사라져버렸으니!! 서러워서 어디 살겠어? -0-)+젠장!!

날 버리고 각자 지들 할 일을 위해 사라져버린 써글 것들을 팍
팍 씹어주며 합숙소 주변을 걷기 시작했다.

거참 경치가 참말로 좋구나 -0…

바스락~~

응?? 무슨 소리지??

바스락 바스락~~

모야 =0= 이거 무슨 소리야!!

순간 쫄아버린 나 _ 겁에 잔뜩 질린 목소리로 _

"누… 누구세… 요오….-0-"

"킥~~"

"누구시냐니까요오. -0-"

"역시~~ 매니저 쫄 줄 알았어!"

이 목소리는 _

"서… 성진우… -0-"

"그냥 오빠라고 편하게 부르지 그래? ^-^"

엷은 미소를 띄우며 나타난 진우 오빠가 내 앞에 나타났다. =0=

"-_-;;… 왜 이상한 소리를 내셨나요?"

"멋있게 등장할려고!"

"-_-…."

"쏘리~ 그나저나 뭘 하고 있었어?"

65

"산책요."

"아까 친구들 많던데 왜 혼자서 산책하고 있어?"

"친구가 아니고 웬수들이죠."

"하핫… 그래?? 큭… 그럼 같이 산책해도 될까요 매니저님? ^-^"

"저야… 뭐…."

갑자기 왜 이런데? 원래 이런 성격의 사람이었나? 아까까지만 해도 망사팬티라며 날 놀리던 사람이 왜 갑자기 매니저라고 부르고 난리래 -.,- 암튼 나야 뭐 기분은 좋다만… -0-

사실… 좋은 정도가 아니고 날아갈 것 같다. ㅠ0ㅠ!!! 내가 성진우와 함께 산책을 하다니!!! 하지만 왜 자꾸 이렇게 구석진 곳으로 가는 거지???

　"저기… -_- 무슨 산책을 이리도 어두운 곳으로 가나요?"

　"ㅋㅋ… 알고 따라온 거 아냐??"

　"네 -0-?? 무… 슨… 말씀??"

　"알고 왔잖아? ㅋ…."

　자세히 보니 아까와는 다르게 성진우 선수의 눈이 몽롱하니 풀려있었다.

　대체 뭐야 _

　무서워 _

　"왜… 왜 이러세요. 저 갈래요!! 안녕히…."

　팍!!

　성진우 선수가 가려는 날 잡고 밀치는 바람에 그만 땅에 누워버리는 상황이 되었다.

　"이거… 하늘이 돕는데? 큭…"

　……

　더러운 웃음을 날리며 내 몸 위로 올라타는 성진우 _

　아니야… 이건 아니야!! 내가 아는 성진우 선수는 이런 사람이 아니란 말야!!

　"큭… 이렇게 보니 더 이쁜데?"

　바둥바둥 거리며 몸부림을 쳤지만 그럴수록 내 옷은 성진우 선수에 의해 하나씩 벗겨지고 있었다.

　"흐흑… 흑… 이러지 말아요. 왜 이래요. 흑…."

"왜그래?? 크크… 조금만 기다려. 내가 기분 좋게 해줄게."

"흑… 이러지 말아요. 흐흐흐흐흑…."

이미 완전 풀려버린 듯한 눈 _ 이제 틀렸구나. 난 여기서 끝이구나. 이를 악물고 눈을 꼭 감았다.

마지막 이제 팬티 하나 남았구나.

"크크크크크… 주하린, 니가 좋아하는 성진우와 잘해 봐. 내가 도와줄테니…."

그 시각 _

이수민은 알 수 없는 음산한 분위기와 함께 조용히 주문을 외우고 있었다.

"마하사라 이타라 도마서라이 조마서어호파아롱곪돌아"

♂Again…♀° No.12

"흐흑… 흑… 제발… 제발 이러지… 흐흑…."

……

"흡…."

내 입은 그자식에 의해 틀어막혔다. 더러운 키스… 싫어!! 싫어!!!

더욱더 버둥거렸지만 그럴수록 더 조여지는 날 느낀다.

성진우의 손이 가만히 내 가슴을 움켜쥐었다.

"아…."

내 입에서 삐져나오는 짧은 비명 _

"큭… 더… 기분 좋게 해줄게…."

내 얼굴을 잡고 있던 나머지 한 손이 차츰 밑으로 내려와 그곳을 자꾸만 부빈다.

"허… 허헉… 헉…."

거칠어지는 숨소리와 함께 절망의 나락으로 떨어져 간다.

그때 _

퍽!!!

옆치락 뒤치락 _ 갑자기 더러운 웃음을 띠며 나를 농락하던 성진우와 어떤 남자가 뒤엉켜 치고 박고 싸운다.

"도망가!!! 주하린 도망가!!!"

이… 목소린… ???

온 몸이 다 벗겨진 알몸 인 채로 발딱 일어나 무조건 앞으로 뛰어가기 시작했다.

으아아아아아악!!!!!

벼랑 끝인 것 같다.

"안돼!!!"

멀리서… 아득히 들려오는 소리 _

이상하게 몸이 편안해. 무언가가 날 받치고 있는 기분 _

눈을 떴다.

나… 죽지 않은건가??

눈을 뜨니 아무 일도 없었다는 듯 우리방에 누워있는 나! 어째서 내가 이곳에 누워있는거지…??

"너… 괜찮아? 응?? 주하린 괜찮냐고!!!"

민도현이 걱정스런 눈빛으로 날 쳐다보며 말하고 있었다.

"응… 괜찮아. 근데…."

"사강이 형이 너 안고 떨어지는 바람에 그나마 무사했던 줄 알어!! 그러게 왜 혼자 위험하게 돌아다니고 그래. 형이 너 들쳐업고 온몸이 피투성이가 돼서 오길래 얼마나 놀랜줄 알어??"

그래 그 목소리는 사강님이었어. 그런데… 그럼 사강님은 어떻게 되신거지??

"그… 그럼 사강… 님은???"

"옆에 누워있어. 형도 꽤 다치긴 했지만… 그래도 여태껏 다친 거에 비하면 별거 아닐테니 아마 형도 좀 쉬다보면 괜찮아 질꺼야. 너도 좀 쉬어. 좀 있다가 이야기 해."

"으응… 근데… 다른 애들은??"

"……."

"왜 그래…?? 어디갔어??"

"일단 쉬도록 해. 애들도 여태 있다 갔어. 그럼 나 나간다."

"어…."

그렇게 도현이가 나가고 그나마 여기서 끝난 게 다행이란 생각과 함께 옆에 누워계신 사강님을 바라보았다.

여기저기 상처투성이신 사강님 _

미안해서 어쩌나… 어차피 난 사강님의 위에 있어 다친 곳 하나 없었다.

다만… 끔찍한 기억밖엔 _

나 때문에 다치는 사강님께 조금이라도 보탬이 되기 위해 이불을 젖히고 일어났는데 _

아아아아아아악 -0-!!!

알몸 그대로 였다 ㅠ0ㅠ !!!!

그… 그럼!! 이 상태로… 옮겨졌단 이야기??? 사강님이 나의… 알몸을 다 봤단 이야기잖아!!

오~ 마이 갓!!!

↥Again…♀°No.13

그치만 이미 벌어진 일을 어찌하리!! 일단 옷부터 입자꾸나, 하린아. 침착해야해. -0-… 이럴수록 침착해야 하는거야!!

옷장에서 옷을 꺼내 입은 후 사강님의 옆에 앉았다. 땀을 많이 흘리고 계신 사강님 _ 땀을 닦아 내야 하는데 어찌할까나 -0-

일단…!! 옷을 벗겨야 해. 그치만… 내가 어찌… ㅠ_ㅠ

아니야 하린아!! 사강님은 널 구해주셨는데 넌 이것도 못한단 말이냐!! 용기를 내렴 _

결국 난 사강님의 셔츠 단추를 풀고 안간힘을 다해가며 웃옷을 벗겨냈다.

온몸이 땀범벅이신 사강님 _

그래도 벗겨내긴 했는데 닦는 건 차마 못하겠네!! 수건을 들고 손을 덜덜덜 떨며 사강님의 가슴 쪽으로 향하는 내 손 _

"아이고 ㅜ.,ㅜ 심장 떨려라." (그러면서 닦고 있음 -_-)

이러다 사강님이 깨시면 안 되는데… 그치만 _ 사강님이 안 깨기엔 수건이 너무나도 차가웠다. -_-

덜덜 떠는 내 손을 잡는 사강님의 손!! 깨… 깨… 깨신건가… -0-???

"저… 저기… ^▽^;; 일… 어나셨네요? 땀을… 많이 흘리시길래….-0-"

"… 두 번째다."

두… 두 번째라 하심은 =_= 접때 아침의 일을 포함하여 -0-??

"하하하핫 -0-;;;;;"

"미안하다. 더 빨리 못 가서…."

"아니에요. 아무일 없었잖아요. 오셨잖아요. 그러니… 괜찮아요. ^-^"

"미안하다… 정말…."

"아니라니까… 요…. 흑… 흐흐흑…."

이놈의 눈물은 왜 하필 이때 오질라게도 터져 나오는건지 웃기
게도 사강님의 미안하단 말에 내 수도꼭지가 고장이라도 난 것처
럼 눈물이 쉴새없이 터져나왔다.

"울지마라…. 내가… 지켜줄테니까… 울지마."

"흐흐흐흐흑… 흑… 그게… 난… 흑… 정말… 난…."

"괜찮아… 울지마."

어느새 사강님은 힘든 몸을 일으켜 날 안아주고 계셨다. 사강
님 당신은 정말 나의 천사예요.*ㅜ.,ㅜ*

"근데… -_-"

"네 ㅜoㅜ?? 왜요?? 흑흑…."

"너 이제 내꺼다…."

"네 -0-???"

순간 너무 놀래서 딸꾹질의 시작과 함께 울음이 뚝 그쳐버렸
다!

"딸꾹! 그… 게… 헙… 무슨 딸꾹! 말씀… 딸…."

"내가 니 알몸을 봐버렸으니 책임을 져야지. 내 동생한텐 미안
하지만 이제 넌 내꺼다. -_-"

"하하하하하하하핫… -0-;;; 어째서 그런 이론이…."

"왜… 싫은거냐?"

"아… 아뇨. -0- 그… 그럴리가요."

"그래? 그럼 우리 한번 잘 해보자."

"그… 그러지요. -0-"

우리 한번 잘 해보자라니 -0- 하하하하하 _

그치만 웬지 좋은 걸?? ㅠ.ㅠ

그리하여 우습게도 난 이렇게 황당하게 오늘부터 사강님과 사
귀는 사이가 되어버렸다.

⚤ Again…♀° No.14

한편 _

"어떻게… 됐어?"

하린의 방에서 나온 도현은 심각한 표정으로 앉아있는 현민과
이강에게 물었다.

"기억못해…."

"뭐?? 그게… 말이 돼???"

비명소리가 들리고 현민과 도현 그리고 이강이 뛰어갔을 땐 사
강이 피투성이가 되어 하린을 안은 채 올라오고 있었다.

그리고 저 멀리 쓰러져 있는 진우를 끌고 왔지만 깨어나자마자
아무것도 기억 못하고 있었다.

"2년 전이랑 똑같애. 유희 누나 때도 그 자식은 기억을 못했었
어. 그리고 이번에도 이마에 J라는 문자가 새겨져 있었어."

"그… 그… 런… !!!"

"한 가지 틀린 게 있다면 유희는 그렇게 가버린거고 하린인 운 좋게 살았단거지. 큭…."

현민은 2년 전의 일을 떠올렸다. 이번과 똑같았던 상황 _

당시 사강의 여자친구였던 유희는 마찬가지로 일을 당하고 그리고 자살했다.

물론 하린은 거기까지 일을 당하지도 않고 다행히 목숨을 건졌지만 모든 게 이상하리 만치 똑같은 상황에 당황을 하고 있는 그들이었다.

"이번에는… 꼭 밝혀내고 말겠어."

무언가를 알 거 같단 표정으로 이번엔 꼭 밝혀내리라 다짐하는 이강이었다.

#하린시점

그나저나 이제 뭐라구 불러야 하나~ 자기야~~-_-; 이건 오바고… 그렇다고 사강님!! 할 수는 없는 거잖아!!

이 일을 어째!!!

"저… 저기…-0-…."

"내 이름은 저기가 아닌데… 사강인데…."

"그… 그게 아니고 -0-∞"

"말 놔. 불편하니까."

"네??… 네. ^^;;;"

"그리고 오빠라고 불러…."

혹시 사강님은 싸움만 잘하시는 게 아니고 독심술도 하시나?

"네??? 그… 그… ^^;;;;;;;"

"-_-… 싫어…?"

"아뇨 ^o^;;; 시… 싫을리가요."

사실 _

싫다 ㅜ_ㅜ!!!

어찌 얼굴만 꽃미남이시고 온 주변이 음침하신 사강님께 오빠
라는 간들어지는 소리를 한단 말이냐!!

그치만… -_-

"오빠… ^-^oo"

말했지 않았던가. 난 현실 적응력이 뛰어나다고. ^▽^oo

"그럼 이만… 자자."

"네 -0-???"

그냥 이상하게 굉장히 야한 소리로 들렸을 뿐이다. 절대 -_-
내가 이상한 생각을 한 건 아니라구!!

"왜…??… 지난 번 아침에 못한 거라도 계속 할까??"

"지난 번 아침… 이라면… ^^;;;;;"

"싫음 그냥 자라. -_-"

아무래도 난 사강님께 그날 일로 엄청나게 찍힌 듯하다. ㅠ0ㅠ

"그럼… 안녕히 주무세요. ^^;;;;;;;"

"말 놓으라니까… 참 많이 말 안 듣는구나…."

저기 사강님… 저두 말 놓고 싶은 마음은 굴뚝 같지만 당신의 찡그리신 그 표정을 보면 오금이 저려 나오던 말도 도로 들어가 버린답니다. ㅠ_ㅠ

"노… 노력 할게요. ㅜ_ㅜ"

"어… 피곤할테니 이만 자라."

피곤한 탓이었는지 난 침대에 눕자마자 이내 다시 잠이 들었고 아침에 졸린 눈을 비비며 깨어났을 땐 이미 사강님은 혼자서 반창고며 파스며 치료까지 다 하신 상태이셨다. -.,-

어찌 저리도 저런 것들을 혼자서 잘 하시는건지 -_-…

"일어… 났냐?"

"네. ^o^;;;"

"-_-^…."

"으… 으응… -0-;;;;"

이거야 원 오금이 저려서 살 수가 없군. ㅜ.,ㅜ

"밥은… 드셨… 아니아니 =_= 머… 머 먹었어-0-?"

"아니."

거… 참 짧고 좋은 대답이군. 하핫 그나저나 _ 상처를 말끔히 치료하시고 밑엔 베이지색 면바지 위엔 하얀색 셔츠를 걸치시며 아침햇살을 받으시는 사강님을 보며 코피 터져 쓰러질 것만 같구나 -0-

어찌 그리도 아름다우십니까!!!

한참 사강님의 외모에 스스로 감탄하며 그리고 또 한번 정녕 내가 사강님과 사귄다는 사실을 -.,- 믿을 수가 없어 도리질을 해대고 있으니 _

"밥… 먹으러 가자."

"그래. ^-^;;; 가… 가… 자!!"

아직은… -_- 대답을 하는데 말이 굉장히 더듬어지지만 아마 곧 괜찮아 질 것이다. 난 믿는다!!

믿는 자에게 복이 있나니…. ㅜ.,ㅜ

어찌되었든 어제 일은 잊고 식당으로 가 보자꾸나 _ ^0^

식당으로 내려가니 반갑게 나를 맞는 친구들 _

"-_-… 하여튼 밥 먹는 것만 시간 잘 맞춘다니까!!"

-.,- 나 혼자의 생각이지 싶다. 아마도 _ 저런 써글 것들은 내가 어제 그리도 힘든 일을 당했건만 심각해지지는 않고 ㅠ0ㅠ!! 나쁜것들 -_-++++++

"달링~ ^-^ 잘 잤어?"

"-_-;; 응…."

어색하게 대답을 하는 _

떡!!

헉 -0-

"왜 때려!!"

사강님이 이강이를 때렸다. -_- 이강이를… 때렸다. -_- 이강이를 때려버렸다.

"형수님보고… 누가 달링이라고 부르랬어."

"응?? 혀… 형수님??"

"형!! 미쳤어?"

"−_−^… 세상이 말세야."

갑자기 내 손을 꼬옥 잡으시며 말씀하시는 사강님 _

"내꺼다…. 건드리는 새끼들 죽는다."

어찌나 카리스마 있으신지!! 까야~~~

"형… 어떻게 이럴 수가 있어?ㅠ0ㅠ"

울부짖는 이강이 _

"미안하다…. 대신 하린이 친구 소개시켜주마."

누구 맘대로??

"그래 ^▽^ 뭐 히히−0− 형제끼리 여자 가지고 싸울 순 없는거
지."

아~~ 이강이가 이해해줘서 다행이다. ^0^

잠깐… −_− 이… 이게 아닌 것 같은데 _

이 써글놈 ㅠ0ㅠ!!! 겨우 내 친구 하나에 그렇게 넘어간단 말
이냐!! 앙?? 나에 대한 너의 사랑이 겨우 이 정도였단 말이냐!!! 써
글놈!!!

"달링 ㅠ0ㅠ 이렇게 달링을 버리고 가는 날 용서해. 부디 행복
하길 바랄게 흐흑…."

"됐어 써글놈아!!"

"우리 형수님은 여전히 너무 차가워. ㅜ0ㅜ"

하여튼 언제나 지멋대로인 놈 _ 그래도 쪼금 행복하긴 하다.
^_^

어제 그렇게 씹창할 일을 겪긴 하였지만 그래도 난 사강님을
얻었잖아? 깔깔깔 _

제발 남은 시간동안 성진우 선수와 안 마주치고 무사히 합숙을
마치고 돌아가길….-0ㅜ

그 시각 _

"주하린… 이번에는 잘 피해갔지만 다음부턴 쉽지 않을꺼야.
각오해…."

소리없이 수민은 중얼거렸다.

⇧Again…♀° No.15

다행히도 더 이상 아무탈 없이 합숙이 끝났고 방금 집에 도착
했다.

히히 -0-물론 사강님은… 집에 도착하자 마자 또 사라지셨다.
어찌 이리도 변화가 없으실꼬 _ ㅜ0ㅜ ㅜ0ㅜ

"형수야 ~"

"뭐야 ──"

"슈퍼 가자고 ~"

"갑자기 웬 슈퍼를 가?-.,-"

"합숙 갔다왔으니까 바캉스 가야지♬ 바캉스 준비하러~"

"합숙 다녀왔음 됐지 뭔 바캉스야. 그냥 잠이나 자빠져 자~"

"ㅠ0ㅠ 어떻게 그렇게 심한 말을!!"

"오바 하지마."

"쳇~! 형수가 정 안 가겠다면 나 혼자라도 가겠어!!"

"그래 -ㅇ- 안녕."

"이잉~~가자~~~"

사실 -_-나도 가고는 싶지! 근데 알다시피 난 거러지란다. 그
래도 자존심 상해서 돈 없어 못 간단 말은 차마 못하겠다. -.,-

"그러지 말고 이번에 우리 필리핀 가자!"

민도현 놈이 또 고새 숨겨뒀던 걸 언제 찾았는지 바나나를 오
물거리며 -.,- 필리핀에 가자며 지랄을 해댔다.

바캉스도 돈 없어 못 가는데 필리핀? 날 차라리 죽여라!!

"필리핀? 진짜?? 와 ~ 그래 요즘 동남아 싸고 좋다고 많이 가
더라. 우리 필리핀 가자~~~"

"-_-… 난 안가."

"히잉~ 형수야 ~~가자 ~~ 응?? 형두 아마 꼭 간다고 할꺼야
~~!!"

"사강님 가도 정현민이 안 가니까 난 밥을 해야지. ^0^"

"-_-^ 누구 맘대로 안 간단 거냐?"

어디서 고새 나타났는진 모르겠지만 어느새 나타나서 지놈도 간다고 말하고 있는 정현민 놈ㅠ.,ㅠ

이리되면 안 되는데 _

"현민형두 간다네~~ 히히 어차피 비행기도 현민형네 비행기 타고 가면 되고 _ 가자고 했으니 형이 쏠꺼야 ㅋㅋ 형 그치?"

"-_- 생각 좀 해보고…."

정현민은 좀 탐탁해하진 않지만 그래도 거절은 하지 않았고 _

그럼… 공짼데… 한번 가봐? ㅋㅋ

내가 이럴 때 아님 언제 외국여행 한번 해보겠어~. 히히 공짜니까 가는거야!! 그래!! 흐흐흐….

"뭐 그럼… 가던지.ㅋ"

괜히 못이기는 척 가는 것처럼 대답을 했고 _

"와~ 정말이지? 우히히히히히 언제 가지? 언제 갈까?"

"일단 나 여권부터 발급 받아야해."

"형수 -0- 여권 없어?"

"그래 왜!!"

"아… 아니 -_-;; 그래 그럼 한 일주일정도 걸리겠네. 여권발급받고 비자받고 하면~ 여권사진 찍어야지? 가자~~ 내가 따라가 줄게."

여권사진 찍으러 가자며 오도방정을 떨어대는 이강이 놈 덕분에 집에 돌아오자마자 제대로 쉬지도 못하고 여권 사진을 찍으러 밖으로 나갔다.

"밖에 울 둘이 나온 거 첨이다 그치??"

"너 말고 딴 사람이랑은 나온 적도 없어. -_-"

"히히 -0-v"

"이상한 소리 내지말고 사진관이나 안내 해."

"그래 ^o^ 오늘 달링은 참 이뿌다~"

"뭐??"

"아!! 아니. ^0^;; 형수… -0-"

웬지 어색하게 형수라면서 웃는 이강이가 괜시리 멋쩍어 보였다. 내 느낌일지도 모르지만 마음이 찜찜해져 왔다.

"아따 그 고개 좀 옆으로 살짝 돌려봐라 카이 -0-."

"이… 이렇게요? ^^;"

"아가씨!! 그기 아이고~~ 으잉? 조기 조 총각쪽을 좀 쳐다봐라으잉?"

"^^;;;;네… 네…."

무슨 놈의 사진 한판 찍는게 이리도 힘이 드는 건지 _ 이리봐라 저리봐라 고개가 삐뚤어졌다.-.,-

어찌나 주문이 많은지 -0-^ 죽어도 -_- 모델은 안할꺼라고 다짐하는 순간이었다.

그래그래 안다 알어! 모델 내가 하고 싶어도 못하는 거 그렇게 돌 던지지마 아파 -0-!!!

그렇게 힘겹게 사진을 찍고 _

"20분만 있으면 나온다~ 근데 여권사진은 얼굴 크게 나오는 거 알제? 그그는 알고 있으래이~~~"

혁! 얼굴이 크게 나온다고?? 안 그래도 큰 얼굴 거기서 더 크게 나오면 어쩌라고!!!

"아저씨 ㅠ0ㅠ 제발 이뿌게 해주세요~~"

"이그는 그게 문제가 아니라까네~~ 여권사진은 얼굴 안 크면 빠꾸당한다 빠구~!! 아가씨 그그 모리나?"

"몰라요 전 몰라요!! 그러니까 제발요. ㅠ0ㅠ"

"아따~ 총각아 이 아가씨 좀 그치게 해봐라. 와 이래 질질 짜 샀노?"

"-_-;; 형수야 원래 여권사진은 다 커. 사진 아마 이뿌게 나올 꺼야. 이 집 그래도 사진 잘 나오는 데로 유명해."

83

"ㅠ_ㅠ 진짜?"

"응. 그니까 20분만 기다리자. -.,-"

"진짜 이뿌게 나오는 거 맞어 ㅠ_ㅠ?"

"맞다니까!! 내가 전에 진짜 이상하게 생긴 애가 여기서 사진 찍어온 거 봤는데 엄청 잘 나왔어~!! 날 믿어!!"

"그래 널 믿어. ┬^┬"

20여 분이 흐르고 _

"아따야~ 사진 자~~ 알 나왔다. 함 봐라."

"진짜요? ㅇ_ㅇ? 어서 줘보세요. -0-"

"그래그래 이것봐바라."

헉_ 이… 이게… 잘… 나왔다고 -0-?? 아… 저씨 이게 잘 나온 겁니까? ㅠ0ㅠ

"이… 이강…ㅜ0ㅜ!!!"

"왜? 이상해? 응?"

"니가 봐바!!!"

84

내 사진은 정말 얼굴이 사진에 꽉 차 있을 만한 크기로 _ 게다가 볼살은 터질 듯 눈은 가재미처럼 쫙 찢어져선 그렇게 얼굴만 허여팅팅구리해선 사진이 나왔다. ㅠ^ㅠ!!

이상하게 생긴 년도 찍어서 잘 나왔는데 난 왜 이러냐고요!!

뭐라고? 난 그년보다 더 이상하게 생겨서 그렇다고? 당신 안 그래도 화딱지나는데 신발 뒷굽으로 한번 맞아볼텨?

"그… 그래도 ^^;;… 큼직하고 이쁘네."

"야!!"

"미… 미안해. 그치만 내껀 잘 나왔단 말야 이거 봐바. ㅠ_ㅠ"

예전에 여권 만들 때 이곳에서 사진 찍은 거라며 지갑에서 여

권을 꺼내 사진을 보여주는 이강이 놈 _

　원래 얼굴이 워낙 작아서 그런지 이 사진도 아저씨가 확실하게
얼굴을 크게 잡아서 찍은 게 분명한대도 아주아주~~~ 작게 나
와 있었다. ㅠ0ㅠ!!

　너 지금 호떡집에 부채질하냐? 앙!!

　"-_-^… 너 지금 일부러 보여준거지?"

　"아… 아니… 그게 아니고… -0-."

　"그래 원래 니놈 얼굴 작고 잘 생겼다. 지금 이거 나한테 과시
하는거지? ㅠ_ㅠ!!!"

　"^^;; 그… 게 아니라니까."

　"됐어 됐어!!! 여권이고 뭐고 난 몰라!!"

　"-_-;;… 형한테는 안 보여줄게."

　"-_-)O 그럼 니가 여태껏 보여줄 생각이 있었단 이야기냐?
앙?"

　"-_-;; 아… 아니지 내가 어떻게 그런…."

　"그래. 이것은 너와 나의 영원한 비밀인게야 알것지? -_-"

　"그… 그럼. ^o^;;;"

　"이만 가자꾸나. ㅜ,,ㅜ"

　"그래~"

　사진 때문에 충격 받아서 그런지 온 몸이 쑤셔온다.

　집에 가서 쉬어야지!!

#집

"사진 잘 찍고 왔냐? ㅋ 주하린 너 또 얼굴 졸라 크게 나왔지? 킥킥"

"냉장고를 버려버릴까?"

"아… 아니 ^^;; 왜 그렇게 과민 반응이니~"

써글 저 민도현 놈 간신히 진정하고 집으로 왔건만 저리 또 내 속을 헤까닥 뒤집어 놓는다.

엉엉 _

"나는 올라가서 좀 쉬어야겠으니 니들끼리 뭘 먹던지 말던지 알아서들 해라. 난 올라간다."

"야…"

"형수야."

심각하게 부르는 도현이 놈과 이강이를 뒤로하고 창고로 올라 와버렸다.

왜냐고? -_-^

저것들은 내가 걱정스러워서 그런게 아니고 먹을거 스스로 챙 겨 먹으랜다고 그런 것이거든. ㅠ0ㅠ

써글 젠장!!

아… 잠이나 자자꾸나. 남는 시간 내가 눈 떠있어서 무얼하리. 잠이나 자자…. ㅜ_ㅜ

#다음날아침

"기상!!! 기상!!!"
모야… 방학 아침부터 왜 이리 지랄염뱅이야!!!
"으으으아아아아아아아악!!! 모야?!?!?!"
"형수야. ^^"
"몇 신데 이 난리야!!"
"12시 -_-."
"응? -_-? 몇 시라고?"
"12시!!!"
"뭐어 -0-???"

분명 내가 어제 올라와서 자리에 누울 때까지만 해도 9시밖에
안되었는데 언제 12시가 되어버린거지?? 난 미쳤어~~ 미쳤는가
봐~.

"야!!! 현민이는?? 응? 그자식 아침 먹었대? 앙? 아니다 아침도
아니고 이제 거의 점심이네 엉엉. ㅠ^ㅠ"
"현민이형 아직 자는데?"
"정말?? 진짜?? 아… 휴… 다행이다."
"웅 근데 …-.,-"
"근데 뭐?"
"난 배고파 밥 줘. >_<"
"짜장면 시켜먹엇!!!"

"히잉~ 진짜? 응??"

"그래!!!"

"형은 집에서 뭐 시켜먹는 거 딥따 싫어하는데…."

"그… 형이라 지칭함은 누구를 말하는거니…?"

"우리 형이지."

이런 젠장 씨파랄!!

이 황금같은 방학에도 내가 일어나자마자 밥이나 하고 자빠져

있어야 한단 말이냐!!

"ㅜ.,ㅜ 기달려 젠장."

"그래 형도 깨워."

"니가 깨워~~"

"형은 내가 깨움 싫어하더라고 -_-a"

"아오!!"

결국 난 사강님을 깨우기 위해 앞치마를 두른 채 사강님 방으

로 향했다.

그나저나 어제 합숙에서 돌아온 이후로 처음 뵙는 것이구나!!

똑똑_

"……."

오잉?? -_-?

아무 소리도 들리지 않길래 조심스레 문을 열고 방안으로 들어

갔다.

다행인지 불행인지는 몰라도 침대에 고이 잠들어 계시는 사강

님 _ 난 검지손가락을 사용해 사강님을 툭툭 건드렸다.

"일어나~~~ -0-…."

"……."

"저기… 좀 일어나지~~~"

사실은… 말하면서도 등 뒤에는 식은땀이 흐르고 있었다. 아직
은 정말로 반말을 하는게 영~ 익숙하지가 않다!

아무 반응이 없으시는 사강님 _ 그래도 깨워야 니가 산다 하린
아!!

결국 난 사강님의 이불을 획 _ 걷어버리는 실로 엄청난 일을 저
질러버렸다.

이래도 아무 반응 없으시네. 제발 좀 일어나셔요~~

근데… 이게… 뭐… 지??

사강님의 이불을 들추자마자 피비린내가 진동을 한다. 자세히
살펴보니 허리춤에 피가 고여있는 사강님!!!

이… 이게… 무슨 일이야??

"오빠!!! 오빠!! 좀 일어나봐. 왜 이래!! 괜찮아??"

"으으… 뭐야…."

"왜 이런거야!! 네?? 흐흑… 또 싸웠어? 네?? 좀 일어나봐!! 병
원 가야겠어. 일어나!!"

"소란떨지 마라."

당신이 무슨 조폭대장쯤 되시는 줄 아시나요 ㅠ_ㅠ? 고작해야
학교에서 짱 먹으셨으면서 왜 이렇게 매일 다쳐오시고 똥폼만 잡

으세요 -0-!!!

라고……_ 매우나 말하고 싶었다만 차마 목구멍 밖으로 나오
지 않아서 속으로만 씨부렸다.

"그러지 말고 좀 일어나봐 ㅠ0ㅠ 응??"

"손…."

손? 손을 달라는 말씀이신가?? 난 어떨결에 사강님 앞에 손을
불쑥 내밀었다.

그러자 내 손을 휙 낚아채 침대로 뉘우시는 사강님 _

"-0-;;;"

"많이 참는거야…. 아침엔 내 방에 들어오지마."

그러면서 사강님은 천천히 내 얼굴 위로 다가오셨다.

……

부드러운건가?? … 달콤… 한건가 ??

따뜻한 키스 _ 사강님도 이런 걸 할 줄 아는 분이셨구나. 그런
데 우리 진도 너무 빠른 거 아냐 ? -_-;

갑작스러웠지만 왜 이래 행복하냐.

⇧Again…♀°No.17

부드러운 키스가 끝나고 놀래 어안이 벙벙해져 사강님을 바라

보는 내 눈과 그런 날 웃기다는 듯 처음으로 얼굴에 미소를 띠우
시고 마주봐 주시는 사강님 _

거참… 가까이서 보니 더 잘 생겼구나. ㅜ.,ㅜ

"^-^;; 저… 기… 이제 밥을…."

"어…."

짧은 대답과 함께 나를 막고 계시던 몸을 일으키시는 사강님 _
그러다 _

"윽… 쓰라려."

"괘… 괜찮으세요 -0-???"

"또… 그러네. 풋."

"아… 아니 ㅜ.,ㅜ 괜찮아?"

"아니."

"웅?? ㅇ_ㅇ?"

"아니라고."

안 괜찮다는 말인가…??

"병… 병원 갈래?"

"됐어… 도와줘."

"웅!!"

우선 사강님이 시키는 대로 사강님 침대구석에 있는 약상자를
꺼냈다.

"이걸로 어쩌면 되는데? ㅠㅠ"

"울지마."

"흘찌덕… 이렇게 심하게 다쳐오니까 그렇지. ㅜ.,ㅜ 첨 만났을 때도 피투성이었는데… ㅜ0ㅜ!!"

"큭… 역시 내 예상대로 울보였네."

"치… 치료하자. =_="

사강님이 천천히 시키시는 대로 약상자의 붕대를 꺼내 일단 사강님의 상처난 허리부분을 천천히 감았다.

사실 -.,- 감으면서 졸라 민망했다. *-_-* 어찌나 몸이 잘 빠지셨는지 _

"눈물 떨어져서 쓰라린다.-_-^^"

"응 _ 알았어 미안. ㅠ.,ㅠ"

눈물 떨어져 쓰라린다고 쿠사리 먹고도 계속해서 눈물을 찔찔 흘리며 붕대를 감았다.

"됐네. 나가자."

"일… 어… 설 수 있어요?"

"너땜에 짜증나서 병 도질 것 같애."

"으응… 미안."

오늘 또 하나 알게 된 사실이지만 사강님은 내가 생각했던 것보다 말이 많으신 것 같다. -.,- 역시 이강이 형이 맞다니까!!

천천히 내 손을 잡으시고 일어나시는 사강님 _

그러시더니 갑자기 _

"근데… 목에 그거… 뭐야??"

목??

"아~ 이거? ^^"

"무슨… 목걸이야?"

=_=;; 그… 그렇게 갑자기 목소리 쫙 깔고 말할 것 까지야?

"^▽^°° 차… 창고에서 주웠는데…?"

"-_-…"

"진짠데… ^^;;;;"

식은땀을 줄줄 흘리며 내 목에 걸려있는 목걸이를 바라봤다.

어라?? 근데 이게 뭔일이지??

분명 창고에서 주워 걸 때까지만 해도 콩딱지 만한 다이아몬드 알이었던 게 두 배로 커져 있었다.

이게 뭔일이래? -0-;;;;;

황당하고 이해할 수 없어 벙쪄있는데 _ 그래 -_-^ 사실은 팔면 돈 더 나가겠다고 좋아했다 왜 -0-!!!

이런 생각들을 하고 있는데 사강님 하시는 말 _

"오늘… 집에 가자."

"집?? 여기가 집인데 또 어딜?"

"본가."

사… 사… 사강님 본가를??

"보… 본가?"

"싫어…?"

"싫을 리가 -_-;;;;;"

"밥 먹고 바로 준비해."

"엉 _ 어서 나가자. -0-"

갑작스럽게 필리핀 여행에 사강님 본가까지!! 정신이 없어지는 나였다.

♂Again…♀° No.18

나 지금 어디냐고??

대충 밥을 먹고 사강님과 함께 검은차에 실려 어디론가 왔더니 엄청나게 커다란 옷가게였다. 도대체 여긴 왜 온걸까?-0-

"여… 여긴 왜? ^^;;;"

"옷 사러."

그… 그렇지. 옷가게에 올 일은 옷 사러 밖에 없지. 하지만 여긴 전부 여성복인데?

서… 서… 설마!! 사강님은 여자 옷을 즐겨입으시나 -0-?

(퍽퍽!!)

미안 -_ㅠ 그치만 이 집 꽤 비싸보인단 말야!! 내 옷을 살리는 없잖아 _

라는 나의 생각은 무참히 짓밟히고 지금 사강님은 옷 하나를 가져와 나에게 이리저리 대보고 계신다.

"이거 입고 나와봐."

94

"으… 으응??"

"입고 나와보라고…."

"그… 그래."

또 한번 낮은 저음에 쪽도 못쓰고 난 탈의실로 들어갔다. 약간 여성스러우면서 섹시한 옷 _ 근데 대체 공이 몇개야?-0-

일단 입어나 봐야지.

옷을 갈아입고 탈의실 밖으로 나가니 미세스 장이라 칭하는 사람이 뷰티풀~ 엑설런트를 연발한다.

그리도 괜찮은가??

호기심 반으로 거울을 들여다봤는데 정녕 옷이 날개란 말이 맞단 말인가!!!

어찌 이리도 변할 수가 있을까?-0-

하린아 -0- 거울 속에 있는 거 정말 너 맞니??

어안이 벙벙해져 사강님을 쳐다보자 사강님도 매우나 흡족하다는 표정을 짓고는 이상한 것들로 나를 치장시킨 후 다시 검은차에 나를 태웠다.

"저… 저기… 이런 거… 난…."

"싫어?"

"싫다기 보다도 부담스러우… 니…."

"괜찮아 결혼할거니까."

뭐?? 겨… 결혼????

"겨… 결혼???"

"당연하지. 지금 인사드리러 가는거니까."

하하하핫!!! 뭐가 이래??

"설마 인사드리고 뭐… 바… 바로 결혼식을 한다던가 그 런 건…??"

"그렇게… 하고 싶어?"

"아… 아니!!"

"그냥… 인사만 드리는거야. 아직 나이는 안 되니까."

그럼그럼 그래야지. 놀랬잖아~

놀란 가슴을 진정시키고 나니 엄청스레 커다란 집 대문 앞이었다. 커다란 대문부터 쫄은 나였지만 사강님 손에 이끌려 씩씩하게 입장 -_-v

들어가니 웬 할아버지가 정원에서 산책을 하고 계신다. ㅇ_ㅇ

사강님 할아버지신가??

☝Again…♀°No.19

사강님 할아버지라고 분명한 생각이 드는데도 사강님은 할아버지를 쌩까시고 계속해서 대문으로만 향했다.

"저기… 저분."

"신경 쓰지마."

신경 쓰지 말라고 해도 신경이 쓰이는 걸? 그래도 어쩌겠어.
그냥 따라가야지.

계속에서 손에 이끌려 대문으로 향하는데 그때 갑자기!!

"엄마~~~"

무슨 소리인가 싶어 엄마란 소리가 난 뒤쪽을 돌아보니 사강님
할아버지로 추정되시는 분이 날 향해 "엄마" 라 칭하시며 달려오
고 계셨다!!!

어버버버버 _

어… 엄… 마 라니 -0-;;;;;

어느새 내 앞에 와서 앵기신 사강님의 할아버지로 추정되시는
분 _ 왜 이러시나요. 저는 할아버지의 엄마가 아니랍니다. ㅠ0ㅠ

"엄마… 보고싶었어. ㅜ_ㅜ 또 제인이 괴롭혀??"

"-_-;;; 저기… 할아버지."

"괜찮아. 엄마… 내가 지켜줄게."

아무래도 할아버지의 상태가 꽤 심하게 이상한 듯하다.

사강님은 계속 그냥 날 잡아끌고 할아버지는 나에게 앵겨붙으
셔서 이상한 말만 자꾸 하시고 이리저리 어찌할 바를 모르고 있는
데 갑자기 엄청나게 기품있고 우아한 아줌마가 나타나시더니 _

"아버님 진지 잡수실 시간이에요. ^^ 안으로 들어가세요."

"으응?? 싫어. 엄마랑 놀꺼야."

"아버님… 이 아가씨는 사강이 여자친구예요. 그러니까 들어가
세요."

계속해서 천천히 그 아줌마가 할아버지를 달래자 그제서야 날 놓고 돌아서시는 할아버지 _

대체 무슨일이랴 -0-;; 그나저나 저분이 사강님 어머님??

어… 엄청나게 이뿌시구나!!!!!

그리고 본의 아니게 정원에서 첫인사를 나누게 된 나 -.,-

"아… 안녕하세요?"

"반가워요. ^^ 우리 며느리 되실 분? 귀엽기도 하여라."

어찌 그리 한말씀 한말씀이 기품이 넘치시나요? 무슨 왕궁에 온 것 같은 기분이 드네요. ㅠ_ㅠ

"하하핫… 감사해요. ^^"

98

"우리 아버님 때문에 놀랬죠? 아무래도 아가씨 목에 걸고 있는 그 목걸이 때문인 거 같네요. ^^ 자… 이러지 말고 어서 안으로 들어가요."

목걸이 때문인 거 같다는 말만 남기고 어서 안으로 들어가자는 사강님 어머님 _ 그리고 여전히 내 손을 잡고 대문쪽으로 잡아끄는 사강님 _

도대체 이게 어찌된 일이야? 목걸이 때문에 내가 사강님 할아버지께 엄마소리를 듣다니??

넓디 넓었던 정원 만큼이나 으리으리한 집안_

정현민 놈만 잘 사는 줄 알았더니 -.,-;;

"^^ 여기로 앉아요~"

기품이 철철 넘치시는 사강님 어머님의 안내에 따라 쇼파도 무슨 우리 집값 만한 자리에 앉았다.

"이제서야 인사를 똑바로 하네 ^^ 반가워요. 난 사강이랑 이강이 엄마예요. 우리 아들들이 신세 많이 지고 있죠?"

"신세라뇨 ^-^;;;; 신세는 그 집에서 제가 지고 있죠."

"그래… 우리 사강이가 여자도 다 데려오고 ^^ 이거 정말 기쁜데? 말 놔도 되지? 어차피 며느리 될건데…?"

거참… 사강님 어머님도 누가 사강님 어머니 아니라할까봐 꽤 앞서 나가시는군요.

"그럼요 ^^;; 근데 저기… 목걸이… 가 왜?"

"아… 많이 놀랬었죠? ^^ 그게… 나도 놀랬어요. 그 목걸이가 아가씨 목에 걸려져 있는 걸 보고… 미안하지만 그 목걸이 어디서 난 건지 물어봐도 될까요??"

"현민이네 집 창고에서 주운건데 ^^;;;;"

"창고… 에서…?"

"네. -_-;;;"

"아… 알겠어요. 이제… ^^"

"네?? ㅇ_ㅇ?"

"나도 자세한 건 모르지만 그 목걸이 우리 아버님의 친어머니 되시는 분의 유품이었어요.

나도 사진으로만 뵀었는데 ^^ 오늘 이렇게 실제로 처음 보네요. 지금 현민이와 우리 아들들이 살고 있는 그 집은 예전에 시증조할아버님 할머님께서 제일 처음 신혼살림을 차리셨던 집인데 여러 가지 안 좋은 일도 있었고 해서 팔게되었죠.

어쩌다 그집을 현민이네가 사게 되었더라구요. ^^ 그런데 거기서 그 목걸이가 발견되어 아가씨 목에 걸여있게 될 줄이야…. 아무튼 그래서 아버님이 착각을 하셨나봐요. 게다가 지금 아버님 건강이 좀 안 좋으시거든요. 하린양 이해하죠? ^^"

실로 엄청나게 복잡한 듯 하지만 =_= 그래도 대충은 이해를 했다.

"그… 그럼요. ^-^;; 이해하죠."

"어머, 내 정신좀 봐. 하린 양이랑 계속 이야기한다고 우리 아들이 화가 잔뜩 난 얼굴이네. ^^

그럼 올라가서 사강이랑 같이 놀아요. 어차피 사강이 아빠 지금은 안 들어올테니 담에 보도록 하고…."

"네. ^^"

말씀하시며 한번도 웃음을 잃지 않으시는 사강님 어머님께 나도 어울리지 않는 웃음으로 보답하고 사강님에게 손을 잡힌 채 또 질질끌려 2층으로 올라왔다.

　"여기가… 오빠 방이야? 와 −0− 딥따 이쁘다~"

　참으로 어울리지도 않게 방은 핑크빛으로 꾸며져 있었다. −.,−

　"엄마 맘대로 한 거 뿐야."

　어머님 맘대로 한 거 치고는 얼굴이 너무 붉은 걸?

　"그… 그래 어쨌든 이뻐~. 근데 이 목걸이 내가 줍게 된 것도 그런데 참 신기하다. 인연이란 게 ^−^ 그치?"

　"웃지마…."

　"응?? 뭐라고?"

　"웃지 말라고…."

　우… 웃는 것도 내 맘대로 못한단 말인가? −_ㅠ 그래… 뭐 하린아 너 사강님께 이 정도로 말하는 것만 해도 엄청난 발전이지 않니?

　"어… 미안. −_−;;;;;;;; 안 웃을게. 근데 왜 웃음 안돼?"

　"덥치고… 싶어지니까…."

♂Again…♀°No.21

　어째서 이 집안 사람들은 이런 말들을 이리도 쉽게 하는 것일까!! 내가 그럼 너무 부끄럽잖아. 〉_〈!!! (그러면서 은근히 즐김 −−)

"하하하하핫 ^0^)◦◦ 오빠는 참 농담도 잘해."

"근데…."

"근데 뭐? o_o?"

"그 목걸이…."

순간 혹시라도 목걸이를 내놓으라고 하실 것 같은 두려움이 나를 엄습해온다.

"모… 목걸이… 를… 왜?? ^^;;;"

"너한테 간거보면 진짜 우린 인연이라구."

이런!! 하린아 넌 언제까지 이렇게 쫄면서 살거니!!

"으응. -_-;;;;; 내… 가 아까 말한거잖아."

"그래."

순간적으로 뚝!! 말이 끊긴 우리들 _

이후로 난 사강님의 넓디 넓은 방을 이리저리 휘젓고 다녔고 사강님은 자신의 침대에 가만히 대자로 뻗어누워선 아름다운 자태를 빛내고 계셨다.

그러더니 갑자기!!!

"일루 와바…."

"으응?? 어…."

침대에 걸터 앉아선 자신의 옆에 앉으라는 사강님 _ 영문도 모른 채 난 침대에 걸터앉았고 _

"안녕 하린아. 난 사강이야. 편하게 강오빠라고 부르렴."

내가 앉자 마자 이상한 말을 하시는 사강님 _

102

가… 갑자기 이 사람이 왜 이래?? 침대에 누워있다가 뭔 일이 생겼나???

"오… 오빠 −_−;;;;;; 왜 그래??"

"친하게 지내자…."

갑자기 무쟈게 알 수 없는 행동을 하는 사강님 _ 대체 왜 이러시나요. ㅠ0ㅠ~~

"우… 우린 지금도 친해. −0−"

"아니야. 우린 아직 그렇게 깊은 관계가 아니야."

"−_−;;;;"

역시 이토록 밝히시는 분이셨단 말인가 ㅠ_ㅠ?

"그… 그래 그럼 친하게 지내. 근데 깊은 관계라 함은?? =_="

"우린 아직 강아지 목욕도 함께 못 시켜봤잖니. 조금만 참고 기다리렴…."

이… 이분이 정말 왜 이런데??ㅜ.,ㅜ

"−_−; 참고 기다리면 강아지를 함께 목욕시키는 깊은 관계가 되는거야?"

"아니… 같이 샤워하는 날이 있을거야…."

겨… 결론은 또 그거였군. −_−;

"오… 오빠… ㅜ.,ㅜ.. 제발 원래의 모습을 보여줘."

"너랑 나랑은 웬지 항상 어색한 거 같다. 넌 나 안 좋아하는 거 같애. 가자…."

웬지 모를 표정이 담긴 얼굴을 하시고 말씀하신 사강님은 "가자"란 말과 함께 일어나 버리셨다.

솔직히 나도 동감이야. 애정이 싹틀 사이도 없이 순식간에 일어난 일들이라서 솔직히 아직 적응이 안 되고있긴 해.

"어… 어딜?"

"인사했으니 집으로 가야지…."

=_=… 참으로 간단하게 살아서 좋겠어요.

……

그렇게 난 황당하기만 했던 본가에서 나와 집으로 향했다.

⇧Again…♀°No.22

사강님이 운전하는 검은색의 큰 차가 집앞에 도착하고 차에서 내렸는데 뭐가 이렇게 시끌벅적찌근 한건지 이사짐도 막 날라다니고_

누가 이사오는건가??

어리둥절한 표정으로 멍하니 집앞에 서있는데 옆집에서 어디서 마… 니 =_= 본 웬 여자 하나가 나오더니 날 향해 반가운 척 하며 뛰어온다.

"어머 매니저~~"

뭐야 -_-;;;;;

눈을 게슴츠레 하게 뜨고 쳐다보니 그것은 다름아닌 -_-알 수 없는 여자 이수민 양이었다.

"-_-;; 아, 안녕하세요."

"매니저 나 이사왔어~~~~ 우리 친하게 지내도록 해요. ^0^"

"-_-;; 그… 러도록 하죠."

이 여자 왜 이렇게 오바지? -_-;

이수민의 시끄러운 소리에 정신을 못 차리고 있는데 사강님이 차를 주차하시고 내 옆으로 오시더군!

"뭐야…."

"오빠~~~ 어디 갔다와?"

"……."

매우나 반갑게 인사하는 이수민 양에 비해 아무 대꾸도 없으신 사강님 _ 처음에 나한테도 이러셨지. -_-○○

"오빠~~ 나 이제 이 옆집에 산다? ^-^ 이사왔어. 매일매일 수민이랑 놀아줘~~"

참으로 이쁜 것들이 아양을 떨면 더 이쁘다고 했던가. 내가 하면 바로 쏠릴 짓을 처연히 하고 있는 이수민이 어찌 저리도 이뻐 보이는 것일까? ㅜ.,ㅜ..

하지만 사강님은 _

"비켜… 피곤해."

란 말만 남기시고 내 손을 잡고 집안으로 들어와 버렸다.

그리고 나는 또 보고 말았다. 주먹을 꽉 쥐고 입술을 비틀며 나

를 도끼눈으로 노려보는 이수민 양을 ㅠ_ㅠ

"형수야 ^0^ 왔어??"

"어 –_–;; 야 근데 니네 엄마 딥따 이쁘더라??"

"당연하잖아 누구 엄만데~~"

"–_–…."

"–_–;; 아… 아니 뭐… 형 엄마라고. ^0^;;;"

"그래 =_= 참!!! 울 옆집에 이수민 이사 왔더라? 아직 집에 안 왔어?? 걔 성격으로 봐선 이미 쳐들어왔다 간줄 알았는데…?"

"뭐… 라고??"

"이수민 옆집에 이사 왔더라고!!"

"그… 래??"

106

갑자기 심각해지더니 방으로 들어가 버리는 이강이 _ 대체 이수민이랑 저 집안 남자들은 무슨 관계이길래 저리도 이수민 한테 민감한거냐 –_–)ㅇㅇ

에라~ 나도 몰라!! 나의 연애 생활만으로도 머리 아파. 히히 올라가서 오늘의 일을 마무리하고 사강님이 사주신 옷이나 잘 다려 놔야지 ♬

올라와서 옷을 다리고 이불을 펴고 잠시 눈을 붙일려고 하는데 갑자기 내 눈에 처음 이 방을 닦을 때 보았던 그 그림이 보인다!!

아무리 봐도 참… 신기하단말야. 이런게 왜 여기 있는지 쩝^^;
그리고 왜 이리도 안 지워지는건지 _

그림 중간에 움푹 패인 부분도 다시 한번 살펴보고 있는데 이

패인 홈 부분 모양 어디서 많이 본 것 같다.

아무래도 목걸이??

순간 반사적으로 내 목에 걸려져 있는 목걸이를 풀었다.

역시 _

오늘 아침 다친 사강님을 치료하면서 조금 커졌던 다이아몬드의 크기와 모양이 매우나 비슷해 보이는 구멍 _

구멍으로 다이아몬드를 밀어넣을려고 하는 찰나 _

"주하린 너 밥 안해!!"

오랜만에 등장한 써글 정현민 새끼가 소리를 치더군. 니미 젠장 제기랄 같으니라고 -_-^

"알았어 아오~!! 간다 가!!"

저 자식은 어딜 그렇게 싸돌아 다니다가 이렇게 중요한 순간에 지랄병을 트는건지 -_-+ 정말 이뻐할래야 이뻐할 수가 없는 놈이라니까~!!!

결국 -_-

목걸이를 억지로 내 주머니에 쑤셔 넣고는 식모로서의 나의 임무를 충실히 하기위해 나의 창고 겸 침실 -_- 을 나와 주방으로 내려갔다.

음식 냄새가 솔솔 풍기자 어찌 그리 귀신같이 잘 아는겐지 하나둘씩 -_- 인간들이 나오더군.

그러더니 어느새 내가 숟가락도 식탁에 채 놓기 전에 이미 모두들 자리를 잡고 앉아있더라.

방금 샤워를 하고 나오셨는지 머리에 물기가 촉촉히 젖어 더욱 더 섹시하신 우리 사강님 _ 이뿌기도 하여라~~~ 누구 신랑인지!! >_<

특별히 사강님은 밥을 듬뿍 담아드리고 밥을 먹기 시작하는데_

"먹여줘…."

갑자기 -.,- 먹여줘란 소리를 내뱉으신 사강님 _

"으응?? -_-?? 뭐라구??"

"나도… 먹여줘."

거… 참으로 -.,- 사강님은 알 수 없는 분인 듯하다. 5살난 꼬맹이도 아니고 밥을 먹여달라고 투정을 부리시다니! 과연 우리 학교 학생들은 이런 사실을 알고 있을까?? -.,-;;

참으로 이미지가 깨는 일이 아닐 수 없음이다. 이미지가 깨도 -_- 해달라면 해 드려야지 뭐 _ 으히히. 내가 무슨 힘이 있다고(은근히 또 즐김 -_-)

숟가락에 밥을 퍽퍽 퍼서 반찬도 얹고 비록 "자갸 아~~"이 지랄은 못 떨었지만 -_-^ (정현민이 꼴아봐서 -_-;) 그래도 나름대로 즐거운 식사를 하였다.

그럼 우리 함께 티타임을 가져볼까나~~~

모두 옹기종기 쇼파에 모여앉아 서로 즐겁게 -_-; 는 아니고 각자 따로 티비를 보고 있었다.

한참 정철 오빠에 집중을 할려니 또 다시 나를 잡아 끄시는 사강님 _ 나 정철 오빠 봐야하는데 ㅜ.,ㅜ;;;;

하지만 그러기엔 난 너무도 가녀린 아녀자였다. 그리하여 사강님 방으로 끌려간 나 _

또 무슨 일을 벌이시려고 이러시는걸까?? ㅠ_ㅠ!!

#사강의 방

방안으로 들어와 나를 침대에 가만히 앉혀놓으시더니 달력하나를 들고 오셔서 내게 내미신다.

갑자기 웬 달력이지??

사강님이 내미신 달력을 유심히 살펴보니 _

7월30일에 -_- 빨간색으로 쳐져있는 동그라미 _

이것은!! 내 생일인가? -_-)a

아닌데,, 내 생일은 아직 한참 멀었는데 _ 앗!! 그럼 혹시!!!

"오빠… 생일 30일이야? -0-?"

"(--)(_)(--)(_)"

그저 고개만 끄덕끄덕 하시는 사강님 _ 그냥 말 하면 될거가지고 괜히 이런 식으로 생일을 알리는 우리 사강님 _

귀여워서 어쩌면 좋을까나. >_<

사강님의 귀여움에 젖어 한참 오도방정을 떨다 갑자기 생일 선물이 생각났다.

"선물… 줄까?"

랬는데 동시에 사강님 입에서 나온 말 -_-

"내놔."

"−_−;;;; 네??" (순간 쫄아 다시 존대말 =_=)

"선물⋯."

하하하하핫⋯ 어련히 안 줄까봐 그러셨군요. −_ㅠ 아직 사강님 5살의 꼬맹이 같은 면도 계시는군요. ㅜ.,ㅜ

참으로 사강님은 알수록 신비스러운 분이세용~

"−_−;; 뭐⋯ 뭘로??"

"팬더⋯."

"네?? −_−? 팬티?"

"팬더_!!!"

잘못 들은건가? −_−a 난 분명 팬티라고 들은 것 같은데 _

"팬티 말하는 거 아냐??"

"팬더 팬더 팬더 팬더 팬더 팬더!!!"

"응 −0−?? 팬더???"

"어."

패⋯ 팬더라 함은 저 −0− 중국에 많이 살고 우리나라 애버랜드에 가도 볼 수 있나없나 모르겠지만 −_−a 그 팬더를 말씀 하시는 _

헉!! 취⋯ 향이 참으로 독특하시군요. ㅜ_ㅜ

"저⋯ 저기 팬더 말고 다른 건?"

"거북이⋯."

"거⋯ 북이? 아 ~ 자라. ^_^"

"－_— 바다에서 사는 거북이??"

"－_ㅠ 오빠 미안하지만 거북이도 좀…."

"하린이는 노력할 기미가 안보여요. 반성하도록 하세요."

어버버버버버 =0=;;; 사… 사강님!!! 그냥 나가버리는 사강
님!! 나는 참으로나 어찌하면 좋을까나…. ㅠ0ㅠ

사강님이 그렇게 화를 내버리고 나가신 후로 부터 시간은 흘러
흘러 드디어 생일날 아침이 다가와 버렸다.

어무니~~~~-0ㅠ!!

거북이도 못 구했고 토끼도 못 구했는데 ㅜ.,ㅜ 팬더는 아예 구
할 생각도 안했고!! 참으로 어찌하면 좋으냐?? ㅠ_ㅠ

일단!! 미역국부터 끓이고 보자꾸나.

아침 일찍 부터 일어난 난 미역국도 끓이고 －_－ 고기반찬도 했
다. 특별히 우리 사강님 생일인 만큼 딥따많이 신경썼다.

히죽히죽 －0－

맛있는 냄새가 집안 이리저리 퍼져나갈 때쯤 깨우지 않아도 민
도현 놈이 제일 먼저 일어나서 식탁으로 오더라. －_－;;;;;;;;;

"웬 미역국??"

"－_－^…."

"아… 오늘 사강이형 생일이었지. 쳇 확실히 낭군님 생일이라
뭐가 달라도 다른군."

"당연하지. _v_"

"맛있겠다. －ㅠ－"

"오빠 일어나기 전까지 기다려!! 하나라도 손대면 죽어 -0-."

"-_- 쳇."

민도현 놈이랑 엎치락 뒤치락 사강님께 드릴 음식을 지키고 있는데 그때 저밖에서 들려오는 소리 _

"병신…-_-"

굳이 뭐 말 안해도 독자들이 알꺼라 믿는다. -_-^

이 집안에서 저따위 말을 할 인간이 정현민밖에 누가 더 있는가? -_-++ 쳇~!!

니가 그러니까 아직 애인이 없는거지~!!!!! 재섭서 -0-!!

(사실은 안 만드는 것임 =_=)

씨불렁 거리며 나를 갈궈대는 정현민 자식도 뒤로한 채 랄랄라~ 즐겁게 우리 사강님을 깨우러 방으로 향했다.

여전히 웃옷을 홀딱 벗으신 채 섹쉬한 자태를 취하시고 -ㅠ-곤히 잠들어 계신 우리 사강님 ♬

"저… 기 -0- 오빠… 생일 아침인데~~ 아침이 밝았어요 _♪"

"선물."

눈 뜨자마자 선물을 찾으시는 사강님 _

팬더 못 구했는데 -_-a

"저기 -_-;;; 정말 열심히 구할려고 했는데… 없었어. (_+)"

"거짓말."

-_-;;;;; 할 말 없다.

"하하핫 ^^;; 정말 그거 말고는 안 될까?"

"와."

"응?? ㅇ_ㅇ?"

"가까이 오라구…."

오랜만에 듣는 저음이다. 선물 못 구했다고 때릴려구 그러시나? 엉엉 ㅠㅠ

부들부들 떨려서 –_–;; 잘 떨어지지도 않는 다리를 끌고 사강님 침대 가까이로 엉기적엉기적 걸어갔다.

침대에 살짝 걸터앉자 갑자기 날 확 껴안으시는 사강님 _

ㅇ_ㅇ;;;

"오… 오빠 –0–;;;;"

"선물… 이걸로 하자."

사강님은 앉아있는 날 한 손으로 제압하시더니 어느새 침대에 눕혀버리셨다. –0–

서… 설마 아침부터 그… 그런 건 아니시겠지요 ㅠ_ㅠ?? 전 아직 처녀예요. 아직 전 마음의 준비가… ㅠ0ㅠ~

천천히… 내 볼을 쓰다듬으시더니 키스를 하시는 사강님 _

참으로… 부드럽다. =_=

점점 내려와 어느새 사강님은 내 목에 키스마크를 남기고 계셨다. 그런데 자꾸만… 자꾸만 싫지 않으면서도 몸이 떨려. 지난 합숙의 일이 생각나면서 _

"싫어!!!"

순간적으로 움찔하시며 내게서 급히 떨어지시는 사강님 _

난 재빨리 그런 사강님을 뒤로한 채 방에서 나와버렸다.

젠장…ㅠㅠ 내가 정말 왜 이러는거야. 별거 아니었잖아 주하
린!! 그냥 목에 키스한 거 뿐이었잖아.

휴… 이제 또 사강님 얼굴을 어떻게 본담.

거북이도 준비 못했고 ㅠ0ㅠ 팬더도 준비 못했고 ㅠ0ㅠ 토끼
도 준비 못했는데!!! 씹탱할 –_–^

주방으로 들어가니 벌써 이강, 현민, 도현 놈은 –_–^ 사강님이
수저도 안드셨는데 밥을 퍼먹고 있었다 –0–!!!

"야!!! –0–!!!!"

"흡!!"

"니들 죽을래???!!!"

"혀… 형수야. ^0^;; 그… 그게 아니고 우린 형수가 나올때까
지 시간이 마~~아 –0– 니 걸릴 것 같아서…."

"–_–+++++ 도현이랑 이강이는 그렇다치고 정현민 네놈까
지??"

"흥 –_–^ 목에 빨간 거나 가리고 말하시지."

"–////////– 뭐… 뭐가!!"

새끼 하여튼 눈치는 졸라 빠르다니까… –_–;;;

헛기침을 하며 자리에 앉았다. 곧 있으니 고새 또 샤워를 말끔히 하시고 머리가 물기에 젖어 촉촉하고 섹시한 모습으로 *-_-* 사강님이 모습을 나타내셨다.

윽!

민망해서 쳐다보지를 못하겠네. 사강님이 얼마나 무안하셨을까 ┯^┯….

허나 _

"밥이네…. 하린아 고마워."

하시는 사강님 _

당신은 성격이 좋으신건가요. ㅠㅠ 아님 일부러 그러시는건가요. ㅠㅠ 차라리 화라도 내시란 말입니다!!!

115

그래도 일단 좋게 넘어갔으니 뭐 된거다.

히죽히죽 -0-

그나마 업된 기분으로 좋게 식사가 끝나고 식사가 끝나자마자 방으로 들어가셔선 엄청 뽀대나는 옷으로 갈아입고 나오신 사강님 _

아침부터 왜 저러실까나 -0-

하늘빛이 감도는 반팔 티셔츠에 베이지색의 반바지를 입으셨
는데도 반짝반짝 땟깔이 나시는 사강님 _ 역시 잘 생긴 사람은 뭘
입어도 다르구나 -ㅁ-.

근데 진짜 아침부터 왜 저러시지??

"오빠… 어디가? -_-?"

"응. 데이트."

뭐?? 데… 데이트 -0-???

애인인 내가 가만히 집구석에 있는데 데이트라고라?? -0-!!!

혹시 아까 화가 나서 바람피러?? ㅠㅠ!!!!

"오빠 ㅠ0ㅠ 미안해. 내가 잘못했어. 정말 미안해."

그래 난 어쩔 수 없다! 비굴하다고 욕하지마라. -_-+

내가 어딜가서 사강님 같은 남자 만나겠니~!!! 니들도 우리 사
강님같은 남자를 애인으로 두면 이렇게 비굴해지는거다. -_-+

"무슨 말이야 하린아. 옷 안 갈아입니??"

—.,—;;;; 그럼 데이트라 함은 나와의 데이트를 말했단 말인
가?

원래 데이트를 신청할 때에는 -_- 미리 전날부터 몇 날 몇 시
어디서 만나자 라며 로맨틱하게 신청해야 하는게 아닌가? 그것도
사강님 생일 축하 겸 우리의 첫 데이트인데 -0-!!!

난 준비할 시간도 제대로 안 주고 무턱대고 옷 갈아입고 오라구 하다니 ㅠㅠㅠ 정말 내가 못살아!!!!

그래도 –_– 데이트는 해야지. *–_–*

"조금만 기다려. 옷 갈아입고 올게 –0–"

당장 나의 방 창고 –_–;; 로 뛰어올라갔다. 하지만 내게 사강님과 함께 데이트할 옷이 있기 만무하다. 아~ ㅠㅠㅠ 어쩔 수 없이 사강님 본가를 방문할 때 사강님이 사주신 옷을 꺼내입는 나 –_– 니미 –_–ㅠㅠㅠ

그래도 힘을 내자. 아자아자!!!

날이 날이니 만큼 오랜만에 화장도 했다. 찍고, 바르고 _

오우 _ 거울 앞에 선 내모습! 변신을 해버렸구나 하린아 –0–

자~ 그럼 데이트 GO!!!

즐거운 마음으로 통통거리며 1층으로 내려가니 모두들 나의 새로운 모습에 놀라는 듯하다.

크크크크크크 이것들아 그래도 내가 왕년에는 한 가닥했다 이거야!!

"우리나라의 화장기술이 나날이 발전함을 난 온 몸으로 느껴."

써글 민도현 놈의 태클! 하지만 오늘은 사강님의 생일이니 만큼 네놈을 용서하마!!

내 모습을 보며 살짝 미소 띠시는 사강님 _ 오오오오>0< 역시 사강님도 놀라신게야 키키 _

어서 출발합시다. –0–

"가자…."
그렇게 난 사강님의 두 손을 꼬옥 부여잡고 대문을 나섰다.

팡팡팡!!!
"♬축하합니다~ 축하합니다~ 당신의 생일을 축하합니다~♬"

-_-;;;;;; 뭐… 뭐지??
시끄러운 폭죽소리와 음악소리에 놀라서 쳐다보니 그곳에는
우리에 갇힌 거북이랑 토끼와 함께 -_- 늠름하게 서있는 이수민
양이 보였다!!!

⇧Again…♀°No.25

"오빠 생일 너무너무 축하해. ^-^ 이건 내가 주는 선물이야. 전
부터 갖고 싶어했었지?"
늠름한 얼굴을 하고서 나를 향해 당당하게 씨익 웃는 이수민
양…-_-
얄밉도다. -0-^^ 그나저나 사강님이 저 선물들을 원하는 걸
어찌 알았을꼬 _ 어릴 때부터 저것들 가져보는 게 소원이셨던건
가 -ㅁ-

이수민 양은 우리에 갇힌 토끼와 -_- 대체 어떻게 구한건지 수조에 들어있는 커다란 바다 거북이를 사강님 앞에 낑낑대며 놓았다.

허나 _

"하린아."

"으… 으응?? -_-?"

"저거 나중에 삶아 먹자."

= _=… -_-…__ __…⟩_〈

사강님 그렇게 통쾌한 말씀을 하시다니!! 역시 당신은 나의 왕자님 ⟩0〈

사강님은 이수민 양의 가슴에 비수를 꽂는 한마디를 하신 후 날 끌고 차안으로 타버리셨다.

아하하하하하하 -0-v

쿡쿡 거리며 사강님을 뒤따라 가는 나를 보면서 파르르르르 입술을 떨며 눈에 독을 품고 쳐다보는 이수민 양 _

살짜쿵 겁이 나긴 한다만 그래도 통쾌하고 웃긴 걸 어쩌리. 그런 이수민을 뒤로한 채 차는 천천히 _ 아니 사실은 엄청난 속도로 -ㅁ- 출발하기 시작했다.

"오빠 그런데 우리 오늘 데이트 어디로 가??"

"한강."

웬 한강?? 이 좋은 사강님 생일날 한강 가서 모기 다 뜯기며 대채 뭘 하자는 건가!!!

"ㅜ_ㅜ 진짜 한강 가?"

"아니."

–_–··· = _=^^

"ㅡ.,ㅡ··· 그래 그럼 어디가?"

"......"

사강님은 내 말을 참으로 이쁘게 –_–^ 씹으시곤 어딘가로 계속해서 운전을 하셨다.

그런데 전에부터 느끼는 거지만 이 차를 탈 때마다 자꾸만 목숨의 위협이 느껴진다. ㅠ0ㅠ 제발 좀 천천히 달려줘 ~~~

↕Again···♀° No.26

어느덧 우리가 도착한 곳 _ 참으로나 이쁜 갈대밭과 함께 별장이 있는 곳이었다.

"여기가 어디야 –0–···"

"우리집 별장."

= _=;;; 그··· 그래. 사강님네는 엄청난 부자였지!!

"근데 우리 여기서 뭐해??"

정말 내가 그 말을 하지 않고는 못 배길 그런 곳이었다.

이 좋은 생일날 차라리 놀이공원을 가던가!! 슈퍼도 없고 그 흔한 호수 때기도 하나 없고 차라리 앞에 바다가 있는 것도 아니고 -_- 쌩판 갈대들판에 집 한 채만 덩그러니 있는 이 곳에 단둘이서 뭘 하잔 말인가. ㅠ0ㅠ

잠깐 -_-!!

단… 둘??

이 조용하고 넓디 넓고 이쁜 풍경이 있는 곳에 단 둘??? ㅇㅁㅇ ㅇㅁㅇ ㅇㅁㅇ 웬일이니~ 웬일이니~

절대 -_- 내가 무언가를 기대하고 그런게 아니다 ㅠ0ㅠ!!!!

알았어 인정할게. 사실은 조금 흥분되는 중이야 -0-;

히히 -0- 혹시 아니? 로맨틱한 키스라도 하게 될지? 난 매일 아침 침대에서 아슬아슬하게 하는 키스는 이제 좀 싫단 말이다. -ㅁ-;;;;;;;;

나도 겨울연가나 이런 거처럼 좀 로맨틱 함을 가져보고 싶어!! 히히 -0-

문득 정신 차리고 보니 혼자서 히죽되고 있는 나를 사강님은 매우나 신기한 표정으로 쳐다보고 있었다. (_+)

"하하하하하핫 -0- 오빠 안… 으로 들어갈까?? -_-;;;;;"

"어."

세상에나 -0- 집안은 더 이뿌네. ㅇ_ㅇ

이런 집 하나 지을려면 돈이 얼마나 있어야 하나!!-0- 이리저리 집안 구경으로 정신이 없는데 어랏?? 이건 울집의 창고이자 내 방에 있는 그 그림??

그랬다. 미술작품들이 가득한 방안에 집에서 보았던 그 모양이 새겨져 있었다. 그리고 그 방안에 있는 수많은 미술작품들 중 절반은 거의 다 굉장히 이쁘게 생긴 한 외국여자 _

그런데 어디서 많이 봤는데 어디서 봤지? 정말 많이 본 것 같은데 _

⚥Again…♀°No.27

혹시 사강님의 조상인가 -_-; 그럼 사강님은 혼혈아?? 그래서 저리도 섹시하시고 잘 생기셨던겐가??

"오빠_!! 오빠!!"

난 다급히 사강님을 불러댔다.

"왜?"

"오빠 혹시 혼혈아야 -0-? 응?? -0-?"

"-_-…."

"응?? 혼혈아냐고~~~ 이것봐~!!! 이 여자 누구야? 오빠 할머니야 -0-??"

"아니…-_-"

"−_−;;;;; 그… 그럼 증조할머니신가?"

"울 할머니가 그랬는데…."

"응응 +_+ 뭐라구??"

"울 증조할머니는 까만머리셨대."

"으… 으응 =_=;;;;"

그냥 한국인이라고 말씀하시면 될걸 가지고 −.,− 굳이 검은 머리였다고 말하는 사강님 _

참으로 저분의 머리 속에는 뭐가 들었는지 궁금하다. −_− 그나저나 그럼 대체 이 여자는 누구란 말인가?? =_=a

"오빠! 이 여자 혹시 본 적 있지 않아?"

그래도 혹시나 하는 생각에 물었는데 _

123

"응."

"으ㅇㅇ응???"

"본적 있다구?"

"정말??!!!! 누구야?? 누군데!!! 나도 아는 사람이야?"

"수민이… 수민이 닮았다."

이… 수… 민…? 어라?? 그리고 보니 정말 닮았잖아?

대체 뭐란 말인가!! 왜 이 외국여자는 이수민을 닮았고 곳곳에 이상한 모양들이 그려져 있는 거지? 그리고 이수민을 닮은 여자의 이렇게나 많은 그림들이 왜 사강님의 별장에 있는 거냐구!!

아! 맞다! 지난 번에… 그래 생각난다.

목걸이!!

집에서 문양 중간에 있는 홈 부분에 내가 목걸이의 다이아몬드 부분을 넣어 보려구 했을 때 현민이 자식이 밥하라구 불러서 못 넣었었지??

같은 문양이니까 이 문양에도 홈 같은 게 있지 않을까??

난 조심스레 문양의 중간부분을 찾았다.

역시!!!

내 예상은 틀리지 않았다. 집에서와 같은 모양과 크기의 홈이 패여져 있었다. 재빨리 목에 걸려있던 목걸이를 풀어버린 나! 그리고 서서히… 조심스레 목걸이 부분의 다이아몬드를 그림의 패인 홈 부분에 맞춰 넣었다.

124

↥Again…♀°No.28

순간 온통 하얗고 성스러운 빛이 온방을 감싸안았다.

뭐… 뭔일이냐 -0-?? 눈을 뜰 수 조차 없을 만큼 새하얀 빛은 그림의 중심으로 조금씩 조금씩 모였다.

그리고 사람의 형체가 나타나기 시작했다.

"어버버버버버버 -0-"

한참을 놀라서 백치 아다다 마냥 어버버만 거리고 있노라니

"지켜주세요…."

가녀리고 연약하지만 웬지 기품있는 목소리 _

"저기… 누구…??"

자세히 쳐다보니 어딘가 모르게 사강님과 닮은 듯한 가녀린 여자 -0- 이강이랑 더 닮았네. -0-

"누… 누구 -0 - ??"

"난 성희라고 해요. 부디… 지켜주세요. 그 아이를… 제인으로부터 지켜줘요."

"ᆞ;;;; 저… 저기 전 제인이란 사람을 모르거든요??"

"이수민…."

"네 -0-??"

잠시만 -_-!! 지금 이게 뭔 소리란 말인가?? 내가 지금 꿈을 꾸는건가??

아니 21세기 최첨단 과학을 달리는 이 시대에 어찌 이런 일이 있을 수 있단 말야 -0ㅠ !!! 게다가 제인이란 사람이 이수민?? 말도 안돼 -0..-0-..

"저기… 제인은 외국여자 이름 같은데요? ^^;;"

"이수민이… 제인이에요."

"저기 근데… 정말 ㅠ_ㅠ 전 무슨 말씀인지 모르겠어요."

"당신이 그 목걸이를 갖었다는 건 이미 당신이 우리 집안의 수호천사로 정해졌단 거겠지요.

그동안 당신이 납득할 수 없는 이상한 일들이 벌어졌으리라고 짐작하고 있어요. 가만히 생각해보면 기억이 날거예요. 지켜주세요… 제발…."

제발 지켜달라는 여자의 음성이 계속해서 울려퍼지며 그녀의 형체는 사라져갔다. 그리고 순간 사라진 빛 _ 무… 무슨 일이 일어난거야!!

납득할 수 없던… 일…??

혹시!!!

갑자기 내 머릿속에는 지난번 합숙 때의 일이 스쳐 지나가기 시작했다.

잠깐 _ 잠깐.

침착하자. 주하린 침착하자. 하나씩 맞춰보는거야. 그때 합숙 때 분명 성진우 선수의 눈 _

그래!! 내가 납득할 수 없을 만큼 너무 풀린 눈이었어. 꼭 무언가에 씌인 듯한 느낌 _ 그리고 그 일은 이수민이 합숙소에 다녀간 다음에 생긴 일이었어!!

내가 사강님과 일을 얽힐 때마다 나타나는 이수민 _ 그리고 이해할 수 없는 일들 _

세상에 _

맙소사!! -0- 그럼 도대체 여기 있는 외국여자는 누구란 말이야?? 그리고 이수민이 제인이라면 왜 그렇게 정상적으로 연예인까지 하면서 살아가는거지?? 대체 왜??

참!! 사강님 할아버지!!

그래 그때 사강님 어머님께서 그랬어. 내 목걸이 때문에 할아버지가 날 할아버지네 어머니로 착각 하시는 것 같다고. 그리고 방금 나타난 여자도 목걸이가 내게 온 건 운명이라고 _

　이러고 있을 때가 아니야. 빨리 빨리 사강님 부터 찾아야겠어!!

"오빠!!! 오빠 어딨어_!!!"

온 집안 곳곳을 돌아다니며 사강님을 불렀다.

그러자 주방 한 구석에서 =_= 모습을 드러내시는 사강님 _

앞치마를 하고 계신다.-0-

어찌 이리도 안 어울릴 수가 있는지 _ ㅠㅠ

"오… 오빠? -_-;;;; 그… 그건 대체 모야?"

"점심 먹게…."

"배 고팠어?"

"응. -_-"

"나한테 말하지 ㅠ0ㅠ!! 게다가 오늘은 오빠 생일이잖아!!"

"응. -_-"

"ㅜ.,ㅜ 에씽 좀만 기달려!! 내가 해줄게."

결국 난 궁금한 건 사강님께 하나도 물어보지 못한 채 ㅠ_ㅠ 부엌으로 들어가서 밥을 하기 시작했다.

싱크대 개수대에는 이미 한가득 쌀이 흘러나와 버려져 있었다.

ㅜ.,ㅜ 오미~ 이 아까운 쌀을 어쩌면 좋대!!!

벅벅 -_- 나의 무쇠같은 팔 힘을 이용해 쌀을 씻고 대충 밑반찬으로 식탁을 탐스럽게 만들었다.

"오빠 -0- 다 됐어."

곧바로 들어오시는 사강님 배가 심각하게 많이 고프셨나 보구나. ㅡ_ㅡ;;

식탁에 마주앉아 식사를 시작했다.

이허허허허허허 *-_-*

집에 있을 땐 항상 애들과 같이 먹어서 몰랐는데 여기서 이렇게 단둘이 먹고 있으니 정말 결혼한 신혼부부같다♪

으하하하하하 -0-v

참!! 나 궁금한 게 한두 가지가 아니었지? 근데 아무래도 사강님은 모를 것 같단 생각이 들어. ㅡ.,ㅡ

그래! 이거야!!

히히 -0-

사강님 본가에 가서 할아버지를 붙잡고 다시 한번 자세히 이야기해 보는거야!! 주하린 너 너무 머리 좋은 거 아니니? >0<~~

(ㅡ_ㅡ 정신 오락가락 할아버지를 붙잡고 이야기한다는 하린이)

"오빠 ^0^ 근데 오늘 생일인데 본가도 가야하지 않아??"

정말이지 추잡스럽지만 그래도 조심스럽게 말을 꺼냈다. ㅡ_ㅡ;;

허나 _ 나의 기대를 모두 져버리는 사강님의 말씀 한마디…

ㅠ_ㅠ

"애들이랑 파티 하기로 했는데…."

우르르르르 콰쾅_!!!! (천둥치는 소리 =_=)

"그… 그래? 오빠 저기 근데 얘들이라 말을 하면 우리 애들? 현민이랑 이강이랑 도현이??"

제발 부디 맞기를 바랬다. 그놈들이 아무리 싹수탱이 노랗고 나를 못 괴롭혀서 안달인 새끼들이라도 제발 정말 진심으로 간절히 그놈들이길 바랬다.

하지만_

"아니… 일진 애들…."

쿵쾅쿵쾅 콰다다다다다다당 쿠쿵_!! (아까 보다 더 심한 −_− 천둥소리)

어찌하여… ㅜ_ㅜ 어찌 이런 일이 생기다니 _ㅜ_ㅜ

그나마 무사하게도 방학 때 사강님을 사귀게 되어서 잘나신 사강님의 친구분들은 만날 일이 없다고 생각했는데 ㅜ^ㅜ 이건 정말 말도 안돼!!!!

"아!! 참… 근데 현민이랑 이강이랑 도현이도 오긴 올꺼야."

사강님 지금 그 말은 저에게 전혀 위로가 되지 않아요. ㅠ_ㅠ!!

↑Again…우° No.29

나는 지금 −_− 내가 제일 궁금해하는 목걸이에 대한 이야기는

꺼내보지도 못하고 사강님께 이끌려 일진회가 소집한 곳으로 끌려가고 있다. ㅠoㅠ

차라리 둘만의 오붓한 데이트가 좋다구요. ㅠ_ㅠ!!!

해는 뉘엿뉘엿 참으로 이쁘게도 지고있구나. 해야 -O- 너는 지금 내 맘을 아니. ㅜOㅜ?

"알리가 있니~~ 깔깔."

저런 못된 악마 해 새끼 같으니라고 -_-^

미안하다. ㅜ.,ㅜ 내가 정신이 이상해진 거 나도 인정하마. 흐흑….

어느새 사강님의 시꺼먼 차는 웬지 사강님과 비슷한 분위기인 음산한 기운이 도는 한 호프집 앞에 도착했다. -_-

건물부터 영~ 느낌이 음침한 게 참으로 마음에 안 들어.

"저기 오빠, 이 건물 왜 이렇게 축축한 오줌 싼 느낌이 드는 걸까?? -_-…"

"그래서 들어가기 싫다는 거 아니지??"

진지한 눈으로 내 눈을 똑바로 응시하며 말씀하시는 사강님 _

"아니지 -_-;;;;;; 드… 드… 들어가야지."

-_-a 내가 비굴했던 게 하루이틀도 아니고 그 사람들이 날 죽일 것도 아닌데 뭐~

그래 하린아 ^o^ 벌써부터 그렇게 쫄 이유는 없는 거란다!! 애써 스스로를 굉장히 위로하며 -_- 반 미치광이가 되어서는 사강님을 따라 들어갔다.

쿵쾅쿵쾅 (내 심장 뛰는 소리 -_-)

문이 열리고_

"생일 축하 합니다~♬ 생일축하 합니다~♬
사랑하는 우리 형님~ 생일 축하 합니다~♬"
짝짝짝짝 펑~! 펑~!!!

문을 열자마자 무언가 보이지는 않지만 그래도 새하얀 케이크
에 밝게 밝혀진 초가 보였다.
"어서 끄십시오. 형님!!!"

그… 그것 참 모두들 목소리가 우렁차시구나. =0=
사강님은 휘적휘적 내 손을 잡으시고 케이크 앞으로 다가가셨
다.

"하나… 둘… 셋….."
"후~~~"
내가 준비하기도 전에 사강님 혼자서 하나, 둘, 셋 하시더니 불
어버리시더라.
젠장 -_-
이럴꺼면 손잡고 왜 케이크 앞으로 오신건데!!
사강님의 촛불 점화가 끝나고 순식간에 호프집의 모든 전등이
파파파팍_! 하며 켜졌다.

－ㅇ－‥‥ －ㅇ－‥‥ －ㅇ－‥‥

일렬로 쫙_! 정열해서 서 있는 일진회들 _ 꼬락서니를 보니 아무래도 우리를 둘러싼 양 옆이 1, 2학년 같고 3학년은 맨 뒤를 가로막고 ﹈_﹈ <- 이런 식으로 서 있더라. －ㅁ－

그리고 정현민 놈은 매우나 건방진 꼬락서니를 하고선 －_－^;
혼자 쇼파에 떡하니 앉아있었고 그나마 이강이와 도현이 놈은 서 있기라도 하더군.

흥 －_－+

"형수야 ~~ 왔구나~~"

"그… 그래… 왔다. ＝_＝"

132

도저히 이놈의 엄숙한 분위기에서는 이강이 놈의 장난에도 장단을 못 맞추겠다. －_ㅠ 니미럴 _

"하린아 앉자."

또다시 휘적휘적 나를 끌고 의자에 앉히시는 사강님 _

사강님과 나 그리고 도현이와 이강이가 모두 앉고 이윽고 3학년들도 앉는 듯했다.

그리고 _

"앉아라."

라는 사강님의 말씀 한마디가 떨어지자마자 엄청나게 빠른 스피드로 앉으시는 우리 학교 일진님들 －_－:;;;;

거~ 참 학교에서 뵐 때는 저런 이미지가 아니었거늘 _ 술이 나오고 _ 세상 태어나서 그렇게 많은 분량의 술이 나오는 걸 본 건

처음이었다. -_-

각자의 술잔에 술이 채워지고 3학년에서 한 분이 일어나시더니 -_- 술을 가지고선 사강님 쪽으로 다가오신다.

가까워 진다. 가까워 진다.

오오오오오옷!!!!

어… 어… 엄청난 -0- 미남이다. 주변에서 꽃이 날라다니는구나. *-_-*

"사강아 축하한다 내 잔 받아라!!"

꽃은 날라다니는데 왜 저렇게 기압이 들어가신 걸까? -ㅠ 방실방실 웃으시면 참으로 이쁘실텐데 _

"어…."

짧은 대답과 함께 잔을 내미시는 사강님 _

졸졸졸졸~ 술이 잔으로 들어가는 소리가 들려올 뿐… 무슨 놈의 생일잔치가 이리도 조용한 건지 이분들은 생일파티도 참으로 특이하게 하시는구나. -ㅠ

사강님의 잔에 술이 꽉 차자 이번엔 나를 쳐다보시는 빛이 주변에서 반짝거리시는 분 _

"^-^ºº"

살짝 웃으며 땀방울을 띄워 드렸다. -_-;

"강아… 이분은 누구시냐?"

참으로 깜찍하게도 두 눈을 똥그랗게 뜨시고 사강님을 향해 물으시는 빛이 나시는 분 _

강아… 강아… =_=

다정하게 사강님을 부르시던 게 귓속에서 자꾸만 맴맴 거린다.

강아 … =_=…

"내꺼…."

참으로 소개도 간단하게 하시는 사강님 -_-

내꺼… 내꺼. 어찌 이리도 짧고 명확할 수가 있는거니?

"아~ 니꺼?… 어~ 그래. 재수씨… 한 잔 받으세요."

"네 -0-?? 네 ?? -0-??"

"왜 그렇게 놀래실까?-_- 재수씨? 저는 정우민이라고 합니다. 자주 뵙게 될 거예요. 일단 한 잔 받으시죠."

나를 향해 재수씨라 칭하시며 정우민이라 소개하시는 빛이나시던 분 _ 당신 같으면 이 상황에서 제대로 술이 받아지겠습니까? ㅠ0ㅠ?!!

덜덜덜 떨려오는 손을 간신히 붙잡으며 우민이라 칭하시는 미남님을 향해 술잔을 내밀었다.

졸졸졸졸졸졸~

다시 한번 조용한 가운데 내 술잔에 술따르는 소리만 울려퍼지고 _

"가… 가… 감사합니다. ^^;;;"

"아니 뭘~ ^-^"

우… 웃으… 셨다. ㅠ0ㅠ 번쩍번쩍 빛이 난다…. ㅜ0ㅜ 어찌하면 좋을꼬 ㅠ0ㅠ 무엇보다도 더 기쁜 건 여기 있는 사람 중 이강이를 제외한 인간들 중에 처음으로 웃으신 분이란 거다.

엉엉 ㅜ_ㅜ

이분 웬지 그나마 느낌이 와! 필이 꽂혀. ㅜ_ㅜ 정말 다행이야.

↥Again…우° No.30

내 잔에도 가득 찬 술 _ 사강님 잔에도 가득 찬 술 _

이제 원샷을 할 차례인가??

"우리 대장의 19번째 생일을 축하하며_ 짠!!"

우민님의 축사(?) -_-;;;;; 와 함께 모두들 술잔을 들고 술을 마시기 시작했다.

물론 나도 우민님께서 따라주신 술을 벌컥벌컥 원샷으로 쌔려줬다. -_-v 분위기가 무르익으니 그나마 생일잔치에 온 기분이 나는군.

조금씩 시끌시끌해지는 호프집 안 _

사강님은 지금 똘마니 -_-; 들의 잔을 차례로 한 잔씩 다 받으신다고 정신이 없으시다. -0-

저렇게 많이 마시고 괜찮으실지 살짝 걱정스러운 눈으로 사강님을 바라보는데 갑자기 저쪽 테이블에서 이강이 놈이 일어나더니 비틀비틀 밖으로 나가기 시작한다.

이강이도 은근슬쩍 많이 마신 거 같던데… 괜찮을까?

안 그래도 요즘 정신이 없어서 이강이에게 신경을 못 써줬던 게 생각이 나서 재빨리 이강이를 뒤따라 나갔다.

비틀비틀 _

어딜 저리도 비틀대면서 가는건지 _

오옷!!! 토하는갑다.

하린아 달려라~~~~+_+~~~~

정신없이 엎드려서 이물질을 -_- 토해내고 있는 이강이 놈의 등딱지를 두들겨줬다.

"괜찮아?"

"하린이야?"

"임마 누나라고 부르랬잖아."

"ㅋㅋㅋ 괜찮아."

이제 정말 좀 괜찮아진 건지 아님 내가 와서 또 괜찮은 척 하는 건지 -_-

괜찮단 말을 하며 몸을 일으키는 이강이 놈 _

"별로 안 괜찮은 것 같구나. -_- 여기 앉아서 차가운 바람 좀 쐬고 들어가자."

이강이를 어느 집 계단에 -_-;; 앉혔다.

"휴우~ 목 막혀."

"그러게 뭔놈의 술을 글케 마셔!! 니 생일이야?"

"뭐가… 큭ㅋㅋㅋㅋ."

그러고선 한참을 날 바라보는 이강이 놈 _ 이 자식이 갑자기 또
왜 이래? -_-;; 사람 민망하게.

"야야…-_-; 왜 이래."

"그런 눈으로 보지마, 바보."

그러더니 갑자기 나를 덥썩 껴안아 버린다. -ㅁ-

어버버버버 -0-

⚤Again…♀°No.31

"야야 ! 너 지금 뭐하는거야!!"

"미안….."

또 그렇다고 바로 미안이라며 날 놓아버리는 이강이 놈 -_-

"달링 ~ 순간 가슴이 쿵쾅 하구 뛰었지?"

저런 개늠시키 _ 나쁜시키 ㅜㅜ

"오랜만에 달링이라구 불렀어. ~ 끌끌."

내가 저런 놈한테 또 동정을 느끼다니… ㅜㅜ;;

"나쁜 자슥 ㅜㅜ 잠시나마 내가 널 동정했다니!!"

"그러지 말아라."

"왜 또 다시 분위기 잡는 건데 -_- 이번엔 안 넘어가!"

"^-^… 왜 달링이 아닌 형수가 되어야 했을까? 이럴 줄 알았음

그때 내가 달려갈 걸 그랬어.”

“…….”

솔직히 그래. 정말 사강님과 사귀게 된 계기가 너무너무 사랑해서 그런 것도 아니었고 좋아져서 그런 것도 아니었고 그냥 그저 우연히 어쩌다가 사귀게 된 것인데… 그런 것인데….

하지만 점점 사강님이 좋아지는걸. 조금씩 좋은 감정이 싹트고 있는걸.

그런데 이제와서 항상 장난으로만 날 대하던 이강이가 이렇듯 진지하게 이야기하니 웬지 가슴이 아려온다.

“에잇! 분위기 이상하네. ^o^ 가자가자! 흐흐흐 형이 알면 우린 죽을지도 몰라, 으흐흐.”

“그래.”

그렇게 얼렁뚱땅 넘어갈려는 이강이와 함께 다시 호프집 안으로 들어왔다.

#호프집안

그나저나 호프집 안으로 들어오니 이젠 내가 취할 차례인가보다.

“재수씨 ^o^ 어딜 갔었어? 일루와~* 우리 동생들 술 받아야지.”

“네-0-??”

"우리 동생들 술 받으라고. ^o^"

이보세요 ㅠㅠ 빛이 나시는 분, 우민님 동생이라 칭하시는 분들의 숫자가 얼마인데 저분들의 술을 제게 받으라는 건가요??

그치만 (_+) 내게는 힘이 없다. 고로 받으라면 받을 수밖에 없다. ㅠㅠ;;

술잔을 내밀고 한 놈씩 차례로 내 앞에 와선 _

"형수님 _!! 받으십시오!!"

를 연발하며 들이붓고 간다.

그럼 난 마시고 다음 사람은 또 들이붓고 아~ 어질거려 =_=….

이제 거의 10번 째인가? 10번 째 잔을 막 들이킬려는 순간!

"이리줘…."

139

내 손에 들려있는 술잔을 뺏어 자기 입으로 털어넣으시는 사강님 _

"오… 오빠. −0−"

"그렇게 마시고 나중에 어쩔려구 그래?"

"으… 으응 −0−? 그… 그게 오빠 생일 축하한다구 주는 거잖아. 난 해준 것도 없는데 이거라두 해야지. ^−^;"

"처음이나 지금이나 바보다."

"응 ^o^?"

"처음 볼 때나 지금이나 바보라고."

갑자기 처음 만났을 때의 이야기를 꺼내는 사강님 _ 처음 사강님을 만났을 때가 생각난다.

히히 비가 찔찔오고 내가 못 들어가고 있을 때 피를 질질 흘리며 나타난 사강님 -0- 정말 멋있었었지. *-_-* 끌끌

"갑자기 그건 왜….-///-"

술을 먹어 발그스레해진 얼굴이 더 달아오르는 것만 같다.

"내년에도 함께였음 좋겠다."

헉….

사… 사… 사강님이 웃으셨다. 눈이 부셔서 뜰 수가 없다.

빛이 나시던 미남 우민님의 웃음과는 차원이 다르잖아. 이거 웃는 게 이렇게 이쁠 수가 있단 말인가? ㅠㅠ 콧물 눈물 오만데서 다 나는구나. ㅠㅠ 엉엉 _

나 드디어 사강님이 웃는 걸 보고 말았어. 감격에 겨워 정신이 반쯤 나가 있노라니 그런 날 향해 산통을 깨며 말하는 정현민군 _

"병신…. -_-^"

야오 저런 쌍늠의 시키 _!!!

↑Again…♀°No.32

으~~ 머리통이 깨질 거 같이 힘들어. -.,- 어제 사강님이 대신 마셔줬는데 왜 머리통이 깨지냐고??

-_- 그건 내가 사강님 웃으신 거 보고 난 이후로 정신이 반쯤

나가선 _

"-0- 다들 부어. 나 다 마실 수 있어! 오늘 한번 죽어보자!"

이 난리를 부려버렸다. 흑 _

내가 미쳤나봐. ㅠ^ㅠ 이리 비틀 저리 비틀 흔들흔들 머리를 감싸쥐고선 1층으로 내려가니 1층에서도 도현이 놈이랑 이강이 놈이 쇼파에 널부러져 있었다.

"으으으… 식모 빨랑 해장국."

"써글놈들아 나도 지금 못 움직일 판이다."

"-0ㅠ… 형수야 … 속이 뒤집어 질꺼 같애."

"-_- 니 형수가 먼저 죽어간다."

정말 이게 무슨 꼴이냐. 아이고 어질거려. ㅠㅠ;;

이 인간들 말대로 해장국을 먹기는 먹어야겠는데 도저히 몸이 맘을 듣지를 않는다.

그리하여 나 또한 쇼파에 널부러져선 한 가지 제안을 했다.

"애들아, 배달을 시키면 어떨까? 요앞에 할매네 뼈다귀 해장국 집 하나 크게 생겼던데…. -0-"

"+_+ +_+ 어서 빨리 시키자!!"

순간 눈을 반짝거리고 뭔가가 달려들어서 놀래 나자빠지는 줄 알았다. 쇼파에 널부러진 채 겨우겨우 팔을 뻗어 전화기를 손에 넣고 할매네 원조 뼈다귀 해장국 집으로 -_- 전화를 때리기 시작!!

뚜르르르르르 뚜르르르르

"저기 원조 -_-!! 뼈다귀 해장국 음… 잠시만요. -0-"

"야 -_- 근데 오빠랑 현민이 놈은??"

"현민이 그놈은 아침부터 어딜 가는지 가버렸고 형은 아직 잘 걸?? 4인분만 시켜~!!"

"알써!"

"여기 -0- 4인분 갖다 주세요. 주소는 **%$#&#@@*() 예용 ~*"

배달을 시키고 난 후 다시 쇼파에 널부러져 버렸다. 그나저나 정현민 그 새끼도 만만치 않게 마셨는데 그놈은 무슨 철인인가!! -_-a 하여튼 무서운 놈이야.

띵똥_!

핫 !! 해장국 왔나보네.

⇧Again…♀°No.33

사강님을 깨우기 위해 전부 가위바위보 -_- 이지랄 하다가 결국 난 또 지고 말았다. 씹탱할 ㅠㅠ

결국 비틀거리며 무거운 몸을 이끌고 사강님 방으로 향했고 사강님 역시 전날 과음이 힘드신 건지 매우나 고통스러운 표정으로 구워진 오징어 마냥 침대에 잠들어 계셨다.

"오빠… 오빠 좀 일어나봐. 일어나서 해장국 먹어."

"속에서 원숭이가 헤집고 다니는 거 같애."

오늘도 정답게 동물에 갖다대어 표현하시는 사강님 _ 갑자기 또 웬 원숭이인거야. 선물 못 준 거 미안하게 스리 – –;

"그러지 말고 좀 일어나봐. 먹으면 원숭이가 밖으로 나가는 기분일꺼야. –.,–"

"으응…."

그렇다고 낼름 대답하고 나오시는 사강님 _ 정말 알 수 없으신 분 – – 사강님을 끌고 나와 주방에서 해장국을 쓱싹한 후 부시시해진 상태로 다시 좀 눈을 부치려고 계단으로 올라가는데 _

룰랄라 따라따라따라라라라라랄 룰랄라 뿜빠빠

내 핸드폰이 울리기 시작한다. – –

"여부세요."

"하린아 >0< 오랜만이야~~"

헛!! 이 목소리는!! 나의 절친하고도 너무 착한 친구 세희 아니던가!!

"세희야 ~~~ 방학하구 첨이지? 너무 오랜만이야.ㅜㅜ"

"응 _ 어떻게 지냈어? 그동안 연락두 안하구~ 넘했어. ㅜㅜ 나야 외국에 나가 있어서 못 했지만 ~~"

은근이 갑자기 기분이 나빠지는 이유는 뭘까.

외국을 나갔다와따고라고라고라고라? -_-+

난 이 무더운 여름날 집구석에서 남자새끼 네 명 식모 노릇 하고 있는 이 힘겨운 날 ㅠㅠ 자긴 즐겁게 외국 여행을 했단거야.

-0-^ 쳇!

"으… 응. 좋았겠구나."

그래도 뭐… 나도 -_- 곧 필리핀 간다 이거야!

"아니아니!! 그게 문제가 아니고 지금 나와, 하린아. ^o^ 내가 너 선물 사왔어!!"

"어디로 갈까? ^o^?"

-_- 선물 때문에 화풀고 나가는 거 절대 아니다.

"한 5시쯤에 미쯔 앞에서 보자. ^-^ 학교앞 미쯔 알지??"

"그래."

"그럼 나중에 봐~~~"

즐거운 세희와의 약속 ^o^ 행복해. ^o^

으히히히히 선물선물 ^o^ 그래 _ 나가는 김에 거북이 인형이든 -_- 토끼 인형이든, 진짜 토끼나 거북이는 못 데리고 와도 인형이라도 하나 사고 사강님 팬티나 사와야겠다!! 히히 나름대로 생일 선물 ^o^

난 -_- 세희의 외국선물 한마디에 뻑쩍지근 하던 온 몸의 세포들이 원할하게 활동하는 것을 느끼며 어서어서 씻고 준비를 하기 시작했다.

☝Again⋯♀° No.34

#미쯔앞

"세희야 ~~~"

"하린아 ~~~"

외국물 먹어서 그런지 더욱더 반짝반짝 이뻐진 내 친구 세희!!
부럽구나. ㅠㅠ

"하린아 잘 지냈어?? 어머 ~ 그런데 너 왜 이렇게 핼쓱해졌어
~~"

매일 남자 네 명이나 뒤치닥거리하고 사는데 핼쓱 안 해질리가
있니? ㅠㅠ

"으응⋯ 고생이 심해서 그래."

"어머어머 -0- 현민이가 글케 고생을 시켜?? 진짜 현민이 너
무 한다!!!"

"아니⋯ 그게 아니고 -_-;;;;;;"

솔직히 말해서 정현민 식모살이 하게 만든 놈은 정현민 놈이지
만 그놈 때문에 고생하고 사는 건 아니라고 생각한다.

먹성 좋은 민도현 놈 때문에 고생하고 -_-^; 정신없는 형제 이 강이랑 사강님 때문에 맘 고생해서 그렇지.

"어쨌든 넘 반가워~ 하린아~ 우리 오늘 나이트 가자. >0<~~"

내가 기다리는 선물은 안 주고 나이트를 가자는 내 친구 세희
세희야 -0- 선물부터 먼저 다오~~.

"엉? 어.^^;; 그… 그게…."

"왜?? 나이트 좋아하잖아 ~ 가자~ 내가 쏠게."

"-_-;;;;;;으응? 그게…."

오랜만에 나이트라 _ 게다가 세희가 쏜다? ㅠㅠ 하지만 나에겐
무서운 사강님이 계신다. ㅠㅠ;;

이 일을 어찌할꼬 _

"저기… 세희야, 나 있잖…아. 저기 사실은 사강님이랑 사귀는
데… -0-"

"응? -_-? 뭐라구??"

"그… 우리 학교…."

"우리 학교… 사강님… 이라 함은… 하린아, 내가 생각하는 사
람은… 아니지??"

"ㅠ_ㅠ 맞는데?"

"-0-… -0-… 하린아 그래서 이렇게 얼굴이 말이 아니었던거
구나!!! 협박 당했어?? 응?? 이상하다 ㅠㅠ 그 사람 여자 안 좋아
한다던데 웬일이야?? -0- 어쨌든 하린아, 그동안 고생했으니까
나이트 가서 다 풀자 일루와~ 따라와~~"

이… 이게 아닌데 -0- 왜 이야기의 결론이 이런 식으로 흘러 가는거야!! 세희야 이게 아니라고 ㅠ^ㅠ!!!

다짜고짜 날 끌고 나이트로 향하기 시작했다.

시끌시끌 여기는 나이트안 -_- 오랫만에 나이트를 왔더니 나 의 넘쳐흐르는 끼들이 가만히 있을 생각을 안한다.

결국 내 발들은 스테이지로 맘대로 움직이더라. -_-; 순간에 충실하자, 하린아. 여기서 뭔일이 나겠니 -0- 히히.

즐겁게 몸을 풀고 잠시 쉬기 위해 테이블로 돌아왔다. 그리고 그제서야 내 선물을 꺼내놓는 세희!!

"어머~ 세희야 ~~ 이게 뭐야? ⟩_⟨ (-_- 모르는척)

"니 선물이지 ^o^ 뭐. 근데 외국 나가도 특별히 살건 없더라 ~~ 그래서 면세점에서 구찌 핸드백 하나 샀어. 이뿌게 써."

=_= 구찌 핸드백을 _ 아무리 면세점에서라도 _ 아주아주 쉽게 말하는 우리 세희 _

"그래 고마워 아주 잘 쓸게. ㅠㅠ"

난생 처음 보는 명품 핸드백에 눈물 콧물 질질 흘리며 세희를 끌어앉았다.

그러는 사이 _

"아가씨들 ^^ 우리랑 합석할래요??"

부킹이 들어왔다. 방긋이 웃으며 우리에게 합석이란 단어를 꺼낸 남자한테서 빛이 나고 있다.

오오오오오옷!!

"하린아 괜찮지?? 합석할까??"

내 친구 세희는 눈을 반짝거리며 내게 속삭였다. 그래 +_+ 나이트까지 왔는데 부킹 한번 안하고 갈 수야 없지. 게다가 부킹상대는 반짝반짝 빛나는 남자 -0- 까르르르르르르륵 _

"그래그래!! 하자꾸나 세희야. -0-"

세희와 나는 한마음으로 합석을 받아들였고 곧이어 반짝반짝 윤이 나던 사내와 함께 또 하나의 사내가 등장하였다.

"룸으로 옮기실래요? ^^"

반짝반짝 윤이 나는 사내가 말했다.

"그러죠. ^-^"

내 친구 세희는 참으로나 가증스러운 웃음을 띄우며 나를 끌고 그들의 뒤를 따랐다.

룸은 처음 들어가보는구나. -0- 드디어 룸에 쪼롬히 앉았다. 고놈의 룸은 참으로 좋구나. -0-양주도 나오고 역시 부킹이란 좋은게야. -0-

"안녕하세요. 저는 강민석이라고 합니다. ^^"

오우 _ 전에 사강님의 생일파티에서 만났던 우민님도 반짝반짝
빛이 났는데 이분도 심하게 빛이 나시는구나. -0-

　"저는 진세희예요. ^^^"

　"-_-; 주하린이에요."

　"!!!!!!!"

　엥?? -_-? 반짝반짝 윤이 나던 사내의 뒤를 따라 왔던 사내가
흠칫 놀라면서 고개를 들었다. 어버버버 저… 저… 이… 이…
강.-0-

　"-0-… 이… 강."

　"헛. -0- 하린아, 이강이네."

　"주하린… -_-^^"

　"하하하하하하하핫 -0-;; 이강아, 여기는 무슨 일이니??"

　"-_-^ 너야말로??"

　"하하 나… 나는 그게 말이지 ^^;; 이강아 사랑해. ㅠ_ㅠ"

　"-_-…."

　"이강아 사랑한다니까? ㅠ0ㅠ"

　"난 너 안 사랑해.-_-"

　"내가 널 사랑해. ㅠ0ㅠ!!"

　"-_- 난 너 안 사랑한다니까?"

　"흐흑… ㅠ_ㅠ 아 글쎄 사랑한다니까!!"

　"난 너 안 사랑하고 싶다니까!!"

　"이강아 우리 사이에 너무 하는구나."

149

"내가 너랑 무슨 사이였는데…?-_-"

"사랑해 사랑해 사랑해 사랑해 사랑한다고!!"

"-_- 형한테 가서 말해."

"제엔장 ㄲㄲ 왜 이렇게 태도가 변해버린거니!!"

내 인생은 왜 이래. ㄲㄲ 나는 이 잘난 나이트까지 와서는 왜 이렇게 뭔가가 잘 풀리나 했었지. 어떻게 여기까지 와서 그의 동생이자 미래의 나의 시동생인 이강이를 만나냐고!!!

♂Again…♀°No.36

지금 우리의 상황??

-_- 이강이는 평소와는 다른 모습을 내게 살짝 선사하더니 뭐가 그리도 즐거운겐지 연신 방긋거리고 있고 -_-^

반짝반짝 땟갈을 내시며 처음 우리에게 말을 거셨던 분은 세희가 오죽이나 마음에 드신건지 세희 얼굴만 뚫어져라 쳐다보고 계시며 그 반면 세희는 이강이의 웃는 모습을 처음 본다고 땟갈나시는 분을 외면한 채 이강이를 감상하고 있다. 그리고 나… 는 울고 있다. ㅠ0ㅠ

"제엔장 제엔장. -_ㅠ"

"달링~ 바람피다 들킨 주제에 너무 꿍시렁 거리는구나."

"니가 내 남편이냐??"

"남편의 동생이지. ㅡㅡ"

"씨뱅. ㅡ_ㅠ"

"왜?? 계속해서 부킹도 하고 술도 마셔야지? ^^"

저놈의 능글능글!! 평소의 너의 모습으로 돌아와다오, 이강아. ㅠㅡㅠ 하긴 _ 지금 형수될 사람이 나이트에서 부킹하다가 딱!! 걸렸는데 능글능글 장난치고 싶지 않겠어? 흐흐흑 _

"세희야 ㅡ_ㅠ"

좀 어떻게 구원해 달라는 식으로 내 친구 세희를 보았지만 이미 세희는 이강이를 쳐다보다가 끊임없는 반짝반짝 윤이 나시는 분의 끈질김에 의해 넘어간겐지 그분과 함께 웃고 있었다. =_= 써글년 ㅜ.,ㅜ..

구찌 핸드백 하나 안겨주고 나를 죽이는구나!!!

"이봐 _ 달링 겸 바람피다 걸린 형수야."

"왜. ㅡㅡ"

"나랑 계약하나 할까?"

"뭔 놈의 계약 ㅡㅡ"

"이대로 형한테 부킹한 걸 알리고 싶나보지?? ^-^?"

"ㅡㅡ 써글놈…."

"계약하자. ^^"

몇 달전엔 정현민 놈과 계약해서 발목을 잡히더니 이젠 이강이 녀석과 계약을 해서 발목을 잡혀야하다니!!

"어떻게 하면 되는데!!"

"나랑…."

"그래 너랑 뭐 −_−?"

"몰래 사귀자."

↑Again…우°No.37

지금 내가 술이 취해서 헛게 들리는 건가, 아님 저놈이 뭘 잘못 처먹은건가?? 대체 이 상황은 뭐란 말이냐. =_=;;;;;;;;

"응 −0−? 뭐라구?? 내가 요즘 귀가 멀었나….−_−a"

"−_−^ 나랑 몰래 사귀자고."

"혹시… 너 나보고 불륜 그런 걸 하란 말이니 −0−?"

"결혼도 안 한게 뭔 놈의 불륜이야. −_−^^"

"너 어떻게 이럴 수가 있냐!! 사강님과 넌 한 뱃속에서 나온 그런사이면서!! 사강님과 내가 처음 사귄다고 고백하던 날 내 친구 소개 시켜준단 말에 바로 형수란 호칭으로 돌변했던 게 너이면서 −0−"

"−_−^…."

"너 설마 나를 남몰래 사모했던 거였니ㅠ0ㅠ??? 엉??"

"그렇다면…?"

"-0-;;;; 이… 이강아…."

"훗…."

"너 정말 왜이래. ㅠ0ㅠ 걸리면 너죽고 나죽고 우린 모두 함께 축 사망이란 걸 몰라?? 응??"

"글쎄… 아직 형이 너한테 직접적인 물리행사를 한 적은 없잖아?"

그… 그건 그렇지. 뭐 항상 음침하신 분위기와 학교에서의 이미지 때문에 내가 혼자 무서워한 거였지 여태껏 사강님이 직접적으로 내게 무서운 모습을 보여준 적은 한번도 없었다. -_-)a

"그… 그거야 그렇지 뭐. -0-;;;"

"일주일 정도면 돼. 일주일도 안 되냐?"

-_-;;;;

153

대체 이자식은 일주일 동안 나랑 몰래 사귀면서 뭘 하자는 게야. 혹시 그런 걸 빙자하여 나를 정말 꽁꽁 묶여둘 셈인가?

내가 툭하면 학교신문으로 사생활 폭로한다고 협박했던 것처럼 지두 이걸로 매일 협박할려고??

하지만 이강아 너랑 나랑은 이토록 원수졌었던 일이 없었잖니 흐흑 _

"갑자기 왜 이러는건데!!! 너 진짜 매일 장난으로 달링 달링~ 했으면서 이런 건 적응 안돼. -0-"

"아~ 씨 몰라! 그냥 하기 싫음 관두고!!!"

"혹시 내가 하기 싫다고 하면 사강님한테 말할거지?"

"당연하지 –_–"

"하기 싫다고 말 안했다 뭐. -0-"

"그럴 줄 알았어."

"ㅠㅠ"

"그렇게 싫냐?"

"너 같으면 안 그렇겠어?!! 이게 뭐야. ㅠ0ㅠ 지가 사귀는 남자 동생이랑 몰래 사귄다는 게 말이나 되냐!! 흑흑 _너 진짜 혹시라도 걸림 니가 다 책임져야 해. ㅠㅠ 알았어?!"

"알았으니까 인상 펴라."

질질짜는 내 모습에 웬지 모르게 슬픈 얼굴로 인상이 점점 굳어지는 이강이 _

정말 이강이는 밖에서 볼 때마다 새로운 모습이구나. -0-

며칠 전 나와 함께 여권사진을 찍으러 갈 때의 모습은 온데 간데가 없구나. 흑흑 _ 너 원래 이런 놈이었냐?

"참! 여행 가야한다."

"무슨 여행!!! 핀리핀?? 그거 아직 여권도 안 나왔잖아!!"

"몰라 씨발 애들이랑 커플끼리 일주일 동안 여행가기로 했어."

"그냥 혼자 가면 되잖아. –_–"

"혼자 가서 그 꼴들을 어떻게 보고있어!!"

"–_– 그럼 여태껏 니가 만난 수많은 여자중에서 골라도…."

"꺄꺄 대서 시끄럽잖아."

"꼭 그렇게까지 해서 여행을 가야겠니? –_–"

"어!!"

"그래. =_="

"내가… 기다린거야. 중요한 거라고…."

진지한 눈빛으로 날 바라보는 이강이의 눈빛이 웬지 부담스럽지만 어딘가 모르게 슬픔이 자꾸만 느껴진다. 그리고 그 슬픔을 느끼면서 계약을 하라고 내 마음속의 악마가 속삭인다.

"그… 그럼. -_-; 그 계약 다 끝내고 나면 깨끗해지는거야. 완전 디엔드라고!!! 알았지??"

"좋아. ^-^"

"-_-; 웃지마 임마 _ 그나저나 그 여행 언제 가는데?"

"내일. ^-^"

"뭐 -0-!!"

"내일이라고. -_-^ 왜 소리는 질러!!"

"씨잉~ 오빠한테는 뭐라구 둘러대고 가!!"

"친구랑 여행 간다고 하면 되잖아!!"

"믿어줄까? =_=…."

"괜찮아. -_- 형은 니가 뭘 하던 별로 관심 없을 거야."

"왜 니멋대로 형수였다가 달링이었다가 너였다가 인건데? 응? -_-^"

"칫 -_-"

아오 ~!! 진짜 진짜 이이강!! 밖에 나오면 원래 이런 놈이었냐?? 너 그동안 이런 성격 숨기고 사느냐고 얼마나 고생했냐??

155

ㅠ^ㅠ!! 아오~ !!

어찌하였든 난 위험한 계약을 이강이 녀석과 하기로 결정하고
야 말았다.

그 계약을 맺고 두려움 반과 그래도 꼴에 여행이라는 흥분 반
에 구리구리한 기분으로 가득차 세희를 바라보았을 때 이미 세희
는 반짝반짝 윤이 나시던 분과 사라지고 없었다. -0-^

  ⚢Again…♀°No.38

이강이와의 계약을 체결하고 녀석은 일이 있다며 나 먼저 들어
가라하구선 내일 9시까지 학교 앞으로 나오란 소리만 하고 사라
졌다.

나는 지나가다 사강님께 드릴 거북이 인형을 하나 사서 손에
들고는 집으로 비틀대며 귀가하였다. =_=

"나 왔어. -.,-"

"하린이 왔네."

웬일인지 거실에 앉아서 티비를 보시며 날 반기시는 사강님 _

"어… 오빠? 웬일이야 집에도 다 있었네. 참!! 이거 선물. ^^"

난 비록 길거리 리어카에서 샀지만 -.,-; 그래도 행여나 사강
님은 모르실거라는 생각을 하며 깜찍한 거북이 인형을 사강님 앞

에 내밀었다.

하지만 나의 예상을 무참히 깨고 거북이 인형을 보시자마자 하시는 사강님의 말씀 _

"어라?? 이거 요 앞 사거리 리어카에서 파는 거네? 하린아 이거 얼마주고 샀어? 내가 물어볼 땐 칠천 원이라던데…."

제기랄!! 가격까지 알고 있을 건 또 뭐야.

"아… 아니야. -0-!! 내… 내가 물었을 땐 13,000원 이랬어!!"

사실 칠천 원이라는 거 아저씨한테 빡빡 우겨서 오천 원 주고 산거다. —.,—..

사강님의 눈이 웬지 나를 계속해서 쳐다보는 게 믿지 않으시는 투였지만 그래도 어찌하실건가? 사준 걸로 감사하셔야지 으히히 히히.

157

그래 -_- 거기서 욕하고 있는 니들! 사실 나도 애인으로서 오천 원 주고 선물사는 거 쪽 팔려. 하지만!! 나는 진짜 살아 숨쉬는 바다 거북이를 잡아올 힘도!! 산에 가서 산토끼를 잡을 힘도!! 저~ 어 멀리 중국까지 날아가서 팬더를 잡아올 힘도 없는 걸 어쩌란 말이냐ㅠ0ㅠ!! (←사실 좋은 선물 할 돈이 없음-_-)

괜시리 나의 무능함에 우울해져서 울상을 짓자 사강님 환하게 웃으시며 _

"고마워….^-^"

라고 말씀하셨다. 지난 번 사강님의 생일 이후 두 번째로 보는 웃음!! 정말 코피 터져서 쓰러져버릴 것만 같다 ㅠ^ㅠ!!!

"우어우어워(코 붙잡고 있음 =_=) 오빠 나 옷 갈아입고 올게!!!"

재빠르게 나의 방이자 창고인 −_− 안식처로 올라와 대충 티셔츠와 반바지로 갈아입고 샤워를 마친 후에 다시 사강님이 계신 거실로 내려갔다.

아직도 여전히 쇼파에 기대어 내가 선물한 거북이 인형을 꼬옥 끌어안으신 채 ┬.,┬ 티비를 시청하시고 계시는 사강님 _

사강님 정말 미안해요. 다음에는 꼭 −_−!! 토끼나 거북이나 팬더를 구해 보도록 할게요. ┬○┬!!

"오빠… ^^"

"응…."

"저어기~~ −○− 그으게…."

"참, 하린아. 내일 본가에 가자…."

"으으응? ^^;;; 보… 본가는 왜??"

"저번에 내 생일날 본가에 꼭 가면 안 되겠냐고 했잖아. 그래서 내일 갈려고. 내일 엄마랑 할배탕구 −_−^ 있다구 해서…."

할배탕구 −_,− 할배탕구….

사강님도 그런 말씀을 할 줄 아시는 분이구나. =_= 근데 왜 하필 내일인거야!!

"아니, 오빠. 사실은 그게…."

"왜?"

"나 내일 안 될 것 같은데…. −○┬"

"왜에~?"

내가 뭔놈의 볼일이 바빠서 내일 안 되는지 참으로나 궁금하단 표정으로 나를 향해 되물으시는 사강님 _ 왜 이리도 가슴이 콕콕 찔리냐. ㅠ0ㅠ

"어… 어?? 그게 세희가 -0- 아니 글쎄 세희가 방학하고서 서로 바쁘게 지내느라 나랑 여행 한번 못 가봤다고 일주일 동안 여행 가자고 갑자기 오늘 그러잖아!!!"

"차표 미루면 되잖아."

"어?? 어~ 그게 -0- 세희가 글쎄 벌써 방도 다 예약을 해놨다네~ 그거 물르면 계약금도 다 날라가잖아. 너무 아깝잖아!!!"

"내가 줄게."

된장 ㅠㅠ 뭐가 이렇게 어려워!!

"오빠… 그러지 말고…. ㅠㅠ;;"

"애교 한 번만 부려봐."

애교??

애교라… 애교라, 내가 제일 못하는 애교 _ 대체 애교란 것은 어떻게 생긴거야 ㅠ0ㅠ!!

하지만 난 어쩔 수 없이 부킹한 사실을 들키지 않고 이강이와의 계약을 지키기 위해 아주 웃기는 짓을 했다. -_-^

"오빠… 아잉 -_-;"

순간 경직된 듯한 표정의 사강님의 말씀 _

"깜찍… 하다 못해 끔찍하구나. 하하하하하하"

159

너무나도 솔직하신 −_− 사강님께 깜직하다 못해 끔찍하단 이
야기를 들은 후 충격에 휩싸인 나는 비틀대며 내 방으로 올라왔고
그 덕분인지 어쨌든 사강님은 여행을 허락하셨다. ㅠ^ㅠ

#다음날아침

벌써 늦었다! 이강이가 9시까지 학교 앞이라고 했는데 ㅠ_ㅠ!!
대충 옷가지만 몇 개 챙긴 후 모두들 한밤 중인 −_− 집을 빠져
나왔다.

허나 −_− 나? 이 집에서 학교 가는 길 모른다. ㅠ^ㅠ! 매일 이
강이 놈 바이크 타고 등교했고 내가 이 집으로 들어와 지리를 채
익히기도 전에 방학을 해버렸단 말이다!!

어흐흐흐흐흑 ㅜ^ㅜ 할 수 없이 잡은 택시 _

내 돈을 돌려다오!! 어쨌든 택시는 내가 돈을 돌려달라고 울부
짖는 사이 학교 앞에 버~~얼써 도착해 있었고 9시에서 조금 −_−
아니 조금 많이 늦은 시각인 9시 40여분 _ 이강이는 교문 앞에서
마빡에 심줄이 세 가닥이나 튀어나온 채 나를 맞이하고 있었다.

"하하핫 ^^; 늦었구나."

"−_−^ 형수야 지금 죽고싶어서 발악하는거지?"

160

"아~ 니 -0- 그럴리가 있니 ^-^*;;;;"

"웃지마. 재수 털려. -_-"

니가 더 재수없다 이눔아 -0-!!

몇 주 전까지는 달링달링하고 쫓아다녔고 며칠 전까지는 형수 형수 하면서 쫓아다니던 놈이 어제 나이트에서 부킹하다가 만난 이후로는 이렇게 태도가 싹 바뀌어 버리다니!!

이강이는 나에게 재수없다는 -_- 처절한 한마디 남기고 학교 운동장에서 대기하고 있는 관광버스에 낼름 올라타 버렸다.

체엣! 애인연기를 할려면 좀 다정히 하던가!!

그나저나 이것들은 무슨 커플끼리 여행가는 게 자랑이라고 관광버스까지 대절한거야!!

161

이강이가 탄 관광버스에 조용히 뒤따라 올라타니 사람들 나를 쳐다보는 눈빛이 참으로나 가지각색이다. -_-

예를 들자면 _

"어머 -0- ~ 남자 너무 아깝다." 〈-따라온 다른 놈들의 애인들-〉

"아우~ 씨발 늦게 왔음 이뿌기라도 하지. -_-^"〈- 나머지 떨거지들 -_-〉

대충 이러하였다. 제엔장 -_-^ 슬쩍 이강이의 옆자리에 궁둥이를 붙이고 앉자 갑자기 째지게 들려오는 소리 _

"하린아 〉0〈!!"

이것은!!!

나의 절친한 친구이자 -_- 여태껏 참으로 좋은 친구라고 믿어
왔으며 그리고 바로 어제 그 믿음을 무참하게도 깨뜨린 세희 아니
더냐!!

하하 -_-^;;

"세희야?"

"^^;;;;; 하⋯ 하린아 정말 미안해. 내가 나이트만 가자고 안했
어도 ㅠ0ㅠ!!"

저 기집애가 저렇게 선수치면 내가 할 말이 없잖아. -_-;

"근데⋯ 여기는⋯??"

의아한 듯 세희를 쳐다보며 웃노라니 어느새 세희의 어깨를 부
여잡고 씨익 웃음을 지으며 얼굴을 내미는 어제의 그 부킹상대 _
번쩍번쩍 윤이나던 강민석군이 -_- 있었다. 참으로나 스피드하
게 진행하는구나. -_-;;;;;;;

분명 어제 니네는 처음 만난 사이었거늘 _

"하하하핫⋯ 진도가 빠르구나.^-^;;;"

"하린아 >_< 우리 잘 어울려?"

"으으응."

웬지 -_- 약간은 주접으로 변해버린 듯한 내 친구 세희의 남자
친구 강민석군은 참으로나 재주가 뛰어난 사람이구나. =_= 너를

주접으로도 변하게 하고 -_- 참으로 가지가지 하는 사람이군.

버스는 이 고개 저 고개 비틀비틀 어디론가 계속해서 향했고 도착한 곳은 강원도의 어느 곳이었다.

나는 이번 여름에 강원도와 왜 이렇게 인연이 깊은거니. -_- 숙소에 짐을 풀고 방은 애인들끼리 한방이다.

ㅜ.,ㅜ:::

제기랄 _

"세희야. ^0^* 나랑 같이 방 쓸거지??"

"으으응?? ^^;;;;;; 그… 글쎄."

웬지 대답이 시원찮은 세희 지지배 -_-+ 그래… 너마저 남자 생겼다고 친굴 버린다 이거구나!!

결국 우물쭈물 이강이와 한방을 써야만 하는 나!!

여행을 올 때마다 강원도 그리고 올 때마다 같은 형제와 같은 방 _ 대체 이건 무슨 개같은 경우인건데 ㅠㅠ!!

녀석과 나의 방인 -_-^ 701호실 앞에서 우물쭈물 망설이고 있자 이강이 녀석이 하는 말 _

"달링 ~ 아직은 걱정하지마. ^^"

전혀 알 수 없는 말 _하지만 며칠사이 변해버린 이강이에게서 처음으로 내가 알던 이강이의 모습을 본 나!

웬지 모르게 안심이 되었다. 그렇게 안심을 하고 방으로 들어갔는데 방이 참으로 신혼부부 침실 같구나. ㅠ0ㅠ!!

혹시 우리나라 숙박업소 다 이렇냐? 청소년들한테 이런 침실을 줘? 이강이도 적지아니 당황을 했는지 헛기침만 해댄다.

평소의 너 답지 않구나. 홀라당 다 벗다시피 한 그림의 여자들과 매일 함께 방에서 뒹구는 너이면서 - _ -

"흠흠… - _ - 지금부터 일주일 달링인 형수야, 나 먼저 샤워한다."

매너없는 자식! 어떻게 그렇게 형제가 똑!!! 같냐.

사강님도 지난 번 합숙 왔을 때 먼저 홀라당 샤워해버리던데 _

시간이 흐르고 이강이도 샤워를 마치고 나도 샤워를 마치고 나왔다.

"다했어?"

"응."

"지금부터 이거 단단히 챙겨먹어!"

"이게 모야? ○_○"

이강이가 내민 것들을 자세히 살펴보니 컨디션&겔포스 등등 술먹기 전에 필수적으로 필요한 것들이 널부러져 있었다.

이걸 먹어야 할 만큼 술을 얼마나 먹는 거기에 정말 - _ -;;;;;;

"이걸 먹어야할 만큼 그런 파티가 준비되어 있는 거니? - _ -;"

"그렇다고 할 수 있지."

"꼭 정말 진실로 참석해야만 하는 거니? - _ -"

"형이…."

"먹어 -0-! 먹는다고!!!"

내 이럴 줄 알았다. 툭하면 부킹으로 걸고 넘어질 줄~~ 흑 _!

그리하여 이강이가 건넨 겔포스와 컨디션까지 꾸역꾸역 챙겨머고 녀석과 함께 다른 사람들이 모두 모여있는 숙소로 건너갔다.

#숙소안

정말 엄청난 인원들_

거기에는 한참 닭털을 날리고 있는 세희와 강민석군도 보이고 -_-^ 아까 내가 버스에 올라탔을 때 날 씹어대던 수많은 이강이의 친구들도 보였다. 써글것들 -_-+

옹기종기 하나둘씩 원을 만들어 둘러앉고 그 중 제일 연장자라고 할 수 있는 나와 -_-; 세희가 먼저 술을 받게 되었다.

"재수씨라 불러야 할지 형수라 불러야 할지 정말 민망하지만 일단 한 잔 받으세요!"

나이트에서와 마찬가지로 시원시원 _ 그리고 반짝반짝 빛을 내며 말하는 강민석군 _

웬만하면 누나라고 불러줬음 좋겠다고 말하고 싶다. -_-^;; 한 잔 _ 두 잔 _ 졸졸졸 _한 잔 두 잔이 한 병이 되고 한 병이 한 짝이 되어가고 이강이가 둘로 보이고 세희가 셋으로 보여갈 때쯤 _

뾰료롱 꼬마 마녀 열두살 난~ 마법~♬

핸드폰이 울리기 시작한다.

왜?? 내 벨소리가 저래서 꼽냐?? -0-!!

내가 저 만화를 얼마나 좋아했었는지 아니? 얼마나 잼 있었는데 >_<!!

흠흠 =_=

"여보세요오 흐흐흐~"

"야 주하린!!"

-_-;;;; 뭐… 뭐야.

이 자식은 전화해서 왜 이렇게 소리치고 지랄이야 >_<!! 기분이 좋아서 봐준다!

"으흐흐흐 도현아 웬일이니 흐흐흐. 오늘 누나가 술을 좀 마셨단다. 흐흐흐 뭐하니? 그새 또 내가 보고싶었구나?"

"ㅉㅉㅉ… 완전 정신 나갔네~ 너 이제 죽~었다 어쩔래?? ㅉㅉ ㅉ"

"죽었다니 흐흐 _ 내가 너무 보고싶어서 죽겠다고?"

"미쳤어 완전 ~~ 돌았네. 너 지금 이강이랑 걔네 친구들끼리 간 커플 여행갔지?"

헉 -0-이 자식이 어떻게 -0-!!

갑자기 술이 확 깨버리고 정신이 바짝 들어버렸다.

"-0- 어버버… 어버… -0- 어… 어떻게."

"나만 아는 줄 알지?? 형두 다 알어~~ㅉㅉ 너 어쩔래? 너 거짓말하고 갔었지? 게다가 형이 너 부킹한 것도 다~~아 알았어. 어쩌니. -0ㅜ 내 친구 하린아. 이제 넌 어쩜 좋니? >_<"

166

나를 걱정한다고 하지만 웬지 너의 목소리는 너무나도 상큼한 느낌이구나. -_- 그나저나 정말 사강님은 어떻게 아신걸까!! 나 이제 정말 죽었나봐. 어쩌면 좋아. -0ㅠ

부킹한 사실 숨길려고 여기까지 따라온 거 였는데 도대체 어디서 들킨거야!!

↑Again…♀°No.41

민도현 놈의 전화를 끊어버린 후 안절부절 혼자서 생쇼를 하기 시작했다.

나는 정말 어쩌면 좋아. ㅜ0ㅜ!!

그때부터 어기적 어기적 완전 개판이 되어버린 술자리를 박차고 나와 한쪽 귀퉁이에 매우나 불쌍하게 자리잡고 있는 쇼파에 엎드려 실연당한 여자 마냥 흐느끼고 있노라니 _

"이건 무슨 쇼야 달링??"

내가 없어진 걸 그새 알았는지 이강이가 내게 다가왔다.

하지만 쇼라니!! 쇼라니!! 난 지금 너랑 부킹에 여행 온 거까지 걸려버렸는데 ㅠ^ㅠ!!

"몰라 임마 ㅠㅠ 엉엉 _ 난 이제 어쩜 좋아!!!'

고개를 들며 눈물 콧물 흘리며 울부짖자 샤워해서 아직 채 마

르지 않은 촉촉한 머리카락과 함께 사강님과 닮은 눈으로 내게 다
가오며 지그시 쳐다보는 녀석!!

너도 섹시하긴 하지만 사강님보단 못하는구나. ㅜ0ㅜ!!!

이 순간에도 이런 생각을 하는 난 정말 죽어야 하지싶다. -_-
어흐흑 ㅠ_ㅠ 사강님!!

"뭐야… 진짜 왜 그러는건데?? 갑자기."

"들켰어…."

"뭐가?"

"들켰다고…. ㅜ_ㅜ"

"그래 뭐가!!"

"나 부킹 했던 거 -0-!! 그리고 지금 너랑 이렇게 여기 와 있는
거 사강님이 다 아셨다고!! 방금 전화온 거 도현이란 말야."

"-_-…."

잠시 당황한 듯 절대 그럴 리가 없는데 란 표정을 지으며 인상
을 쓰는 이강이. -0ㅜ 역시 너도 별 수 없는 거였어. 그러게 따라
오는 게 아니었어.

ㅠ.,ㅠ 부킹만 들켰으면 혹시 알어? 그나마 조용히 넘어갔을지
_ ㅜㅜ 거짓말하고 이강이 따라서 여기온 건 또 이제 어떻게 설명
해! ㅎㅎㅎㅎ흑 _

"돌아가…."

"뭐??"

갑자기 -_- 나에게 돌아가란 말을 하는 이강이 _

안가면 안 된다고 그동안 못 봐왔던 성격까지 보이며 날 이곳까지 끌고 오더니 이젠 분위기 잡으며 돌아가라고 하는 이강이 녀석 -0-

그나저나 다 좋은데 나 서울에서 4시간에 걸쳐 강원도까지 왔거든? 너 지금 이 시각에 나보고 다시 서울로 돌아가란거냐?

ㅜ0ㅜ허나 (_+) 꼭 이강이의 말이 전적으로 미친 말이라고 할 수도 없음이다.

지금 이 상황에선 그 방법 밖에는 딱히 좋은 방법이 없으니까. 근데 -_-+ 지금 이 시간에 뭐 타고 돌아가냐고요!!

"그래… 그래. 고맙구나. 일단 돌아간다 치고 뭐 타고 가란 말이냐? -_-^"

"주인한테 부탁하면 아마 차 빌려 줄거야. 그거 타고 가."

"설마 너 내가 차 운전할 줄 안다고 생각하고 그런 말들을 하는 건 아니지? -_-"

"에이 씨발 -_-^"

무… 뭔 발?? 지금 내가 누구땜에 이 고생을 하는건데… 게다가 형수한테 씨발??

"야!! 너 지금 혀엉!! 수우…."

하지만 내가 이강이에게 말을 채 다 하기도 전에 이강이는 내 손을 잡고 술에 취해 난장판이 되어버린 숙소를 빠져나가고 있었다.

숙소의 주인에게 뭐라고 말하더니 의외로 쉽게 키를 받아오는

이강이 _

　이중인격만 있는 게 아니고 이런 것도 할 줄 알았구나. -_-;
팬시리 화딱질이 나서 볼따구 팅팅 부은 채 이강이를 기다리니 차
문을 열고 운전석에 타는 놈 -0-

　"-0- 니가…."

　"잔말 말고 타. 맘 변하기 전에!!"

　"우어우어 ㅜ.,ㅜ 고마워. ㅜ.,ㅜ."

　여태까지 너 미워하고 원망했던 거 다 취소할게 이강아. ㅜ0ㅜ
정말정말 미안하단다. 그러게 우리의 불륜계약은 애초부터 말이
안 되는 거였어 흐흐흑!!!

　가만히 서울로 향해 차를 몰기 시작하는 이강이 _

　하지만 또다시 이강이의 표정은 웬지 모를 슬픔의 표정이었다.

　그 모습을 바라보며 잠시 놀래서 깼던 술기운이 다시금 오르는
건지 얼굴이 후끈후끈 달아오르기 시작했고 보조석에서 스르르
르르~~ 잠이 들었다.

　"야 _ !!"

　나를 부르는 듯한 시끄러운 소리에 -_- 입주변에는 벌써 말라
붙은 듯한 침을 한번 씨익 훔쳐주며 눈을 부시시 떴다.

　"집 앞이야 내려."

　"벌써 다왔구나. ㅇ_ㅇ;;;"

　"너 때문에 내가 이게 무슨꼴이야!!"

　"애가 또 왜 너로 변한건데!! 차라리 달링으로 해라 -0-!!"

"미쳤냐!? 바람피다 걸린 형수야 잘들어 가라 안녕. -0-"

"뭐?? 뭐라고??!! 너 때문이잖아!!"

"개가 짖나 -_- 아씨~ 또 언제 차 몰고 가."

얄미운 반응 _

하지만 미안스럽다. 정확하게 따지자면 하루종일 차안에만 있다고 할 수 있는 이강이!

아침에 강원도로 향할 때 4시간 _

나땜에 강원도에서 다시 서울로 내려올 때 4시간 _

그리고 서울에서 혼자 다시 강원도로 돌아가는데 4시간 ㅜ.,ㅜ

이강아 정말정말 미안해 ㅜ0ㅜ !! 그러게 왜 나같은 사고뭉치를 계약상대로 정해버렸던거니!!

흐흑! 아무리 니가 날 남몰래 사모한다고 해도 그러면 안 되는 거였어_♡

"형수 겸 달링아 _"

"그건 또 무슨 언어니.ㅠㅠ"

"아직 일주일 안 지났잖아? 훗 간다."

"야아!!!"

하지만 이강이 녀석은 쌩! 하는 차소리를 남긴 채 내게서 멀어져 갔다. 보통 때였음 싹수 노란새끼라고 욕을 해줬을테니만 -_-

지금은 그럴 상황이 아니지!! 어서 집안으로 들어가고 보자꾸나!!

약간은 긴장된 마음으로 대문을 열었다.

......

순간 나에게 집중되는 시선 _

현민이 놈은 또 어디 갔는지 보이지 않았고 멍하니 나를 쳐다
보는 사강님과 불쌍하단 표정으로 나를 응시하는 도현이 놈 _

"하하핫 _ ^-^;; 나 왔어. ^o^;;;"

"어 하린아 왔구나…."

☝Again…♀°No.42

172

분명 길길이 날뛰시거나 나를 한대 때리기라도 하실 줄 알았건
만 -0-;; 의외로 언제나 그런 것처럼 똑같이 나를 반기시는 사강
님 _

저러니 더 무섭잖아. ㅜ.,ㅜ

"오… 빠.^^;;"

"응? 왜 이렇게 일찍 왔어?? 일주일 걸린다더니…."

"어?? 어… 그게…."

알고 저러는거야, 모르고 저러는거야 씨댕할. ㅜ_ㅜ

"난 이만 자야겠다. 하린아 내일보자."

"으응."

그냥 들어가 버리시는 사강님 _

오우~ ㅜ0ㅜ 대체 이 상황은 어떻게 해석해야 하는거야!!!

"야!! 대체 어떻게 된거야!!"

사강님이 들어가시자 마자 도현이에게 소리를 꽥하고 질렀다!!

"몰라. -_- 그나저나 운도 지지리도 없는 년, 어쩌다가 나이트에서 그 상황을 이수민한테 들켰냐?"

"뭐어 -0-??"

"너 부킹 한거랑 오늘 이강이랑 거기 간 거 꼬지른 거 그거 다 이수민이 오늘 너 떠나고 나서 꼬지른거야. -_-"

젠장 젠장 젠장!!!

이… 이수민 써글년 -0-!!!"

흠흠 _ 그래 근데 오빠 왜 저래?? 차라리 무슨 말이라도 하지. -_┰ 날 사랑하는 게 아닌게야 ┰0┰"

"……."

갑자기 오도방정 촐싹거리던 놈이 말이 없어졌다. -_- 뭐야 얘는 또 왜 이래.-_-;;

"뭐… 야 -_-;; 넌 또 왜 그러는거야."

"주하린."

"왜. -_-"

"표현하지 않는다고 해서 사랑하지 않는 게 아냐.

아마 형에게 있어 사랑은 느낌일 테니까. 형이 암말 안 한다고 해서 니가 한 일을 잊은 게 아냐. 적어도 형은 잠시라도 너 없는 동안 그리움에 많이 가슴 아파 했으니까…"

"짝 짝 짝"

나도 모르게 박수가 나왔다. -_-;;;;;

내가 미쳤나 부다. -0- 민도현 놈이 하는 말에 박수를 치다니 _!!! 하지만 웬지 도현이의 말이 가슴에 와닿았다.

갑자기 멋져 보이는 도현이!!

"一v一γ 나 멋지냐?"

취소할련다. -_-

가만히 있으면 한 점수 먹을 것을 ㅉㅉ _

⇧Again…우°No.43

이런 와중에도 밥 내놓으라고 소리지르는 도현이의 머리통을 뒤로 젖혀 버린 채 사강님의 방으로 뛰어갔다.

이사강 _

이름이 써져있는 방문 앞 _

방문 앞에 서고 보니 막상 왜 이렇게 떨리냐. ㅠㅠ 하린아, 용기를 내! 분명 이건 니가 잘못한거잖아? 가서 사과해야지!!

약간은 긴장된 마음으로 사강님 방문의 손잡이를 잡고 비틀었다.

……

벌써 주무시는지 침대에 누워계신 사강님 _

......

침대 귀퉁이에 살짝 엉덩이를 걸치고 앉은 나 -_-;

참으로나 고운 모습으로 잠들어 계신 사강님 _

사강님 정말 미안해요. ┬0┬

머리카락이 눈을 가리고 있어 얼굴이 잘 보이질 않길래 살짝 손을 들어 가만히 사강님의 얼굴을 쓰다듬으며 머리카락을 올려드렸다.

거참 볼수록 잘 생기셨네. -0-

"오빠·.· 미안. 나 참 나쁘지?? 진짜 미안해. 오빠 걱정시키고… 나 너무 나빠. 미안해. 나 용서해죠."

웅얼웅얼 -.,- 혼자서 궁시렁 궁시렁 _

휴~ 직접 말하는 건 내일 해야지.

사강님의 이불을 바로 덮어 드리고 침대 귀퉁이에서 막 일어서는 찰나 -_-;

"오늘은… 안 덮쳐?"

ㅇ_ㅇ;;;;

"오… 오빠. -0- 하하핫."

"왜 오늘은 안 덮치고 그냥 나가?"

"-_-;;;;;; 농담도 잘하네."

"고마워…."

"응 -0-? 뭐가?"

"사과해 줘서…."

"-//////- 아… 안 잤어?"

"응."

"-_-;;;;;; 연기력이 뛰어나구나."

"응…."

"그… 그래 -0-."

"하린아…."

"응??"

"고개 아픈데 다시 앉아주면 안 될까?"

"그… 그러지 뭐. -0-"

사강님의 강요 아닌 강요에 의해 다시 침대 귀퉁이에 엉덩이를
걸친 채 앉아버린 나_

"하린아…."

"응 -ㅁ- 말해."

"너는 스머프가 좋아 가가멜이 좋아?"

"그건 갑자기 왜?? -_-;;"

"그냥."

"그거야 당연히 스머프가 좋지. -0- 가가멜은 나쁘잖아."

"난 가가멜이 더 좋은데….-_-"

"하하하하핫 그… 그래?"

대체 이런 이야기를 내게 하시는 이유가 뭐란 말인고ㅜ.,ㅜ??

"너도 가가멜을 더 좋아해 주면 안 되겠니? -_-"

=_=…

뭐 별 수 있겠는가 _

사강님이 스머프보다 가가멜이 더 좋다면 나도 가가멜을 더 좋
아해야 하고 서태지보다 아이들이 더 좋다 하심 아이들을 더 좋아
해야 하는 잔인한 운명인 것을. =_=

"그래 나도 가가멜을 더 좋아해 보도록 노력할게. -ㅁ-"

"응… 하린아?"

"왜 또?? ㅠㅠ"

"니가 스머프보다 나쁜 가가멜이든 나에게 거짓말을 하는 나쁜
여자든 난 있는 니모습 그대로 주하린을 좋아해. 그냥 이야기 해
주고 싶었어. 보고싶었어."

"오… 오빠….

어흑 ㅠoㅠ 정말 감동이야. 오빠 나 다시는 절 -_-!!! 대 부킹
안 할게!! 미안해!! 다시는 속이지도 않을 게. 참으로 미안해. 그리
고 오늘에서야 느낀거지만 _

나도 이젠 _

언제나 무뚝뚝하고 말 수 적고 가끔은 알 수 없는 _ 그리고 학
교에서 굉장히 무서운 존재인 당신 _ 이사강을 이제서야 진심으
로 좋아하게 됐나봐.

177

#다음날아침

　일찍 일어나 즐거운 마음, 그리고 한결 가벼운 마음으로 우리 사강님께 밥을 해드리고 지금은 한가하게 사강님과 거실에서 비디오를 시청하고 있다. 으흐흐흐 *-_-*

　참고로 말하자면 난 지금 연인에게 있어서 가장 기초적인 함께 영화보기도 한번 못 해봤고 지금 처음으로 사강님과 비디오를 시청중인 것이다. 누구든 이 시간을 방해하면 가만두지 않겠다.

　-0-! 하지만 예외없이 이 시간을 방해하는 자가 있었으니 _

　"띵똥~~ 띵똥~~~"

　"ㄲㄲ 그냥 넘어갈 리가 없지. 흑!!"

　"왜 그래??"

　"아냐. ㄲㄲ"

　눈물을 뿌리며 이 아름다운 시간을 방해하는 써글 것을 응징하기 위해 현관으로 나갔다. 문이 열리고 _

　"어? 이강아 -0-??"

　"나 왔어 형수야~^^"

　갑자기 또 변해 버렸구나 -_-;

　"그… 그래.-0- 하하하. 이… 일찍 왔네."

178

거실 쇼파에 앉아 비디오를 보시던 사강님께서 자꾸만 우리를 쳐다보시자 내가 잘못한 일들이 떠올라 이강이와 이야기하는 것조차 한없이 민망하기만 하다. ㅠㅠ

"형 집에 있었네? 그냥 심심하고 짜증나서 일찍 와버렸어. 참! 형수야 내가 형수 여권 찾아왔어~ 흐흐흐 잘했지? 내일 당장 떠나도 돼! 그래서 돌아오는 길에 현민이 형한테 전화해서 준비 다 해 놓으라고 그랬다~~."

"그… 그랬니? -0- 고마워."

"참! 그리고 사진 말인데…."

"이강아 -0-!!"

"으응??"

"피곤하지 않니? 이만 쉬어야 하지 않을까? 니말대로 내일 당장 필리핀으로 떠날려면…. ^^;;;"

"아! 맞다 ~! 자~ 여기 여권. 그럼 나 먼저 들어갈게. 짐 다 챙겨놔~"

"그… 으래 -0-"

녀석 _ 갑자기 사진 이야기는 왜 꺼내는거야. ㅠ^ㅠ!!!

이강이가 방으로 들어가서 현관에 서서 잠시 여권 사진을 확인해 보았다. 다시 봐도 꽉 차있는 보름달 같은 내 얼굴이 민망스럽구나. -.,-

"웬 여권이야??"

"아… 이거? 며칠 전에 이강이가 갑자기 여행 가자길래 ~ 그러다가 나 여권 없다고 했더니 만들면 된다고 해서 만든거야 ^^;;"

"사진도 찍었어?"

"으으으으으응?? 뭐 ^^;; "

"보자 ~ 참! 그럼 사진 몇 장 있겠네? 나 한 장 줘."

오 마이 갓또!! 이럴 줄 알고 이강이를 일찍 들여보낸건데 이 망할 녀석 ㅠ^ㅠ!!

"아… 사진. -0- 없어. -0-"

"없다니?? 왜??"

"버려 버렸어."

"사진을 왜 버려?"

거 참 꼬치꼬치 캐묻는 거 좋아하시긴 -_-

"너무 이상하게 나와서!"

"그래? 그럼 여권 줘봐. 여권 사진이라도 보게~"

"앗! 이강이 말대로 내일 당장 떠나려면 빨리 올라가서 짐싸야 겠네. 오빠! 오빠도 이러고 있지 말고 어서 가서 짐 싸. -0- 나 먼저 올라갈게!!"

행여나 사강님의 무력으로 여권 사진을 봐버리실까 봐 냅다 후다다다닥 나의 창고이자 침실로 올라와 버렸다. 엉엉 ㅠ^ㅠ 결국 사강님과 영화 한 편을 제대로 못 보는구나!!

방으로 올라와 처음 가는 해외여행에 은근슬쩍 기분이 들떠 이 것저것 짐을 챙기기 시작했다. 으흐흐흣 _살짝 비키니도 챙겼다. *-_-*

거기 너무 용감한 거 아니냐고 욕하고 있는 너!! 원래 용감해야 이 한세상 잘 사는 법이란다. −_−^ ⟨− 스스로 합리화 시키는 중⟩

손에 비키니를 꼬옥 쥐고서 사강님과 만들 즐거운 추억을 상상하고 있는데 _

"내 팬티 어디다가 널어놨어??"

갑자기 문이 벌컥 열리며 이강이가 들어왔다.

"니 팬티?? 옷장에 넣어놨을텐데?? 없어?"

"어 _ 아씨~ 어따가 둔 거야??"

"잘 찾아봐!"

"없으니까 그렇지! 참 형한테 많이 혼났냐? 분위기 보니까 그런건 아닌 것 같고….'

"으흐흐흐흐 나의 뛰어난 말빨에 의해서 잘 해결됐지~~~"

"−_−^… 그나저나 형 어떻게 알았대~?"

"몰라. ㅠ0ㅠ 이수민 그 써글년이 우리 그때 나이트에서 부킹했을 때 있었나 봐!! 너랑 계약한 건 잘 모르는 것 같고, 여행간 것은 알고 있었고!! 흐흐흑 _

"이수… 민? −_−^"

"응. 흐흑!"

"그래 −_− 참! 주하린."

"이게 왜 또 주하린이야!!!"

"아직 일주일 안 지났다."

"뭐 −0−?? 뭐라고??"

하지만 내가 제대로 따지기도 전 이강이는 쾅! 하는 문닫는 소리와 함께 나가버렸다. 갑자기 이게 무슨 조화냐. 아직 일주일이 안 지났다니!!

그건 대체 무슨 뜻이냐고 ㅠ^ㅠ!!

모두들 지금 필리핀 여행을 위해 공항에 나와있다.

이렇게 다같이 여행가는 게 두 번째구나. ㅎㅎㅎㅎ _

합숙사건은 좀 안 좋은기억이 있으니 이번에 싹그리 씻어버리고 즐거운 추억을 만들고 와야지. ^o^

처음 타보는 비행기 _ 혼자 방방 뛰고 좋아라하고 있으니 매우나 안 좋은 표정으로 정현민 놈이 꼴아 본다. -_-^ 그래도 나 너무 즐거워 어떡해 >_<!!

비행기 안에서 혼자 방방 뛰는 동안 어느덧 필리핀 공항에 도착해버렸다. 숙소로 이동한 우리 _

"아! 맞다 근데 우리 방은 어떻게 해??"

"방 하난데??"

"뭐??"

"안에 방이 몇 개 있으니까 자고 싶은 사람은 아무 방이나 들어가서 자고 뭐 그럼 안 되나?"

아무렇지도 않다는 듯 말을 하는 도현이 _

아무 방이나 들어가서 자다니 대체 며칠 밤낮으로 뭘 하려고…. -_-

    그래도 일단 놀고 보자는 생각에 아무 말 없이 정해져있는 룸 안으로 들어갔다. 우와 ~~ㅇㅁㅇ 정말 좋구나~

    밖으로는 너무 이쁜색의 바다도 보이고. ㅠ^ㅠ

    역시!! 오길 너무너무 잘했어!!

    "오빠~~ 이것 봐. 바다색이 너무 이쁘다. ㅠㅠ"

    "응 그렇네."

    호들갑스러운 나의 반응에 비해 너무나도 감정의 변화가 없으신 사강님 -_-

    이런데 자주 다녀서 그런 걸거야. 암 그렇고 말고 _

    이것저것 챙길 새도 없이 무작정 바다로 뛰어나갔다. 그리고 미친 듯이 뛰어 노는 우리 _

183

    나 또한 용기를 가지고 챙겨왔던 비키니를 살짝 입고 미친 듯이 놀았지 으흐흐흣.

    "오빠~~ 너무 쨈있다 그치?? 흐흐흐."

    "하린아 오늘도 나 유혹 할려고 그거 입은거야?"

    -_-; 어찌 저리 유혹이란 단어를 좋아하시는지 _

    "유혹 할려고 입었든 뭐든 제정신이 아닌거지. -_-^"

    매우나 띠꺼운 듯 나의 비키니 입은 모습을 째려보고 지나가는 정현민!! 너는 너 혼자서 놀지 왜 상관이야 -0-!!

    "아니 _ 흐흐 그런게 아니고~ 그나저나 오빠 그러고 계속 있을거야??"

    "뭐가??"

지금 사강님은 웃웃을 홀라당 벗고 보기만 해도 탐스러운 몸매를 자랑하시며 백사장에 누워계셨다. 자꾸 그러고 있으니까 지나가는 외국여자들까지 다 쳐다보고 가잖아. ㅠ^ㅠ

뭐가? 라는 사강님 질문에 지나가는 외국여자들이 다 쳐다본다고 울부짖고 싶지만 차마 질투한다고 놀리실까봐 쪽팔려서 말 못하는 나 -_-;

"하린아 나 오일 발라줘."

"오… 오일??"

"응."

오일이라… 오일 원래 그런 건 남자가 여자한테 발라주는 거 아닌가?? =_= 뭐 -_-; 아무렴 어때!

"그래! 발라줄게~"

그리하여 난 사강님의 몸에 덕지덕지 오일을 바르기 시작했다. 오일을 바를 때마다 내 손이 사강님의 몸을 쓰다듬는데 오오오… ㅠ0ㅠ 정말 미쳐버리겠구나!

"하린이 손… 부드럽다. 기분 좋아."

"그… 그래? 하하하 고마워."

"너랑 이러고 평생 있었음 좋겠다."

"그으래. -0-"

나도 이러고 평생 있고 싶어요 사강님. ㅠ^ㅠ

자꾸만 콩닥콩닥 가슴은 뛰고 내 손이 사강님의 몸에 닿을 때마다 민망스럽지만 그래도 사강님이 좋아하시니. 〈- 사실 자기가 더

좋아함〉

어느덧 사강님은 잠이 들어버리셨다. 이대로 잠들고 싶다고 하시더니 정말 잠이 들어버리실 줄이야. -_-;

내 옆에는 사강님이 잠들어 계시고 앞에는 너무나도 이쁜 바다가 펼쳐져있고… 아흑! 이거 정말이지 너무 멋진 바캉스 아냐?? 언제봐도 너무나도 이쁘게 주무시는 사강님 _

아~~ 그나저나 오늘따라 왜 이렇게 입술이 섹쉬해보이시냐?? 뽀뽀하고 싶다. 뽀뽀하고 싶어. =_= ㅠㅠ

나도 모르게 점점 사강님의 입술을 향해 다가가기 시작했다. 그리고

"쪽."

했다!!

했다 ㅠ^ㅠ!! 주하린!!

너 정말 사강님을 덥쳐버리고 말았구나!! 그래도 일단은 해냈다는 생각에 기쁨을 감추지 못하며 사강님의 입술에서 내 입술을 떼는 순간!!

갑자기 느껴지는 매우나도 보드라운 감촉! 그랬다. 사강님은 아직 주무시지 않고 계셨던 것이다!!

부드러운 사강님의 혀가 내 입안으로 들어와 달콤한 향을 퍼뜨리고 있었다.

"우우웁…."

계속해서 이어지는 키스 _ 역시 덥치길 잘했던 것 같애.

ㅠ^ㅠ!! 부드러운 사강님의 키스가 끝나고 _

"오… 오빠."

"니가 덥치니까 좋은 것도 생기고 좋지?"

"하하하하 -0-;;;"

"고마워."

"뭐가??"

"니가 나 먼저 덥쳐줘서…."

별게 정말 다 고마우시군요. -_-;

"뭐 그런걸…-0-"

"니가 날 좋아하는 마음이 안 느껴졌는데… 이젠 느껴져."

186

그거 하나로 -_-;

하지만 사강님! 나 앞으로 잘할게요. 정말정말 행복하게 해드
리겠어요. 흐흐흑!!

그렇게 우리의 행복했던 해변에서의 키스는 끝나가고 둘이 함
께 사랑을 속삭이는 사이 *-_-* 이강이와 도현이 그리고 정현민
은 물에 빠진 생쥐꼴이 되어서 나타났다.

"너무 잼있게 놀았나 보구나. -0-"

"으흐흐 너무 잼 있었지롱~ 주하린 너도 꽤 잼 있었나보지?"

"그래 도현아 -0- 나도 매우나 즐거웠단다."

"그래 캬캬캬 우리 너 형이랑 키스하는 거 다 봤지롱 ~~~"

"-_-;;;;;;; 제길"

"그렇게 즐겁든? 흐흐흐 좋았어?? 웅??"

"그래! 좋았다!! 매우나 매우나 즐거워서 미칠 뻔했단다!! 흐흐흐흐."

"그래 보는 우리도 즐거웠어 흐흐."

하지만 그렇게 즐거움을 함께 공유하는 도현이와 나에 비해 정현민과 이강이의 표정은 꿀꿀하기만 하였다. -_-

숙소 안으로 들어와 샤워를 하고 대충 식사를 마쳤다.

밥 먹는 내내 이상한 눈빛으로 날 쳐다보던 이강이 -_-; 참으로 민망스러워서 체할 뻔했다! 에휴~~

쟤는 정말 요즘 들어서 부쩍 왜 저러는 건지 _

밤은 깊어가고 모두들 술 파티를 벌이느라 정신이 없다. 미친 듯이 마셔대는 도현이와 이강이 _ 그리고 웬일인지 그런 장단을 받아주는 정현민 _

역시 장단을 맞춰주고 계시는 사강님 옆에 앉아 나도 조금씩 홀짝홀짝 마시고 조금씩 취기가 올라 어지러워지기 시작했다.

잠시 나가서 술이나 깨고 와야지. 시원하게 바닷바람이 불어오고 흐미~ 정말 좋구나. ㅠㄱㅠ

백사장을 한걸음 한걸음씩 걸었다. 하지만 내 앞에 나타난 시꺼먼 낯선 남자들 -_-

"@**%^%$$**(%%"

전혀 알아들을 수 없는 말들을 씨부려대는 필리핀 사람으로 추정되는 남자들 _

역시 나의 인기란 이곳에서까지 시들지가 않는구나. 흐흐흐!

(못 알아들으면서 혼자 앞서감)

이곳에서까지 내게 말을 걸어주는 사람이 있다는 사실에 매우 나 즐거워하며 내 앞에서 여전히 알아들을 수 없는 말들을 중얼거리는 외국인들을 뒤로한 채 다시 걷기 시작했다.

하지만 그런 나를 붙잡는 시꺼면 외국인들!!

"왜 이러세요.-0-"

")(^%^**%%"

"무슨 말인지 모르겠어요! 저 이만 갈래요."

"(*^%$$$*_+++&*&^%&$^$%"

외국인들은 전혀 날 놓아줄 생각이 없는 듯하다.

웬지 기분이 안 좋은걸?? 역시 나의 예감은 적중하고야 말았다.

자꾸만 내가 그냥 가려고 하자 외국인들은 날 억지로 끌고갈려고 하기 시작했고 그때부터 엎치락 뒤치락 외국인들과의 몸싸움이 시작되었다.

하지만 남자 넷을 상대하기엔 내가 아무리 무쇠힘이라고 할지라도 역부족이었다. 힘겨운 몸싸움으로 점점 지치기 시작했고 급기야 온 몸의 힘이 빠져 질질 끌려가게 된 상황!

"이거 놔요! 이거놓으라고!! 난 당신들이랑 같이 가고 싶지 않아!!"

")(^^&*()^%$$^%$"

내말은 안중에도 없는 듯 날 계속해서 끌고 가는 시꺼면 외국

인들 _

그런데 _

"퍽!!!"

바람처럼 나타난 한 명의 사내 _

그리고 순식간에 외국인들을 해치우기 시작했다. 우와 -0- 이건 합숙 때와 비슷한 상황이구나! 그나저나 저 사람 싸움 정말 잘한다. 누구지??

혹시 이번에도 사강님이 필을 받으시고 날 구하러 오신건가?? 사강님 감사해요. 역시 우린 천생연분 인가봐요. ㅠ0ㅠ

"괜찮아?? 그러게 왜 또 혼자 다녀!! 외국에서 혼자 나가는 게 얼마나 위험한 일인 줄 알아?"

189

목소리가 이강이다. -_- 사강님이 아니었던 건가 ㅠ0ㅠ??

"이… 이강아. -0- 왜… 웬일이니."

"병신… 내가 안 나왔음 어쩔 뻔했냐!! 그런 소리가 나와??!!"

"아니, 뭐. -0"

사실 난 은근히 끌려가면서도 혹시나 사강님이 날 구하러 오시지 않을까란 기대를 하고 있었기에… ㅠㅠ

"아씨~~ 짜증나 진짜 주하린!!"

"왜그러니. ㅠ.,ㅠ 그래도 난 너의 형수이자 누나이자 학교 선배란다!!"

"시끄러!!"

"그래 -_-; 그나저나 술 많이 마셨니? 얼굴이 많이 빨갛다."

"씹~ 그래 마셨다. 왜? 꼽냐?"

"아니 꼬운건 아닌데…. -0-"

"왜, 왜 넌 하필 형수가 되어야 하냐?"

"으응??"

"주하린 난 정말 안돼? 정말 형 밖에 안 되는거야?? 내가 훨씬 오래 전부터 널 좋아했는데…. 내가 매일 그렇게 장난 해서 넌 내 마음 못 느꼈던거냐? 그때 내가 구하러만 갔어도… 그랬어도…."

"가… 갑자기 또 무슨 소리야. 너 왜그래~~ 에이! 어색하다 들어가자 이강아~~"

"……"

190

"오늘 구해줘서 정말정말 너무너무 베리베리 고마워~ 히히. 그니까 얼른 들어가자. 에구~ 잠온다."

"내가 왜 억지로 일주일 동안이라도 몰래 사귀자고 했는지… 알어?"

"여행 갈려고 그랬던 거 아냐??"

"병신, 그러니까 니가 병신 취급받지."

"쳇."

"정말 좋아해. 정말 많이 좋아했어. 내가 형보다 훨씬 전부터 그리고 지금도 좋아해. 너를 한번이라도 연인으로 만들고 싶었어. 처음엔 내가 한 살 어리니까… 그래서 매일 장난만 치고 했는데 이렇게 어이없게 형한테 뺏길 줄이야…."

"이강아…."

"지금도 사랑할거고 앞으로도 사랑할거야. 지난 번에는 못 지켜줬지만 오늘처럼 항상 너 지켜줄게. 영원히 너만의 기사가 되줄게. 사랑 안 해줘도 좋아. 그러니 미워하진 말아라."

"내가 왜 널 미워하나?"

"에이씨! 술 먹으니까 별의 별 말이 다 나오네. 야! 형수야~ 이만 들어가자. 형 또 너 없어졌다고 난리났었어."

"그… 래."

혼자서 이런 모습 저런 모습 가지각색의 모습을 보이는 이강이_ 하지만 웬지 모를 아픔이 자꾸만 느껴져서 나까지 가슴이 아프다.

미안해, 이강아. 니 마음 진작부터 알아채지 못해서 정말 미안해.

191

#며칠 후

오늘은 한국으로 돌아가는 날~~

나름대로 잼있는 여행이었다. 이강이는 가끔 아직 일주일이 끝나지 않았다며 내게 연인 행세를 할 것을 몰래몰래 강요하긴 했었지만 −_−^;;

그래도 잼있었어! >_<

아쉽고 정들었던 필리핀을 뒤로하고 공항으로 출발해서 한국에 도착한 우리들_

집으로 돌아온 우리는 모두 녹초가 되어있었다.

비행기는 잼있기도 하지만 너무너무 피곤하구나. ㅠㅠ 아무리 여행도 좋지만 역시 집이 최고야!

"참, 하린아 오늘은 푹~ 쉬고 내일 본가에 가자."

"웅?? 본가?"

"어~ 너 다시 가보고 싶다고 했잖아."

"그래 알았어. ^^"

"그래 푹 쉬어."

집으로 돌아와 내일 본가에 가자고 하시는 사강님과 약속을 하고 방으로 들어와 그대로 곯아떨어졌다. 그리고 아래층에서도 조용한 게 모두들 피곤했는지 골아떨어진 듯 _

아!! 궁금했던 거 풀어지게 내일이나 빨랑 왔음 좋겠다.

#다음날아침

"오빠 ~~ 빨리 나와."

나의 외침에 엉기적엉기적 그래도 여전히 반짝이시는 모습으로 방에서 나오시는 사강님 _

역시 봐도 봐도 너무 이쁜 사강님이시구나 -0-흐흐.

오늘은 흰색 티셔츠를 입으셨군! 역시 사강님은 흰 색깔이 정말정말 잘 어울리는것 같애 흐흐흣.

"가자…"

사강님을 따라 쫄래쫄래 밖으로 나갔다.

그런데 _ 비가온다!! 비가 오는 게 싫지는 않다. 오히려 너무너
무 좋아!! -0- 물론 내가 이집에 처음 올 때처럼 그런 식의 상황
에서 비가 내리면 아주아주 곤란하겠지만 이런 상황과는 다르지.
^o^

"오빠~~~ 비 온다. >_<"

"그러네…."

"우리 첨 만날 때도 비 왔는데…. >0<"

"그랬지."

오늘도 역시 말을 할 때 호응을 잘 안 하시는 사강님이다.

-_ㅠ

"오빠 우리 본가까지 비 맞으면서 걸어가 볼까?"

"-_-…."

사강님은 매우나도 나를 미친년 쳐다보시 듯 바라보셨다.
=_=;;

"아… 니… 뭐 =_=;;; 차 타고 가자."

기다리셨다는 듯 내 말이 채 끝나기도 전에 사강님은 차를 가
지러 주차장으로 향하셨고 대문 앞에서 이리저리 왔다갔다 거리
며 사강님을 기다리고 있노라니 _

"어머~~ 실연 당하고 빗소리를 즐기고 있나봐?"

헛 -0-^ 이 소리는 _ !!

"-_-^… 아닌데."

이수민 양이었다. 써글년!!

내 사강님과 잘 끝났기에 망정이지 안 그랬으면 니년은 벌써 내 손에 죽었어 -0-!!

"-_- 아니라니?? 헤어지지 않았어 매니저씨? ^0^?"

"매우나 그걸 바랬던 사람 같네요. 호호 ^o^ 근데 어쩌죠? 저희 더 업그레이드 된 사랑을 하게 되었는데… >0< 우리 며칠 동안 안 보였었죠? 여행갔다 왔었어요. 흐흐흐!"

비웃음이 섞인 나의 웃음에 잠시 주춤하며 당황하는 이수민 양 _ 이논아 메롱이다 >0<!!

어느새 사강님의 차가 내 앞에 섰고 _

"타…."

사강님이 말씀하셨다. 낼름 보조석에 올라타려 하자_

"오빠_!!! 얘는 오빠를 배신했던 애야!! -0-"

거의 울부짖음에 가까운 -_- 이수민 양의 소리가 울려퍼졌다. 허나 거기에 아랑곳 하지 않으시는 사강님 역시 멋지십니다.

-_-)b 한 마리의 짐승 마냥 -_- 잘 나가시는 모델 이수민 양은 비오는 거리에서 울부짖었고 사강님의 차는 그런 이수민 양을 뒤로한 채 슈~~~ 웅 -_- 소리를 내며 본가로 출발하였다.

194

#본가

어느새 눈 앞에 보이는 본가 대문 _ 거참 언제봐도 으리으리 하

구나. -ㅁ-

"내리자."

"응 ^_^"

이수민을 물리쳤다는 아까의 그 통쾌함에 젖어 싱그러운 웃음을 머금고는 〉0〈 (그래 미안 (_+) 오바이트 쏠릴 웃음이라고 치자!!) 대문을 열고 안으로 들어갔다.

오늘은 비가 와서 그런지 사강님의 할아버지는 정원에 계시지 않았다. =_=

머나먼 사강님 본가의 정원을 지나 헥헥 거리며 마침내 집안으로 입성을 하니 언제나 그렇듯 참으로 인자하시고 18세의 나보다 더욱더 탱탱한 피부를 가지신 ㅠ0ㅠ 사강님의 어머님께서 우리를 맞으셨다.

"안녕하세요. ^^"

"하린이 놀러왔구나. ^^"

가증스런 웃음과 함께 -_- 사강님 어머님과 인사를 나누며 내 눈은 사강님의 할아버님을 찾아 두리번거리고 있었다.

그러자 갑자기 어디선가 _

"엄마 _!!"

라는 소리와 함께 내가 찾고 있던 사강님의 할아버지께서 등장하셨다. -0-

처음 뵈었을 때처럼 나에게 엄마라 부르시며 달려와서 와락 안기시는 사강님의 할아버지!!

할아버지 ㅠ0ㅠ 아무리 목걸이 때문이라는 말도 안되는 사연이 있기는 하지만 할아버지께 엄마라 불리우는 일은 썩 그리 즐거운 일이 아니랍니다. ㅜ.,ㅜ

할아버지께 안긴 채 잠시 꼼짝을 못하고 있는데 갑자기 사강님 _ 할아버지의 어깨를 꽉 –_– 부여잡으시더니 _

"내꺼예요. –_–"

하신다.

아하하하하하 _ 할아버지께 질투를 하시는 우리 사강님 〉0〈 귀엽기도 하여라!!

노망끼가 있으신 할아버지께서도 사강님이 무서우신겐지 슬쩍 떨어지시고, 난 사강님 할아버지께 여쭤보고 싶은 게 너무나도 많아 _ 물론 대화가 잘 통할지는 아직 잘 모르겠지만 –_–∞

"오빠 나 할아버지께 궁금한 게 있어서 –0– 할아버지랑 이야기 좀 하고 올게."

나는 사강님이 날 향해 "안돼_!!" 라고 소리치는 사이 –_– 벌써 할아버지를 끌고 어느 방인지는 알 수 없지만 방으로 들어와 버렸다.

뒷일이 약간 걱정은 된다. =_=;;; 하지만 지금은 너무 중요한 일이 있어서 _

"저기 할아버지. ^o^"

"엄마⋯.+_+"

그렇게 눈까지 반짝거리시며 엄마라고 하시지 말아요. ㅜ.ㅜ 이래서는 전혀 말이 안 통하잖아요. ㅜㅇㅜ

아!! 맞다. 내가 왜 그 생각을 못했지??

"응, 엄마야. ^-^ 우리 아들 잘 지냈어?"

"엄마⋯. ㅜㅇㅜ"

참으로나-_-;; 안 어울리게 눈물까지 흘리시는구나. 약간 죄송스럽긴 하지만 (_+)

197

"그래.^^ 우리 아들 엄마 많이 보고싶었어??"

"(--)(_)(--)(_)"

오우 _ 정말 내가 생각해도 가식적인 연기야. ㅠㅠ

"그랬구나. 조금 있으면 엄마 있는 곳으로 같이 갈꺼야. 그러니까 조금만 참아. 근데 우리 아들 이 목걸이 기억하지?"

나는 슬쩍 할아버지 앞으로 내 목걸에 걸려져 있던 목걸이를 꺼내 보여드렸다. 그런데 갑자기 다시 나에게 버럭 안기시며 _

"엄마⋯ 제인 너무 무서워. 나 두고 가지마."

제⋯ 인??

이건 분명히 사강님 생일날 별장에서 여자한테 들었던 이름이야!!

"괜찮아. 안가… 안가.^^ 그러니까 울지말고… 근데 엄마가 너무 오래되서 기억이 안 나는데 제인이… 누구지…??"

나의 질문에 잠시 의아한 듯 나를 보시던 할아버지 _

순간 섬뜩했지만 –_–;; 그래도 아들을 바라보는 사랑스러운 표정으로 지그시 할아버지를 바라보았다. 그러자 갑자기 고개를 끄덕이시며 나에게 말씀하시는 할아버지 _

"제인 나빠. 제인… 아빠 애인. 맨날맨날 엄마 찾아와서 괴롭혔어. 나쁜 여자야. ┳_┳ 제인 나빠."

애인이라… 애인.

그럼 그때 그 할아버지의 애인이라 함은 할아버지가 두 집 살림을 -0-??

게다가 그 여자는 이수민이 제인이라고 했었는데… 그럼 제인이 아직도 안 죽고 살아있는 할매탕구란 말이잖아. –.,– 하지만 이수민은 탱탱한 18세인 걸?? 아무래도 그건 아닌 것 같은데…. –_┳

결국 난 할아버지께 제인이 할아버지 아버지의 애인이었단 사실 밖에 알아낼 수가 없었다. ㅠ0ㅠ

"그래. ^^ 아들… 고마워. 우리 아들 엄마 다시 올때까지 잘 지내야 해. 알았지??"

"엄마 가지마."

"엄마 또 올게. ^^"

그리고 나는 슬쩍 할아버지 앞에 내놓았던 목걸이를 주머니속

에 넣어버렸다. 그러자 할아버지는 방안에 있던 쇼파에 앉으시더
니 편안한 표정으로 눈을 감으셨다.

돌아가신 건 아니시겠지?? —.,—..

아!! ㅜOㅜ 도대체 왜 이리도 어려운 일에 내가 휩싸였단 말인
가.

웬 애인 ㅠ_ㅠ!! 그럼 혹시 어머님께서는 무언가를 알고 계실
까??

난 할아버지를 끌고 들어갔던 방을 빠져나왔고 내가 나오자마
자 어머님께선 차를 가지고 나오시며 _

"︿︿ 하린아 나랑 차 한 잔 할래?? 사강이는 삐졌는지 방으로 올
라가 버렸네. ︿;;"

199

"아… —ㅁ— 네 —O—;;"

역시 =_= 삐지셨군요.

어머님과 난 나란히 탁자에 차를 올려두고선 마주앉았다.

"우리 사강이가 하린이 정말 좋아하나부다. ︿︿"

"하핫.︿;;;"

"근데 목걸이가 안 보이네?"

갑자기 날 보시더니 말씀하시는 어머님 _

"아, 이거 자꾸 할아버지께서 착각하셔서 잠깐 빼두었어요. 그
런데요…."

"응??"

"이런 거 여쭤봐도 되는 건지 모르겠는데…."

"괜찮아. ^^ 곧 우리 식구 될건데 물어봐."

- _ -;;;;;;;;;

곧 우리 식구라 하심은 참으로 이 집 식구들은 많이도 앞서 가는구나. -0-

"저기… 그게 혹시…."

"응?^^"

"혹시… 제인이… 라고…??"

내 입에서 제인이란 이름이 나오자 순간 어머님께서는 나를 천천히 훑어보시더니 얼굴이 경직되셨다. 그리곤 _

"모르는데….^-^"

역시_!! 사강님 어머님이시구나. ㅜ0ㅜ

모르시면서 그렇게 진지하게 나를 훑어보시다니 대체 왜 그러셨나요. ㅠ0ㅠ

잠시나마라도 기대에 가득찼었는데 이렇게 어이없이 기대가 무너지고 나니 맥이 탁 _! 풀려버린다.

"그런데 그 외국여자는 누구야? ^o^? 이름은 어디서 많이 들어본 것 같은데…?"

"아… 아니에요. ^^;; 그냥 -ㅁ- 뭐…. 차 다 마셨으니 저 이만 사강님 풀어드리러 가볼게요."

행여나 더 캐물으실까 봐 -_-; 후다닥 말을 마친 후 사강님 방을 향해 2층으로 돌진하였다. 그런데 2층으로 올라가도 문제구나 !! 자꾸만 안돼_!!! 라고 소리치시던 사강님의 모습이 떠오르니 이

일을 어찌하면 좋을꼬?? ㅜ.,ㅜ

　슬금슬금 방 앞에 서서 심호흡을 하고 -0- 문을 열었다.

　"오… 오빠. ^o^;;;;"

　"나가."

　나가랜다. ㅜ_ㅜ 지금 사강님이 날더러 나가랜다. 그토록 화가
나셨단 말인가.

　"미안해. -_ㅜ"

　"나가."

　-_- 거참 미안하다는데도 계속 빼팅기시네.

　"미안해.ㅜ0ㅜ"

　"주하린!!"

　"응?? ㅇ_ㅇ?"

　"그렇게 눈 똥그랗게 뜨고 나 쳐다보지마."

　"-_-;; 으응. 근데 왜?"

　"난 항상 너 쫓아가고 있는데 넌 항상 도망가는 기분이야. 이런
내 모습 바보같애. 이사강이 이런 모습 보이다니 우스워…. 말도
안돼."

　"오빠…"

　"……."

　역시 사강님은 나의 사랑이 절실히 필요하시는 분인가보다!

　오빠 이제 내 사랑을 매일매일 쏘아댈게. 그러니까 그런 생각
하지 말어. 필리핀 여행 가서도 그렇게 내 사랑을 표현했는데 왜

그러는거야~ 흐흐흐, 나도 이제 오빠 사랑한단 말야. -0-

"오빠 근데… 그거 질투라고 받아들여도 돼?"

"-_-…."

"할아버지한테도 질투를 하는구나.-0-"

"아니야 _!!"

"아니긴 뭘~~ -0-~~ 애들한테 말해 줘야지~~~"

그래 나 미쳤다. 사강님의 사랑을 믿고 나 이제 미친 듯하다.

"-_-^…."

"그런 표정 지으면 무섭잖아. 〉_〈"

"하지마…."

"왜에~~"

"씨발… 귀엽잖아."

음하하하하하하 독자 여러분 방금 들으셨는가? 지금 사강님께
서 날더러 귀엽다고 하셨다. 아 ㅜ0ㅜ 눈물 나라. 나 드디어 천하
의 이사강을 이렇게 내 맘대로 주물럭 거리고 있어. 다들 나를 찬
양하라. -0-

그래 -_- 나는 아까의 어머님에 대한 기대감이 실망감으로 바
뀌어 버리면서 정말 미친 것이었다.

충격에 못이겨 이리저리 미친짓 하고 있다가 어느새 정신차려 보니 나는 집으로 향하고 있는 사강님의 차안이었다. 비는 여전히 부슬부슬 내리고 ㅡ.,ㅡ

어??

"야 ㅡ0ㅡ!! 이이강!!!"

창문 밖 백미러로 보이는 이강이 넘 ㅡ_ㅡ 저~~ 어 멀리서 비를 추적추적 맞으며 비틀대며 걸어오고 있었다. 내 크나큰 외침을 들은겐지 사강님의 차 쪽으로 쳐다보는 이강이 _

"오빠 ㅡ0ㅡ 쟤 왜 저래?? 쟤 원래 나처럼 비 맞는 거 좋아해?"

"아니. ㅡ_ㅡ"

동생이 비를 맞으며 비틀대고 걸어오는데 차 안에서 유유히 '아니 ㅡ_ㅡ' 라는 단 한마디만 하시는 우리 사강님 _ 참으로 무정도 하셔라. ㅜ.,ㅜ;;

"야 _!! 너 왜 비 맞고 있어~!! 빨리 뛰어!!"

"시끄러 ㅡ0ㅡ!! 너도 맨날 비오면 일부러 맞잖아."

"야 그거랑 이거랑 같냐?"

이강이 놈이랑 골목길 하나만큼의 거리를 두고 계속해서 소리치며 싸우다 보니 어느새 집앞에 차가 도착했다. 하지만 그에 비해 여전히 엉기적엉기적 비를 철철 맞으며 저~ 멀리서 걸어오는

이강이 _

　쟤 진짜 신경 쓰이게 왜 또 저러는거야. ㅠㅠ 차 안에서 내리자마자 집안으로 뛰어들어가 우산을 가지고선 이강이에게 달려갔다.

　"헉헉… -0- 이거 써!!"

　"왜 이래 진짜. 고독 좀 씹어볼려고 했는데 비 좀 맞는게 어때서? 지는 맨날 맞으면서."

　"누나라니까 -0-??"

　"그래 달링. -_-"

　"누나 -0-!!"

　"미안 형수. -_-"

　제엔장 ㅠ_ㅠ 이강이 놈과 한 우산을 쓰고 집안으로 다시 되돌아 왔다. 언제나 그렇듯 거실의 쇼파에 비스듬히 누워서 과자를 처먹고 있는 민도현 놈.

　대체 저놈은 언제 저 쇼파에서 벗어날 수 있을꼬. ㅜ0ㅜ

　"왔냐. -_- 형은 씻으러 들어갔어."

　"그래 -_- 나도 좀 씻어야 겠다. 이강이 너도 빨랑 씻어. 너 감기 걸리면 죽을 줄 알어. -_-^"

　"쳇, 디게 말 많네."

　갑자기 너무 반항적으로 변해버린 우리 이강이. ㅜ0ㅜ 제발 예전의 너의 모습으로 돌아와죠. ㅠㅠ 하다못해 필리핀 백사장에서의 모습으로라도 돌아와라. 영원히 기사해 준대더니 제기랄~~

이강이를 걱정하며 화장실로 곧바로 들어가 깨끗하게 샤워하고 나왔다. 헤헤~ 언제나 샤워는 너무 상쾌해. ^o^

대충 옷을 갈아입고 나오는데_

"웍!!"

"-0-깜짝이야!! 죽을래 !!"

"ㅋㅋ 놀랬지?"

"-_-^ 써글~ 그나저나 비는 왜 맞았어?"

"형수야~ 우리 비 맞으러 나갈까?"

"됐어 _.,_^ 비 맞는거 내가 아무리 좋아해도 샤워 바로 한 뒤에 나가고 싶지는 않네요~!!"

"피이~~ 근데~~ -0-"

"근데 뭐 -_-??"

"비가 좋아 내가 좋아?"

 -_-;;;;

애가 또 왜 이런데?

우물쭈물 한참을 말 못하고 서있었다. 남들은 이런 질문을 들으면 주저없이 당연히_

"니가 더 좋아."

라고 하겠지만 나에겐 정말 심각한 질문이다. -_- 그 정도로 나는 비를 너무 사랑하기에…. ㅜ0ㅜ

계속해서 말 못하고 삐쭘하게 서있기만 하고 있노라니 다시 이강이 놈 하는 말_

"알았어. 그럼 그냥 계속 비를 더 사랑해. 근데 그 비 속에서 덤으로 너 그리워 하는 나도 사랑해 줘…."

란다 - _ -;;;;;;;

진지한 눈빛 _ 그 눈빛의 이강이 심히 부담스럽다. ㅜ.,ㅜ

아이고 ㅠ.,ㅠ 이강아 이제 그만 좀 하자.

"그… 그래. ^^;; 그럴게."

"고마워.^-^"

참으로 기쁜 듯이 웃는구나. 그럼 내가 너무 미안스럽잖니. 넌 사강님의 친동생이야. ㅠㅠ 제발 우리 이러지 말자꾸나.

"그래, 그럼…."

"응?? ㅇ.ㅇ?"

"밥 줘. -_-"

하하하하하핫 -_-;;;;;;;;;;;;;

쓰글놈 _

"그래 알것다!!"

밥을 달라는 이강이 놈 _ 잠시나마 미안하게 생각한 나를 증오하면서 대충 머리를 말리고 부엌으로 내려갔다. 이리저리 혼자 분주하게 움직이고 있는데 _

"띵~~~ 똥~~~"

-_-; 누가 왔나부다. 에씽 ~! 바뻐 죽겠는데….

"야 -0- 민도현 나가 봐!!"

"야 _!! 그런건 식모가 나가야지!!"

"밥 안 먹고 싶냐?"

"-_-; 간다 가!!"

역시 저 놈한테는 밥이 최고야. ㅋㅋ 도현이 놈에게 문 열라고 시켜놓고선 다시 분주히 움직였다. 그런데 _

들려오는 -_- 매우 낯익은 소리 _

"오빠~~).〈"

이수민 양이다.-_ㅠ

저년은 참으로 존심이란 것도 없는 모양이군. 그렇게 쪽을 당하고도 또 찾아오는 저 굳은 신념이란 -_- 참 대단하구나.-_-)b 니가 짱 먹어라.

"왔군요. -_-"

괜히 한번 슬쩍 나가보았다. 씨벨논 고사이 뭘 한겐지 아침보다 얼굴에서 더 반짝반짝 윤이 나고 있다.

"-_-^ 흥. 역시…."

저게 또 왜 지랄이야. ㅡ..ㅡ

"-_- 쓸데없는 말 할려고 왔음 나가시죠. 우리 밥 먹어야하는데…."

"뭐 -_-^??"

"아 글쎄 나가라고. 밥 먹어야 한다고.ㅡ,.ㅡ"

"이게 진짜_!!"

이수민 양 화나셨나부다. 이쁜 얼굴이라 그런지 인상써도 이쁘네.

챗. ㅡ_ㅡ

그런데 내가 그따위 쓸데없는 생각들을 하고 있는 사이 이수민 양의 손이 ㅡ_ㅡ; 나의 얼굴에 닿았다.

"철썩_!!"

"어벙벙 ㅇㅁㅇ"

ㅇㅁㅇ 나 대체 왜 맞은 거래니?? 밥 먹는다고 나가라고 했다고 맞은거니?? ㅇㅁㅇ.

"너… 뭐니 -0-?"

도현이 놈도 적지 않게 놀랐는지 이수민 양을 쳐다봤고 나는 이루 말할 수 없는 분노와 ㅡ_ㅡ^ 쪽팔림에 고개를 들 수가 없었다. 빨리 손을 들어서 저년의 얼굴을 쳐야하는데 왜 주걱을 든 내 손이 움직이질 않는게냐. ㅜ0ㅜ..

그 사이 _

"쫙_!!"

고개를 들어보니 이강이었다.

"이강아 …."〈-감격한 나 ㅡ_ㅡ

"이강아….-0-"〈- 놀란 도현 ㅡ_ㅡ

"이강아… 흑."〈- 이수민 양 ㅡ_ㅡ;

"꺼져. 그리고 아무때나 니 더러운 손 올리지마."

헉 -0- 이강이가 이리도 카리스마가 있었던가. ㅇ_ㅇ;;; 웬지 잠시나마 사강님을 보는 듯한 착각!!

이중인격을 여기서 또 드러내는 거야?

충격을 받았는지 이수민 양은 잠시 그 자리에 멈춰 서있었고 그 사이 시끄러운 소리를 들으신겐지 그제서야 엉그적 사강님이 방에서 나오셨다.

"웬 소란이야."

"오… 오빠. 흐흑!!"

방에서 나오신 사강님을 보자마자 울며 사강님께 달려가 안기는 이수민 양 _

참으로 가증스럽도다.

"뭐야? 왜 이래….'

"그게… 흑 _ 그게 저… 식모가 흑."

자신의 벌거죽죽해진 한 쪽 뺨을 들이밀며 마치 사강님께 내가 때렸단 것처럼 말하는 이수민!!

이런 써글년 ㅠ0ㅠ!!

"맞았냐…?"

"으응. 흐흑… 오빠 저런 애랑 사귀지마. 흑….'

"주하린?"

"으… 으응??'

"일루 와바."

정말 사강님이 오해하셨으면 어쩌지? 내가 안 때렸는데 제엔장 ㅠ_ㅠ~~

여전히 한 손에는 주먹을 쥔 채로 -_-; 사강님 가까이 갔다.

"내가 때린거야!!'

소리치는 이강이 _ 하지만 웬지 사강님은 전혀 신경쓰지 않는
듯한 눈빛이다.

내가 옆으로 가자 사강님은 앵겨붙어있던 이수민을 옆으로 떨
쳐내고는 나를 쳐다보셨다.

그리고 불거진 내 뺨을 커다라신 손으로 만지셨다.

으메 ㅜ_ㅜ

사강님 절 믿어 주시는건가요?

"오… 오빠."

"많이… 아팠니…?"

"오빠_!! 내가 맞았다니까!!"

210

분위기 파악 못하고 끼어드는 이수민 _ 내 언젠가 저년을 꼭 처
치해 버리고 말리라.

"아니, 괜찮아. ^^"

"또 늦었네. 미안…."

"헤헤…. ^^"

살짝 웃음을 짓는 이강이가 보이고 민도현도 다행이라는 듯한
웃음으로 나를 향해 보고 있다.

유난히 독기를 뿜으며 우리의 애정행각을 보는 이수민 양 _

나를 한참을 노려보더니 _

"차라리 유희 그년이 훨씬 나았어!!"

라며 밖으로 휭_! 하니 나가버렸다.

유희?? 유희는 또 누구지?? 도대체 유희가 누구냐??-_-

웬지 느낌상으로는 사강님의 예전 애인 같은 생각이 번떡번떡 드는데, 내가 오묘한 눈길로 사강님을 쳐다봤으나 사강님은 급히 나를 외면하시고는 방으로 들어가버리시더라.

당황한 나는 민도현 놈과 이강이 놈을 믿는다는 눈빛으로 쳐다 보며 다가갔으나 이것들도 어느새 어색한 웃음과 함께 사라져버 리고!!

도대체 뭐야!

나도 과거쯤은 이해 할 수 있다이거야 -0-!! 근데 왜 다들 말 도 안 해주고 도망가냐고!!!

도무지 이해 할 수가 없다. -_-

내일 정현민 놈 돌아오면 물어볼까??

-_- 미안하다. 그 녀석이 말해줄 리가 없는데 나는 이런 착각 을 하고 살아간다. 흐흑

그치만 _ 너무 궁금해. ㅜ0ㅜ

이수민한테 찾아가서? -_-;;

이건 좀 아닌 듯 싶구나. 에휴~ 부은 얼굴 찜질이나 해야지.

참_!!

그러고보니 아까 밥차려 놓고는 이수민 땜에 정신 없어서 밥도 못 먹었네. -0-

"오빠_!! 민도현_!! 이이강_!!"

방 구석구석을 헤집고 다니며 인간들을 불러모아 식탁에 앉혔 다. 계속해서 내가 무슨 말을 꺼낼까봐 신경쓰는 모습들이 역력

한 세 남자들. -_-

안 묻는다 안 물어_!!

쳇 -_-+ 기회 봐서 이강이 놈 술 먹여서 물어봐야지. -.,-;;

밥 다 먹자마자 자리를 박차고 일어나는 세 남자 _ 소심하기는.

어느새 개학이다.-_-; (내맘대로 시간 넘겨서 미안하다 _+)

하지만 여름방학은 짧다는 사실을 유념해주길 바래. 여전히 사
강님 -_- 이강이, 도현이 놈은 내가 눈만 좀 맞출려고 하면 피하
고 있다. 현민이 놈한테는 물어봤냐고??

물론 -_- 역시 기대는 안 했지만 대답은 내가 기대했던 것이랑
똑같았다.

212

"-_- 닥치고 밥이나 해."

"젠장 ㅠ0ㅠ"

"빨리 나와_!!"

참으로 오랜만에 타보는 오토바이_

물론 오토바이가 바뀌긴 했다. -_- 이강이 놈 오토바이에서
사강님 오토바이로. -0-

2교시 전에는 절대 학교를 가시지 않으시는 분이 이른 아침부
터 일어나셔서 학교를 가시고 계신다.

아무리 동생이라도 내가 자기 동생 이강이의 허리 껴안는 꼴은
못 보신다는 게 이유이다.

어느새 학교 앞 도착 -_-; 어쩐지 사강님 오토바이가 이강이

오토바이보다 더 쎄게 달린다는 생각이 드는거야!!

　흐흐흐흐흑 _ 교문 앞에 도착해서 사강님의 손에 내 손이 꼬옥 부여잡힌 채 이강이 놈과 민도현 그리고 정현민과 함께 운동장으로 진입하자 모두들 시선집중 _ ㅜ0ㅜ

　특히 귀에 쏙쏙 들어오는 말 –_–

　"어머 어떡해 –0– 쟤 무슨 잘못해서 사강님한테 끌려다니나 봐. 진짜 불쌍하다."

　–_–;;;; 아무래도 나는 이집 사람들과 살면서 수명이 몇 십년 은 단축 되었지 싶어. 그나저나 오랜만에 학교 오니까 참으로 상 쾌하구만 흐흐흐 _ 사실 그동안 너무 지루했어 〉_〈!!

　많은 사람들의 시선과 함께 부디 잘 지내라는 말을 남기신 채 사강님은 3학년 교실로 올라가셨고 나는 현민이 놈의 눈총을 받 으며 –_–; 민도현 놈과 빵을 우거적 거리며 교실로 입성했다.

　교실로 입성하자마자 내게 달려와 안기는 세희 _

　"하린아~~"

213

　↑Again…♀°No.47

　언제부터인가 참으로 오도방정으로 변해버린 내 친구 세희 _ 어쩐지 여자 민도현을 보는 듯한 느낌이야.

ㅠoㅠ 왜? 이강이는 요새 진지해졌으므로 -_-;;

어쨌든 이것이 다 강민석군의 짓이렸다!!

"그… 그래 -0-;; 세희야 그땐 잘 놀았니?"

"너 어쩜 그럴 수가 있어~!! 말도 없이 가버리다니 정말 너무했다. 그나저나 하린아 이것 봐라~~~"

세희는 -_- 못보던 반지가 끼워져 있는 왼손을 나에게 불쑥 내밀었다. 네 번째 손가락에 끼워져 참으로나 굵고 값비싸 보이는 반지 _ 나는 사강님과 사귄지 벌써 두 달이 지나가건만 반지 하나 못 받았는데…. ㅜoㅜ

좋겠다. -_-

"좋겠다. 이쁘네."

"그치? 그치? 민석이가 얼마나 잘 해주는지 몰라~ 나 사랑받고 있나봐.^o^"

참으로나 행복해 보이는 세희 _ 잘생긴 남자 친구가 있음에도 불구하고 ㅜoㅜ 저런 자랑 조차 할 수 없는 내 자신이 처량해지는 순간이었다.

더군다나 뭐라고 자랑하겠는가?

'우리학교 -_- 공포의 대상 이사강이 내 남자 친구인데 집에서 얼마나 잘 해주는지 몰라~ 이렇게 말을 하는가?'

아님 _

'생일선물로 거북이랑 팬더랑 토끼를 사달래~'

이렇게 말을 하겠는가? 그것도 아님 _

214

'밥 먹으라고 깨우러 방에 들어가면 항상 허리와 복부 주변에서 피가 철철 흐르고 있어~'

이렇게 말을 하겠는가.

엉엉 ㅠ0ㅠ 정말 내 인생은 왜 이런거야~~ 제기랄 -_-^.

마음을 가다듬으며 세희와 함께 자리에 앉았다. 물론 세희는 내 옆자리에 살짝 앉았고 -0- 히히.

그때부터 우리는 그동안 있었던 수많은 이야기들을 시작했다.

"그나저나 너 사강님한테 걸리진 않았어?? 그때 부킹한 거~~"

"왜 아니겠니? ㅜ0ㅜ 우리 옆집에 이수민이 살거든?"

"이수민??? 혹시 그… 탤랜트??"

"응. 현민이 그 자식이랑 친구이기도 하잖아. 어우~ 여우같은 기집애 진짜 재수없어!!"

"하긴 -_- 재수없게 생기긴 했어~ 하린아 고생이 많겠다."

"응. ㅜ0ㅜ 그래서 걸려가지구 어쩌고 저쩌고 -_- 이러쿵 저러쿵 그렇게 넘어갔잖아~~"

"어머 얘 ㅜ0ㅜ 사강님 의외로 멋지시다~ 나는 혹시 사강님이 호모 아닐까 그런 생각도 했었어~"

"-_-;;;;;;; 그… 그랬니??"

"응 _ 참!! 그나저나 우리 축제 다가오는 거 알지? 아우~ 기대돼."

"축제?? -_-?"

215

"아~ 하린이 너는 작년 10월쯤에 전학와서 모르겠다??"

"응응. -0-"

"우리 학교 9월에 축제있잖아~ 방학끝나고 나서 항상 하는 거 있는데~~ 특히 축제의 꽃이 우리 학교 사대천왕들이 무대에 올라가고 학교의 전교생 여자들이 그 남자들을 사는 일종의 노예팅 같은 형식이거든?

근데 돈으로 직접 사는 건 아니고 사탕같은 걸로 사는거야~ 어쨌든 전교 여학생들에겐 황금같은 기회지. 팔린 남자들을 12시가 지나기 전까지 맘대로 할 수 있으니~~ 이름하여 신데렐라 만들기!! ㅋㅋㅋ"

신데렐라 만들기라…. =_= 거참 다른 애들의 입장에서는 땡기는 축제의 꽃이 아닐 수가 없는데 내겐 별로이다.

그날의 남자 주인공들인 사대천왕들과 함께 살고 그 중의 한 명이 내 애인이거늘 -_-내가 뭐 그리 좋겠는가!! 하긴 _ 뭐 어차피 사강님은 무서워서 애들이 노예팅으로 사지도 않을 것 같네.

"그… 그래? 뭐 -_- 잼있기는 하겠네."

"어머 얘는~ 너는 사강님 걱정도 안돼??"

"세희야, 넌 사강님 걱정할 필요가 있다고 생각해??"

"-_-;;; 그… 그건 아니지. 참!! 맞다!!"

"뭐?? ㅇ.ㅇ?"

"나도 우리 언니한테 들었는데 재작년 축제 때 있었던 일인데 유희선배… 라고."

"잠깐_!! 뭐라고?? 유희선배??"

"응, 왜?"

"그 사람 혹시… 사강님이랑 같은 나이니??"

"재작년에 선배가 1학년이었으니 그렇지? 우리 언니랑 같은 나이니까."

"너 혹시 그 선배에 대해서 아는 거 있어?? 응??"

"왜 그렇게 관심을 보이는거야??"

"아… 아니 그냥…."

"너도 사강님 옛날 애인이었던 거 아는구나??"

역시 _!! 내 예상이 맞았다!!

"어 ?? 어… 그 사람에 대해 아는 거 있어??"

217

"아는 거야 많지~ ^o^ 근데 이런 얘기 해도 되는 건가??"

"괜찮아. 뭐~ 이제 다 지난 일인데 말해말해!!"

그리하여 세희는 제일 유명한 이야기라며 재작년 축제 때의 신데렐라 만들기 코너에 대해 말하기 시작했다.

"그게 어떻게 된거냐면 말이지~ 콘테스트가 시작하고 그때는 현민이나 그런 애들은 없었지~~ 물론 사강님은 그때도 지금처럼 사대천왕 안에 들어계셨고….

근데 그때도 명성이 자자하셔서 학교안의 여학생들이 다가가고 싶어도 다가갈 수 없는 존재였나봐~~ 다른 나머지 3명의 천왕들은 다 노예팅으로 팔렸고 마지막으로 사강님께서 남으셨지. 분위기에 고조되었던 학생들은 사회자의 말이 끝나자마자 너나

할 것 없이 바닥에 깔린 사탕들을 집어들기 시작했고 분위기가 한참 최고로 고조되었을 때 사강님은 또 인상을 쓰셨나봐.

진짜 그 인상 엄청났다더라? 암튼 니네 애인도 대단한 사람이야. 인상 하나로 그 수많은 여자들이 들었던 사탕들을 모조리 내려놨으니….

그런데 모두 숙연해진 가운데 사강님이 무대에서 내려갈려고 하시는데 갑자기 누군가 바닥에 있던 사탕을 집어 든거야_!!

그게 유희선배였대. 모두들 당황했고 사강님도 당황하신거지. 다시 사강님은 유희선배를 뚫어지게 쳐다보시며 협박 아닌 협박을 하셨지만 유희선배는 그 사탕을 내려놓지 않았나봐.

결국 사강님은 유희선배한테 낙찰되었고 그날 하루 사강님은 유희선배의 노예가 된거지."

218

그… 그런 일이 있었다니 그 유희라는 사람 정말 대단한 사람이구나. -0-

역시 이수민 양 말대로 나보다 훨씬 나은 사람이구나.

"그래서?? 그 뒤는 어떻게 됐어??"

"어떻게 되긴 둘이 사라졌지. 근데 둘이 학교 뒤뜰에서 키스하는 걸 우리 언니 친구가 봤대."

키스 키스 키스 ┬0┬

키스를 하셨단 말이지? ┬0┬

"키스 -.,-^ 그래. 그나저나 유희라는 사람 아직 우리 학교 다녀??"

"어?? 그게….”

"왜 그래??"

"그 선배 죽었어.”

그 해 겨울방학 때 뭐… 선생님들 말로는 스키장에서 조난당해서 실종됐다고는 하는데 좀 이상한 부분도 있고….^^;;"

내 표정이 심각해지자 세희는 괜한 말을 했다는 듯한 표정으로 머리를 긁적였다.

죽었다, 죽었다.

웬지 이수민과 제인이 관계가 있는 것 같은 더러운 기분이 든다.

이상해… 이상해….

유희라는 사람이 이 세상 사람이 아닐 것 같다는 생각을 했었다. 사강님과 민도현, 이강이 피하는 기색이 역력했으므로.

대체 제인이랑 이수민은 무슨 관계이고 그때 사강님 별장에서 나타난 여자는 사강님과 무슨 관계이길래!!

이리저리 심각해져 쓸데없는 잡생각에 빠져있다보니 어느새 수업 끝나는 종이 쳐버렸고 나는 유희라는 사람에 대한 의문에 가득 젖어 축구부 동아리실로 향했다.

벌써 부원들이 다 모여있는 동아리실 _

"어이~ 매니저가 이렇게 늦어서야 쓰겠냐??"

"시끄러.-_-"

들어오자마자 갈궈대는 도현이 _ 안 그래도 기분 안 좋구만.

–_–^..

휴~~ 정말이지 궁금해 죽겠네. 대체 이수민과 무슨 연관들이 이렇게 많은거야!!

정말 그 여자분 말대로 이수민이 제인이란 여자면 이수민은 흰 머리 펑펑 할머니가 되어야 하는데!!

그리고 사강님 할아버지보다 더 늙어야 하는데!!

"야 식모_!!"

"엉?? 엉??? ㅇㅇㅇ?"

"–_–^ 정신 어따 팔고 있는거야. 연습 시작하니까 공 가지고 나와!!"

"그… 그래."

현민이 놈의 앙칼진 목소리에 다시 정신을 차리고 공을 가지고 운동장으로 나갔다.

"어?? 오빠??"

운동장으로 나가자마자 축구부 전용 스텐드쪽에 앉아계시는 사강님 _

"어, 연습 시작하는거야?"

"응응. 오빠 집에 안 가?? 오늘은 모임 같은 거 없어??"

"아니 있어. –_–"

"그… 그래?? 그럼 어서 가야지~~~"

"같이 가자. –_–"

"어엉 –0–??"

지금 나보고 그 살 떨리는 곳을 같이 가자고 말씀하시는건가
???

−0−….

"저… 저기 −0− 오빠 나는… 나는 애들 연습하는 거 도와줘야
하는데…."

"내가 법이야."

"축구부의 법은 코치님과 주장인 현민 −_−;;이…."

먹힐리가 없었다. −_−

어느새 사강님은 뚜벅뚜벅 코치님께 전진하여 걸어가셨고 코
치님은 남은 두가닥의 머리칼을 부들부들 떠시며 허락하시더라
−.,−

221

현민이 놈이야 두말 할 것 없이 나를 한번 꼴아보더니 가라는
제스처를 했고 그리하여 결국 나는 사강님의 손에 이끌려 오늘은
교복을 입은 채… ㅜ_ㅜ 그때의 그 사강님의 생일잔치를 하였던
호프집으로 향하기 시작했다.

이놈의 호프집은 통째로 전세를 낸건지 뭐가 이렇게 올 때마다
우리 학교 인간들로 꽉꽉 들어차 있는거냐. ㅠ0ㅠ

문을 열고 들어서자마자 지난 번 사강님 생일잔치 때 뵈었던
미남님 +_+ 우민님이 계셨다. 여전히 아름다우십니다. +_+)b

"재수씨 왔네요? ^^ "

아… ㅠ0ㅠ 코피 터져.

"네 ^^;;;"

개미만한 목소리로 대답을 하고 -_- 다시 사강님의 손에 이끌려 테이블에 앉았다. 사강님이 들어오자마자 일제히 일어난 울학교 학생님들_

참으로나 예의가 바르시구나. =_=a 사강님이 자리에 앉자 그제서야 자리에 앉으신다.

뭔 영문인지 몰라도 술이 나오고 _

"오빠 대체 오늘은 왜 온거야?"

"집회."

집회를 호프집에서 하는구나. 폭주족들은 공터에서 하던데….

-0-

"으… 응"

"일단 마시자 ^-^!"

일단 마시자는 우민님의 목소리가 크게 울려 퍼지면서 다시 예전의 생일잔치의 악몽이 되살아나는 듯하다.

무슨 놈의 우리학교 일진 전통인지는 몰라도 또 조용한 가운데 술 따르는 소리만 졸졸 들려오고 밑에 똘마니 분들께선 차례로 일어 나서서 사강님과 나 그리고 우민님께 술을 따르고 들어갔다. 또 이 많은 술을 언제 다 받아 마시지 ㅠ_ㅠ?

허나 -_-

나는 마신다.

안 그래도 유희란 사람 때문에 심란한데 술이나 진탕 마셔보자꾸나. -_- 라는 생각으로 술을 주는 족족 받아 마셨다.

"오우~ 역시 내가 알아봤어 재수씨. 술 너무 센 거 아냐?"

"홍알홍알~~ 아니에요. 흐흐 부어요. -0- 마셔요. -0-"

"-_-;;; 그… 그래."

주거니 받거니… 그렇게 우민님과 난 술을 마셨고 사강님은 아직도 수많은 똘마니들에게 술을 받으신다고 정신이 없으셨다.

대체 이 알 수 없는 집회의 의미는 무어란 말이냐.

시간이 갈수록 술이 많이 들어가니 정신이 핑글핑글 돌고 내 입에서 나도 모르게 유희란 이름이 나온다.

"유희… 유희…"

그런데 _

"윤유희??"

우민님이었다.

분명 우민님이 내가 중얼거리는 유희란 이름에 성까지 붙여 다시 말씀하신 것이었다.

"네?? 그 사람 성이 윤씨에요? 제대로 된 이름이 윤유희예요??"

"으으으응?? ^^;;;;"

갑자기 실수했단 표정을 지으며 어색한 웃음과 함께 쓴 소주를 들이키시는 우민님.

"+_+ +_+ +_+"

"그렇게 뭔가를 기대하는 눈빛 하지마. -_-;;;;;"

"ㅠ0ㅠ…"

"울지도 마. 진짜 말해 줄 수가 없어."

"왜요!!! 왜?? 사강님 옛 애인인 거 다 아는데 말 해주면 안 되나요ㅜ0ㅜ? 이딴 일진 내가 다 때려 부셔버릴 거예옷_!!!"

도… 돌았나부다.

내 입에서 갑자기 왜 저런 말이 튀어 나왔을까. -0-

하지만 내 목소리는 너무 컸고 술을 받으시던 사강님 그리고 술을 따르던 무수한 똘마니분들의 시선이 나에게 모두 집중되었다.

그래도 나 술 마셨다 이거야.

내가 사강님 애인이라 이거야.

니들이 어쩔 거야.

앙??

어쩌긴 뭘 어째 -_- 밤길 가다가 한 대 맞기 밖에 더 하겠어? 에휴~ ㅜ0ㅜ 요놈의 입이 방정이지.

그치만 이미 한번 내뱉은 말 주워 담을 수도 없고 이대로 미쳐 보자꾸나.

하하하하 _

"무슨 소란이야?"

"하핫 _ 강아 재수씨 좀 취했나보다. ^0^ 내가 나가서 바람 좀 쏘이고 올게.~"

그렇게 나는 이번엔 우민님의 손에 질질 이끌려 밖으로 빠져나갔다.

224

"왜 이러세욧_!!! 나 안 취했단 말이에요!!"

"방금 전 재수씨의 말이 얼마나 위험한 말이었는지 알긴 알어?"

"모… 몰라욧 -0-!!"

"아는 것 같네. −_−"

"모른다니까욧 ㅠ0ㅠ!!"

"알았어, 알았어.−_−"

우민님은 나를 달래듯 말씀하시더니 주머니에서 담배 한 개비를 꺼내 무셨다.

치사하게 혼자 피고 난리냐. −..,−

우민님의 입에서 뿜어지는 담배연기를 뚫어져라 쳐다보고 있노라니 그제서야 우민님 눈치를 채신건지 _

"−_−;; 담배 피고 싶니??"

"−_−^ 이제서야 눈치 채셨나요?"

"하핫 _ 생긴 건 그렇게 안 생겼구만 사강이도 아니?"

"−_−;;;"

"홋! 그럴 줄 알았다. 자! 오늘만 특별이야."

고마워요 우민님. ㅠㅠ

우민님께서 건넨 담배를 입에 물고 불을 붙였다.

그런데 왜 연기가 내 눈으로 들어오는 게냐 _!!

내 눈으로 들어오던 연기 덕분에 눈에서는 한 방울 두 방울씩 눈물이란 게 고이기 시작했고 내 의지와는 전혀 상관없이 순식간

에 나는 술 먹고 눈물 질질 짜며 꼬장을 부리는 불량청소년이 되고야 말았다. ㅜ0ㅜ

"울어??"

당황하신 듯한 우민님.

"그게 아니에요. ㅠ0ㅠ"

"괜찮아. 쪽팔려 하지마. 사람의 눈물이란 게 원래 자신도 주체할 수 없는 거니까."

그게 아닌데.

"유희도 너처럼 눈물 많았어."

어라?? 내 눈물이 효과를 보는건가??

절!!! 대 입을 안 열 것처럼 말씀하시더니 +ㅅ+ 그렇게 별 의미 없던 담배 연기 때문에 나온 눈물 덕에 우민님의 입은 열리고 유희라는 사람의 이야기가 조금씩 더 나오기 시작했다.

⚤Again⋯우°No.48

"그러고 보니 너랑 유희랑 닮았네. 훗."

"네??"

"나랑 그렇게 멋있는 사람이랑 닮았다니 이런 횡재가!!"

"약간 오버하는 거랑 덜 떨어지는 것만."

"ㅜㅇㅜ!!"

"홋 _ 그런 거까지 닮았어. 근데 유희는 너처럼 안 강했어. 사랑 앞에서는 한없이 약한 애였어. 그때 그런 일만 없었어도…."

궁금하다. 궁금하다.

대체 그 일이 무슨 일이 있었기에 이리도 다들 쉬쉬하는 건지.

"죽었죠?"

"ㅇ_ㅇ"

"어떻게 알았냐는 표정 지으실 거 없어요. 그냥 그 유희란 사람 떠올리면서 사강님을 같이 떠올릴 때는 이유 없이 가슴 아팠으니까. 그래서 혹시 세상에 없을까란 생각을 한 것뿐이에요."

"홋 _ 의외로 민감하네??"

세희가 말해준 걸 그냥 ㅡ0ㅡ 대충 끼워 맞춘건데 진짜 인가부다._!!

"이야기… 해줄래요…?"

"그래, 니가 이런 이야기 들어도 안 떠날거란 확신이 드니까…. 재작년 겨울이다. 벌써 2년이 다 되어가네. 다들 스키장으로 놀러 갔었어. 물론 나도 갔었고 지금 너랑 같이 사는 그 애들도 다같이 갔고 유희도 물론 갔지. 그런데… 유희가 갑자기 사라진 거야. 사라져서 모두들 찾아 헤맸는데 우리가 유희를 발견했을 땐 유희는 이미 자살해 있었어."

"자… 자… 살이요?? 왜 그런… 짓을… "

"시체 부검실로 보내진 후 알게 되었는데 남자의 정액이 유희의…."

"그… 만해도 되요. 대충 알 거 같으니까."

그래 뭔가가 하나씩 맞춰지고 있다. 이수민의 '유희가 더 나았어'란 말, 그건 유희란 사람이 알아서 자살해 줬기 때문이 아니었을까?

유희란 사람이 그런 일을 당한 것과 내가 합숙훈련 갔을 때 당할 뻔했던 일과 너무나도 비슷하다.

그리고 그 기품 있는 여자가 말했던 이수민과 제인이 동일 인물이란 거! 유희란 사람과 내가 웬지 알 수 없는 기이한 일에 휩싸였단 것이 비슷하게 일치한다.

다만 틀린 게 있다면 난 너무나 다행스럽게도 일찍 발견되어서 구해졌다는 것, 그리고 그게 사강님이었다는 것.

눈물이 흐른다.

이번엔 담배연기에 의해 흐르는 눈물이 아닌 진짜 내 눈물이 흐른다.

연인을 구하지 못한 사강님의 마음이 얼마나 가슴 아팠을까. 그리고 그 일을 잊기까지 얼마나 힘드셨을까.

나에게 그런 일이 있었을 때 '일찍 가지 못해서 미안해'라고 하셨던 사강님 _

그건 나에 대한 미안함보다 죽은 옛 연인한테 하는 사죄였을 것이다.

이제 정말 모든 것이 맞추어지고 있다. 그리고 앞으로 내가 해야할 일이 뭔지 깨닫고 있다. 그것은 이수민과 아니, 제인이란 여자와 싸워서 이겨 나랑 사강님을 지키는 일 밖에는 없다.

또르르~~ 한 방울 두 방울씩 흘러내리는 눈물과 함께 굳은 결심을 하고 입술까지 파르르 떨며 우민님을 바라봤다.

영문도 모른 채 울지 말라며 눈물을 닦아주시는 우민님 _

"^-^ 울지 말고 비밀 지키는 거야~ 재수씨. 약속 안 지키면 미워할 거야~~"

"네.^-^ㅠ_ㅠ"

"울다가 웃으면 어떻게 되는데~~ㅋㅋ 이만 들어가자. ^-^ 사강이 저놈 질투가 많아서 나 죽일지도 몰라~"

"네."

"울지 말라니까. ㅠㅇㅠ 강이가 내가 너 울린 줄 알면 어떡해~"

"아… 알았어요."

오늘따라 참으로 다양한 모습을 보여주시는 우민님. -_-

눈가에 맺힌 눈물들을 깨끗이 닦고 더 이상 울지 않기 위해 입술을 꽉 깨물었다.

그리고 호프집 문을 열기 위해 손을 내밀었을 때 _

난 목 부근이 무거워짐을 느꼈고 또 다시 보석이 더욱 커졌음을 느낄 수 있었다.

우와 -0- 팔면 돈 진짜 많이 되겠다!

우민님과 호프집 안으로 들어가니 희한스럽게도 술을 받아 마시던분은 사강님인데 어찌된 일인지 따르던 똘마니들이 술냄새를 풀풀 풍기며 모두들 뻗어있었고 사강님은 가만히 혼자 앉으셔서 술을 응시하고 계셨다.

"오빠~~ ^-^ 뭐야? 이건 무슨 상황이야? ㅋ"

"어···?"

"뭐야. 왜이래. 취했어??"

"아니."

"그래?"

오늘따라 그렇게 커보이시던 사강님이 한없이 작아 보이신다.

"강아 ^-^ 이제 그만 슬슬 일어나자~ 오늘 집회는 이걸로 끝이다_!!"

—.,—..대체 이 동아리 집회의 의미가 무언지 의심스럽다.

"그래, 가자."

일어설 때 잠시 비틀대시던 사강님은 이내 정신을 가다듬으시고 내 손을 잡으시며 호프집을 빠져나오셨다.

그리고 우민님은 뻗은 똘마니들을 깨우는 작업을 하시고 _

"오빠 그런데 3학년은 우민님 밖에 없어?"

"아니."

"아냐? 아까 술 따르던 애들 중에 3학년들도 있었어?"

"응. 그렇게 놀랄 거 없어. 집회 때나 그럴 땐 서열에 따르는 거니까."

"으응."

술을 드셔서 그런지 오늘따라 달빛에 반사된 사강님의 얼굴이 더욱더 섹시해 보이는구나. -ㅠ- 어찌나 멋지신지!!! 저 도발적인 입술하며 -0- 촉촉히 젖어있는 눈빛 _ 또다시 필리핀 여행 갔을 때의 추억이 생각나!!

"쪽_!"

"o_o"

또다시 나도 모르게 사강님의 입술에 내 입술을 갖다대었다.
(나 정말 요즘 왜이러니 ㅠㅠ) 다시 한번 놀란 듯한 사강님의 토깽이 같은 눈 _

"히히 ^^;;;;"

사강님을 보며 나는 식은땀을 줄줄 흘렸고 한참동안 어이없게 나를 바라보시던 사강님께서는 갑자기 피식_! 웃으시더니 나를 잡고는 벽으로 밀어붙이셨다.

"오… 오빠.-0- 읍."

달콤하게 부드럽게 본능적인 감각에 의해 입을 살짝 벌렸다.

포근하다. 감미롭다. 강하게 때론 약하게 계속해서 내 입속을 휘저으시는 사강님 _ 으웅웅 ㅠ_ㅠ 좋아.

그러시다가 내 눈을 지그시 바라보신다.

"ㅇ_ㅇ"

"많이… 이뻐졌다."

-/////////-

그… 그런 부끄러운 말을 _

"^-^ 오빠도 더 멋있어졌어."

"난 원래 멋있는데. -_-"

분위기 깨기는!! ㅜ_ㅜ

"들어가자. -_-;"

자신도 심히 민망하긴 하셨는지 안 흘리던 땀을 흘리시며 나를 데리고 집안으로 들어가시는 사강님 _

음하하하하 ^▽^γ 귀여워 죽겠어 어떡해!!!

"우리 왔어~~"

그런데 어찌된 영문인지 쑥대밭이 되어있는 집안 _

뭐… 야…

"이강아_!! 야야!! 민도현!!"

어디 간 거지? 혹시 도둑이 들었나 ㅠ0ㅠ?

"오빠 혹시 도둑 든 거 아냐??"

"있어 봐."

겉옷을 벗으시더니 내 손을 잡고 천천히 이곳저곳을 훑어보시는 사강님 _

하지만 도둑의 흔적은 보이지 않았다.

"뭐야, 집이 왜 이 꼴인거야?"

팍_!!!

무… 무슨 소리지??

헐레벌떡 뛰어온 듯한 이강이가 우리를 보며 무슨 말을 하고 싶은데 숨이 차서 못하고 있는 듯 싶었다.

"이강아 _!! 무슨 일이야? 응? 집이 왜 이래!!!"

"헉헉… 이 수민… 헉헉…."

"제대로 말해 봐!!"

"말해…."

"빠… 빨리 이수민 집에!! 그거였어! 형_!! 역시 예상은 했었지만 이수민 그 년이었어!! 재작년의 유희 누나 일도 그리고 이번에 하린이 일도!! 헉헉… 빨리!! 도현이형이랑 현민이형 위험해!!!"

233

역시 내 예상이 맞았다. 그런데 이강이는 어떻게 안거지??

아니야!! 이럴 시간이 없어!! 빨리 이수민 집으로!!

♂Again…♀°No.50

이강이의 말이 끝나자마자 밖으로 달려나가시는 사강님!!

나 또한 뒤따라 재빨리 뛰어갔다!!

"오빠, 같이 가!!"

"헉헉… 너 왜 따라왔어??"

"나도 갈래."

"안돼!!"

"왜??"

"위험할 수도 있어."

"괜찮아. 이 일은 오빠보다 겪은 내가 더 잘 알아!!"

"니가 뭘!!"

"오빠, 내가 오빠 할아버지한테 관심 보였던 거 기억하지? 이게 정말 현실에서 일어나는 일이 맞는 건지 모르지만 나 그 때 오빠네 별장에서도 이상한 일 있었어. 어쨌든 나도 가야해."

"안돼_!!"

"싫어!! 난 오빠가 가지 말래도 나 혼자라도 갈거야!! 지금 오빠 지켜줄 사람은 나밖에 없단 말야."

어디서 __ __ 이런 개깡이 나오고 있는지 모르겠다.

다만 굉장히 다급한 듯 내 목의 목걸이는 계속 빛을 발했고 나는 상황이 위급하다고 짐작했기 때문이었다.

안된다고 계속 만류하는 사강님을 뿌리치고 재빨리 먼저 이수민의 집안으로 들어갔다.

역시_!! 사방에 이상한 글자가 새겨져 있었다.

내 방 겸 창고인 곳에 그려져 있는 문양이랑 반대되는 글자가 새겨져 있다.

대체 이것들은 뭐야. 게다가 왜 이수민이랑 애들은 안 보이는 거지??

온 집안을 휘저어 결국 난 지하실을 발견했다.

제길 ㅜ.,ㅜ 갑자기 왜 이렇게 다리가 후들거리는거야.

부들부들 떨리는 다리를 부여잡으며 지하실로 내려가는 계단을 하나하나 밟았다.

"찍찍_!"

쥐도 있나부네. ㅠoㅠ

"엄마 ㅜ_ㅜ 엉엉 ㅜ_ㅜ"

아까 사강님께 소리쳤던 때와는 딴판으로 콧물 눈물까지 질질 흘리며 지하실로 향하는 나_

"끼이이이이익_"

지하실 문을 열었다.

쇠소리를 내며 열리는 지하실 문 _ 뭔놈의 촛불이 이렇게 많냐?

"야, 이수민 나와. 이 기집애야 나오라고!! 내 친구들 내놔!!"

더 이상 부들부들 떨리는 다리로 서있을 자신이 없어 쪼글치고 앉아서는 고개를 푸욱 숙이고 소리쳤다.

그리고 어느새 오신건지 나를 뒤따라오신 사강님과 그 뒤를 따라 들어오는 이강이 _

"오빠. ㅠoㅠ"

"-_-; 이럴 거면서 왜 왔냐?"

"몰라. ㅠoㅠ 근데 애들이 안 보여."

"내 옷 잡고 따라와."

난 사강님의 셔츠 끝자락을 잡고 사강님이 움직이시는 대로 따라갔다.

이강이는 이강이 나름대로 다른 쪽을 뒤지기 시작했고 나는 나대로 이곳저곳 뒤지고 있는데 이상한 문이 나왔다.

어라??

"오빠, 웬지 여기 뭐가 있을 것 같애."

"이이강_!! 와봐."

이강이를 부르시는 사강님 _

"들어가보자!!"

모두의 만장일치로 문을 열었다. 하지만 의외로 별 것 없는 방! 정말 황당 무지개로구나.

"이강아… 너 대체 어디서 무얼 본 거니?"

"그게 아냐. 분명 애들 여기로 끌고 들어갔어. 나만 겨우 빠져 나온 거란 말야. 분명 어딘가에 있어_!!"

정말 심각하게 말하는 이강이 _

휴 =3

그런데 이건??

이건 전에 사강님의 별장에서 봤었던 그 여자의 그림들이었다. 알 수 없는 외국여자 그 제인이라던 여자!!

"오빠_!! 오빠!! 이것 봐봐."

"응?"

"이 그림 말야! 이거 생각 안나?? 이거 오빠네 별장에서 내가 이거 보고 오빠한테 혼혈이냐고 했었잖어!!"

"어, 그래….."

그래 분명 이 여자다! 이 여자가 제인이야!!

"야 이 나쁜년아!!! 내 친구들 내놔!!"

나는 웅웅~ 울리는 지하실의 구석방에서 그 여자의 초상화들을 향해 소리를 질렀고 그 동시에 _

"하하하하하하!!! 꼬마가 꽤 똑똑 하네."

여자의 간드러지는 웃음소리가 들리면서 제일 커다란 그림에서 사람이 빠져나왔다 -0-;;

어… 어떻게 이런 일이 _

"어… 어떻게."

사강님도 믿을 수 없으신 듯 중얼거리셨다. 그림에서 나온 여자 _ 다름 아닌 이수민!!

그럼 정말 그때 그 여자 말대로 이수민이 제인이란 여자??

"이… 이수민."

"난 이제 이수민이 아닌데? 이 껍데기는 싫어졌어. ^^"

갑자기 이수민의 모습에서 까만 연기가 빠져나오더니 정말 그림에 그려져 있는 초상화의 제인의 모습이 이수민의 옆에 서있었다.

"사강씨, 잘 지냈어?"

"너 누구야??"

경직된 사강님의 목소리 _

"나야, 제인이야."

자연스럽게 사강님의 목에 팔을 감으며 색기가 흐르는 목소리를 내는 제인이란 여자 _

"이 악마야. ㅠ0ㅠ 그 손 놔!! 내 친구들 내놔."

"훗, 꼬맹이가 말이 많네."

악마년이 나를 향해 꼬맹이란다.

이런 써글 잡것!!

그런데 갑자기 그년이 인상을 쓰자 내 몸이 하늘 위로 붕~ 떠오른다.

"거기서 잠시 허공을 즐기도록. ^^"

사악한 웃음을 띄우며 이번엔 아주 보란 듯이 사강님의 입술에 키스하는 제인 _

"안돼!!"

하지만 내 몸이 움직이질 않는다.

내 외침이 울려 퍼짐과 동시에 제인을 떼어내는 사강님 _!!

"너 뭐야…."

"역시… 기억을 못 하는군."

"그만하고 어서 내 친구들이나 내놔!!"

가만히 듣고 있던 이강이가 소리쳤다.

순간 엄청난 폭음과 함께 불꽃이 나를 향해 다가왔다.

오메나 ┳0┳ 이건 꿈이야~ 어찌 현실에서 이렇게 불이 번쩍 번쩍 날 수가 있어.

그 상황에서도 저런 쓸데없는 잡생각을 하는 나 _ (대체 그래서 어떻게 사강님 지킬래? -_-^)

어느새 사강님이 날 안으시고는 불길이 지나간 옆쪽으로 살짝 피해 있으시더라. ―..―

"오빠 고마워. ┳0┳"

"그러게 내가 위험하다고 오지 말랬지?"

"그… 그게."

"안 되겠다_!! 너 내가 저 여자랑 뭘 하던 신경 쓰지마. 알았지? 내가 저 여자를 상대로 시간을 벌 테니까 넌 애들이랑 같이 도망가."

"싫어!!"

"부탁할게…."

부탁하신댄다. 사강님이 _

"그럼 알았어. 오빠 내 뒤에 바로 따라서 나올 거지?? 응??"

"그래, 꼭 나갈게."

꼭 나온다는 다짐과 함께 사강님은 제인을 향해 다가가셨다.

239

그리고 _

"제인."

"어머, 사강씨 ^-^ 잠시만 기다려~ 저 꼬맹이 좀 처리하고."

"그건 좀 있다가 하고 나를 봐."

"왜 그래~ 잠시만 기… 흡."

어… 어… 찌 이런 일이!! 사강님이… 내 사랑 나의 애인 사강님이… 제인에게 키스를 하셨다. ㅜ0ㅜ

어안이 벙벙해 사강님을 쳐다보니 사강님은 어서 가란 듯이 눈짓을 하신다.

젠장 _이번만 봐 주는거야. 어쩔 수 없으니까.

240

다음부터 이럼 오빠 죽어!!

사강님이 계속하여 제인과 키스를 하는 사이 나는 묶여 있는 도현이와 현민이를 풀어줬다.

"하린아. ㅜ0ㅜ"

"시끄러 _! 너 빨리 저 쪽 가서 이강이 부축해서 나가."

"으응;;"

"어떻게 된거냐…?"

"몰라 _!! 내가 어떻게 알아!! 일단 나가자!!"

아이들과 대충 몸을 추스린 후 밖을 살짝 내다보니 이젠 제인이 사강님의 웃옷을 벗기고 있었다!!

오노~~!! 주먹을 쥐고 부들부들 떨면서 사강님 쪽을 쳐다보고 있노라니 이제 사강님은 웃옷이 벗겨져 나가면서도 아무렇지 않으신 듯 나가라는 눈짓만 보내신다.

　그래 -_-^ 일단 나가고 보자!! 나가서 생각을 하자고 _!!

　두눈을 질끔 감고 제인이 한눈 파는 사이 지하실을 빠져나와 이수민 양의 집을 나왔다.

　구석에 쓰러져있던 이수민도 질질 끌고서 -_-^

　"헉헉 _ 헉…."

오늘 따라 바로 옆집인 우리 집이 왜 이렇게 먼거야.

　한참을 뛴 것 같은 기분이 들 때서야 집앞인 게 느껴졌다. 지친 몸으로 겨우 대문을 열고 집안으로 들어온 우리 _

　"헉헉… 헉….""

　"살았다. ㅠ_ㅠ"

　"하린아 ㅠ0ㅠ 친구야 ㅠ0ㅠ 우리 살았나 봐."

　"시끄러 임마. -0-^ 방정 떨지마~!! 그런데 이강이는? 이강이 안 다쳤어??"

241

　"어. 이마만 약간 까지고 괜찮아~"

좀 전까지만 해도 고꾸라져 있다가 대답하는 이강이 _

　"대체 어떻게 된거야?"

　"나도 몰라. 아마도 그 일은 이수민이 제일 잘 알지 싶다."

　"야! 이수민 좀 깨워봐."

　"니가 해!!'

　"아~~ 씨발!"

딴에도 나름대로 급하긴 급했는지 정신을 잃어 질질 끌고오다

시피해 엉망진창이 되어있는 이수민을 흔들어 깨우는 정현민 _

이수민은 얼마되지 않아 깨어났다.

"야 이수민, 너 말해 봐. 도대체 뭐가 어떻게 된 거야?"

"사실 나도 잘 몰라…."

사실 잘 모른댄다. -0- 이수민이 지두 모른댄다. 저년이 지금 지가 어떤 상황인지 잊은건가??

"야, 지금 너땜에 사강님이 저곳에 갇혀계시는데 뭘 몰라? 너 이년 너 진짜 죽을래?? 윤유희 일도 다 니가 한거잖아_!!"

"글쎄… 그게 흐흑… 그냥 난… 난 그냥 사강 오빠가… 오빠가 날 봐주길 바랬던 마음밖에 없었어. 흑."

사강님이 널 봐주길 바란 죄밖에 없으니 널 용서해라 이뜻이냐?? 앙 -0-!!

242

"그래 -_-^ 일단 울음부터 그쳐. 어째서 저 외국여자가 니몸에서 나온거야?"

침착하게 차근차근 따지고 들어가는 현민이 놈. —_—

표정은 별로 침착해 보이진 않지만 그래도 효과가 있는 건지 이수민이 울음을 차츰 그치며 이야기를 시작했다.

"그게… 내가 7살 때인가? 그럴거야. 그날 사강 오빠 생일이라서 오빠네 집에 놀러갔을 때인데 오빠가 나한테는 신경도 안 쓰는 거야.

너무 속상해서 오빠가 나를 좋아해 주기만 한다면 무엇이든지 하겠다고 생각하며 집에 돌아와서 울었었어. 그런데 갑자기 제인

이 나타난거야. 그리고 자기가 도와주겠다며… 자기가 시키는 대
로 하면 사강 오빠가 나를 좋아 할 수 있을거라고 해서… 난 아무
것도 모르고 그렇게만 해 주면 무엇이든 하겠다고 했어. 그 이후
로 제인은 내 몸에 들어오겠다고 했어. 그렇게 되는거야."

"근데 왜 갑자기 그 여자가 널 배신했냐??"

"내가 이제 필요 없으니까… 오빠가 진짜 사랑하는 사람이 나
타나서 내게는 가망성이 안 보이니까…."

"하, 뭐야 대체…. 왜 그 제인이 사강님께 집착하는건데? 너는
알지?? 그렇지?? 이수민 너 아는거지??"

답답함을 이기지 못한 나는 침울해 있는 이수민에게 소리쳤다.

"그게… 제인이 내 몸에 있을 때 제인의 기억도 내 안에 들어
있었기 때문에 모든 것을 기억해야 하겠지만 다른 건 잘 모르겠고
이상하게도 사강 오빠랑 제인에 관한 것 밖에 모르겠어.

그런데 사강 오빠랑 제인이 말하는 사강씨가 웬지 같은 사람이
라는 생각이 들어.

아주 오래 전에 사강이란 사람이 독일에 유학을 갔었나봐. 그
러다 제인을 만났고… 그런데 집안에서 제인이 외국인이라는 이
유로 결혼을 반대했고 사강씨는 한국 여자와 결혼을 해 결국 제인
은 버려졌나봐. 나는 그것 밖에 모르겠어."

그럼 혹시 그때 봤던 그 여자가 사강씨와 결혼한 다른 여자??

"휴~~ 그래 그럼 이제 어떻게 되는거지??"

"막아야 해. 제인은 사강 오빠가 제인이 좋아하던 사람이 환생

243

했다고 믿고있어. 사실 나도 그렇게 생각하고. 그래서 제인은 무슨 수를 써서라도 사강 오빠의 기억을 되찾으려고 할거야. 하지만 그렇게 되면 사강 오빠는 죽어버리게 돼!!"

"뭐??"

"사강 오빠의 영혼은 아예 사라져 버린다고. 지금 이 세상에 살고 있는 이사강이란 존재는 아예 소멸되어버려."

마… 말도 안돼. 어찌 이런 일이….

"야이 써글년아 ㅠ0ㅠ!! 넌 그런 걸 알면서도 여태껏 제인을 도와왔단 말이야?"

"미… 미안."

써글년 같으니라고. ㅜ.,ㅜ

참으로 옛날 일을 생각하면 미워 죽겠는데 또 지금 이렇게 보니 이수민이 불쌍하기도 하다.

그나저나 사강님은 금방 뒤따라 나오신다고 하셨으면서 왜 이렇게 안 나오시는거야.

이수민 양의 이야기가 끝나고 다들 피곤했던 하루를 마치기 위해 샤워를 하며 거실에서 한참 동안이나 사강님을 기다렸다.

하지만 새벽 3시가 지나고 5시가 지나고 동이 터 우리가 학교를 가야할 시간이 될 때까지도 사강님은 나타나지 않으셨다.

오빠 무슨 일 생긴 거 아니지??

제발_

제발 좀 모습을 나타내란 말이야.

오빠는 금방 올거야. 와서 날 향해 웃어줄거야.

이번에 허리에 사시미 또 찔려와도 내가 다 치료해 줄게. 응?
눈물 때문에 오빠 상처 쓰라리는 일 없게 웃으면서 치료해 줄게.

그러니 제발… 제발 좀 와…!!

난 오빠가 돌아올거라고 확신하는데 왜 느낌이 안 좋은거지?

⚲ Again…♀° No.52

#학교

결국 우린 사강님을 기다리다 지쳐 학교에 등교를 했다.

우리는 어젯밤 죽을고비를 넘겼거늘 세상 사람들은 어젯밤 무
슨 일이 있었냐는 듯~ 참으로 즐거운 하루를 보내고 있구나.

이수민 양은 혼자선 도저히 무서워서 집에 못 있겠다며 기어코
학교까지 따라와서 우리 학교를 술렁이게 만들었다.

"어머어머 −0− 저거 봐바~ 세상에나~ 이수민이 우리 학교를
다 오다니~~ 역시 현민이랑 스캔들이 맞다니까!!!"

안타깝구려. 당신들 예상은 다 빗나갔어~!!

저년은 사강님을 좋아해 흥!

그나저나 오빠 대체 왜 나타나질 않는거야!!

1교시가 지나고 _

2교시가 지나고 _

어느새 점심시간도 끝나고 _

5교시도 마치고 쉬는 시간이 찾아왔다.

"휴 =3"

사강님을 찾다 지친 나는 이강이 놈과 함께 학교 뒷뜰 벤치에 앉아 한숨을 푹푹 내쉬고 있었다.

그런데 어디서 많이 보던 낯익은 뒤통수, 저건_!!

"오빠~~"

반가운 마음을 가눌 길이 없어 사강님을 향해 돌진했다.

"……."

너무 반가운 마음에 내 눈에는 사강님 밖에 보이질 않았나보다.

어색한 기운을 느끼고 주변을 둘러봤을 땐 보란듯이 사강님의 팔짱을 낀 제인이 우리 학교 양호교사의 가운을 입은 채 서있었다.

어… 어째서_!!

"오… 오빠. ^-^ 왜 어제 안 들어왔어~"

"……."

눈은 온통 차가움으로 빛난 채 아무 말이 없다.

왜 이러지?? 갑자기 왜 이렇게 내 마음이 아픈거지??

혹시??

혹시나 싶어 사강님의 눈을 바라봤다. 하지만 사강님의 눈은 다른 사람들이 저주에 걸렸을 때처럼 멍하니 풀린 눈빛이 아니었다. 언제나 날 봐 줄 때의 그 눈처럼 맑고 촉촉하게 젖은 이쁜 눈이었다.

"형??"

이강이도 놀랬는지 사강님을 불렀지만 여전히 사강님은 아무 말씀도 없으셨고 제인은 우리를 향해 비웃듯 한번 코웃음을 날린 뒤 사강님을 끌고 사라져 버렸다.

……

설마 어젯밤에 제인과 무슨 일이 있었던 건 아니겠지??

하룻밤 사이에 이렇게 사람 마음이 변해 버릴 수는 없는 거잖아. 제발 아니라고 해줘. 오빠 나한테서 맘이 떠나거나 한건 아니지?? 제인이랑 눈맞아 버린거 아니지?

ㅜ0ㅜ

#집

지금 이 상황에서 내 눈에 동아리 활동 따위가 들어올 리가 없었다.

현민이 놈과 이강이, 도현이도 사태의 심각성을 느꼈는지 모두 동아리 활동을 접고 집으로 같이 돌아왔다. 그리고 우린 모두 거실에 모여있다.

"어떻게… 된 걸까?? 설마 오빠가 정말….”

"아닐거야!!”

"으응. 아닐거야. 그래, 그래.”

"근데…=_= 매니저야.”

"왜?”

"그 여자 몸매가 정말 좋긴 하던데… 너랑 비교가…. —..—”

"야_!!”

허나 _

거참 또 듣고보니 그렇구나. ㅜ0ㅜ 사강님이 보통 색기가 넘치
셔야지~!! 보기만 해도 얼마나 섹시하신가!!

그러니 자연적으로 섹시한 여자를 찾으실 수도…?

오빠 진짜 제인이랑 눈 맞아 버린 거 아니지 ㅜ0ㅜ?

"엉엉 ㅜ0ㅜ 오빠 진짜 제인이랑 눈 맞았으면 어떡해.”

"하린아 ㅜ_ㅜ 힘내. 내가 있잖아.”

언제부터 지랑 나랑 친했다고 이수민 양은 내 옆에 척하니 달
라 붙어선 같이 징징 대고 있다.

또 그런다고 나는 -_-

"수민아, 나 어쩜 좋니. ㅜ0ㅜ”

아무래도 나는 바보인가보다. 그래도 이수민도 꽤 불쌍하잖아.
우리가 그렇게 서로를 부둥켜안고 울고불고 줄줄 짜는 사이 사강
님이 들어오셨다_!!

"오… 오빠_!!”

"하린아, 나 좀 보자…."

잠시만 나를 보시쟀다. 들어오자마자 사강님께서 날 보시쟀다.

"그… 그래."

사강님을 졸졸 따라 사강님의 방으로 향했다.

"^-^ 그나저나 오빠 오늘 학교서도 너무했다~ 제인이 학교에
나타나다니 오빠 무섭지도 않냐~~ 근데 오빠 왜?"

"……."

"어제 빨리 뒤따라 나오지 않아서 내가 화난 것처럼 보이지??
나 화 안났어~"

최대한 오바했다.

웬지 내가 두려워하던 말씀을 하실 것만 같아서 _

하지만 _

"하린아, 나 제인이 좋아. 미안하다."

"오… 오빠_!!"

"역시 사강이란 사람, 그 사람 맘이 아직 나한테 남아있는건가
봐. 나… 제인이 좋아졌어."

"아니야_!! 아니야!! 오빠 그 사람이 아냐. 거짓말 하지마. 오빠
지금 거짓말 하는 거지? 왜? 제인이 그렇게 하라고 시켰어? 오
빠!!"

"아니. 그리고 나 제인이랑 떠날거야, 독일로."

"아니야. 흑흑 _ 아니야, 아니라고!! 오빠 나 사랑한다고 했잖
아!! 오빠가 나 책임진다고 했잖아. 흑 _ 미안. 오빠 내가 다 잘못

했어. 나이트에서 부킹한 것도 잘못했고… 응?? 이강이랑 여행갔었던 것도 잘못했어. 내가 전부 다 잘못했어. 그러니까 그러지마. 흑, 금방 뒤따라 나온다고 했었잖아. 근데 이게 뭐야. 흐흐흑… 이게 뭐야!!"

"제인을… 사랑해."

제인을… 사랑해. 제인을 사랑해.

제인을 사랑한단 사강님의 한마디가 내 가슴속에 비수처럼 파고든다.

하하_

제인을 사랑하신댄다. 그러시댄다.

아무리 사강님의 조상님이 사강님으로 환생을 한거라도 어떻게 마음까지 느낄 수가 있어? 제인이 나타난다고 어떻게 제인을 갑자기 사랑할 수가 있냐고!! 어떻게 이런 일이 있을 수가 있어!!

"나… 잊어라."

"나… 하나만 물어봐도 돼??"

"어."

"갑자기 제인이 나타나니까 제인이란 존재를 인식해서 제인에게 다시 마음이 간 거지?? 그 전엔… 그 전엔 날 사랑한거지??"

"……."

그렇다고 대답하지 왜 말을 안하는 거야??

"아니…."

"…??…"

"그전에도 그냥 책임 의식이었을 뿐 사랑하진 않았어. 너한테 거짓말 했어."

지금 환청인거지??

나… 꿈꾸는거지??

그래, 꿈꾸는 거야. 이건 꿈이야.

내가 이 집에 들어오던 그날부터 꿈인거야.

꿈이지 않고서야 어떻게 사람한테서 불이 뿜어져 나오고 저주가 걸리고 악마가 사람 몸에 있다가 튀어나와?

이건 분명 꿈이야_!!

⚤ Again…♀°No.53

항상 그렇듯이 사랑을 할 땐 같이하는 것 같았는데 지나고 나면 혼자인 듯하다.

그리고 사랑한 후는 그리움이 되었다가 미움이 되었다가 다시 또 혼자 사랑하다가 결국엔 또 다시 상처받고 증오가 되어버린다.

part1. 그리움

사강님 방을 나와선 아무것도 보이지 않았다. 그저 내 방으로 올라가는 멀고 먼 계단만이 내 앞에 버티고 있을 뿐_
한 걸음, 한 걸음 계단을 밟고 올라가는게 왜 이렇게 가시밭길을 걷는 것만 같을까.
이제 겨우 알 것 같은데… 사랑이 뭔지 그리고 사랑하는 것이 뭔지.
아무 생각 없이 다음 계단을 향해 발을 내디뎠는데 내 몸이 허공에 붕~ 뜨는 느낌이다.
기분 좋다.

part2. 미움

"으음…."
"하린아!! 하린아_!! 정신이 들어?? 응??"
눈을 떠 보니 이강이가 나를 빤히 쳐다보는 게 보였다.
"어디야…?"
"병원이야. 바보 같으니라구."
"내가 왜…."
"참내~ 남자한테 차였다고 병신 같이 계단 헛디뎌서 굴러떨어지냐? 하여튼 병신짓 하는 건 알아줘야 한다니까. −_−^"

현민이 놈이 저딴 말을 해도 꼭 내 걱정하는 것 처럼 정답게 들려오는 이유가 뭘까? =_=

그나저나 헤어진 건 어떻게 알았지?

"ㅡ_ㅡ;; 뭐… 가. 나 원래 병신이잖아. ㅋㅋ"

"하린아, 드디어 너도 사강 오빠한테 차였구나. 이제 우리는 동지야. ㅠ_ㅠ"

마음껏 오바하시는 이수민 양 그리도 좋냐? 내가 차인 게?

"그… 그래. 그나저나 어떻게 알았니?"

"니가 좀 무섭냐. ㅡ_ㅡ 너 우탕탕 굴러 떨어지는 소리 나자 바로 형이 뛰어나와서 이강이가 뭔일이냐고 소리치고 지랄하자마자 형이 그러더라? 헤어졌어. 딱 한마디 _ 그리곤 뒤돌아서며 한마디 더하곤 들어가더라. 병원 데리고 가, 라고. 불쌍한년 ┰O┰ 차여서도 그런 대접을 받다니…."

지금 내 몸만 멀쩡했다면 저렇게 입이 있다고 씨부려대는 저 도현이를 이 5층 병실에서 던져버렸다. ㅡ_ㅡ^ 덴장할 _

후훗 _ 그나저나 뭐?? 병원 데리고 가.

그래도… 사랑하지 않았어도 한때는 사겼던 사람인데 아니 바로 몇 분 전까지 사귀던 사람인데 적어도 병원에 옮겨주는 건 안 해도 따라와야 하는 거 아냐??

조금이라도 걱정해야 하는 거 아냐??

내가 괜한 기대를 하는 건 아니잖아. 그 정도는 당연한거잖아.

사람이 왜 이렇게 잔인한거야. 너무한다, 정말.

정말 너무 미워….

part.3 사랑

계단에서 쓰러지는 바람에 굴러주셔서 허리부상으로 인한 전치 4주가 나왔다. 전치 4주 정도면 크게 다친건데 허리를 움직이는 것 이외에는 너무 멀쩡하니 인간들이 나에게 별다른 신경을 쓰지 않는다.

애들아 ㅠ0ㅠ 나 환자에다가 남자한테 차인년이란 말이다. 좀 신경 써다오. -0-!!

같이 놀 사람 생겼다고 신난 건 이수민 뿐. -_-

"야 -_-^ 넌 촬영같은 거 없냐?"

"응. ^^ 나 방송생활 그만 둘거야~"

"뭐?? 왜??"

이건 또 무슨 갑자기 귀신 봉창 쌍으로 두드리는 소리야.

"원래 오빠가 나 좀 보게 할려구~ >_< 한건데 이제 의미 없잖아.^-^"

앞의 표정은 상큼했다가 마지막 표정은 왜 씁쓸한 웃음인건데. 괜시리 사람 맘 이상하게 쳇 _

"그… 그래?"

"이강이가 등교할 때나 마칠 때 빌려다 주는 만화책들 덕분에 병실은 만화책 투성이다 정말 잠자는 시간과 학교에 있는 시간

빼고는 잠시도 병실에서 나가지 않는 이강이 _

　이럴줄 알았으면 애초부터 이강이를 사랑하는 게 나았을껀데.
후훗 _ 내가 입원한지 사흘이 넘어가도록 사강님은 얼굴 한번 비
추지 않으셨다.

　밉다가도 이럴땐 왜 보고싶은 거냐. 바보 주하린.

　"하린아 ㅜ_ㅜ 그나저나 이 만화책 너무 슬프다. 흐흑 _"

　"무슨 내용인데?"

　아까부터 만화책에 시선을 두더니 끝내 이제는 찔찔 짜고 있는
이수민 양 _

　"글쎄 ㅜoㅜ 여자가 남자한테 차이거든? 근데 여자가 애절하
게 사랑했었다 말해달라고 하는데 남자는 아니라고 말을 해. 너
무 슬퍼. 어떡해. ㅠ_ㅠ"

255

　제기랄 ㅠoㅠ!! 그거 완전 내 꼴이잖아 _!!

　화나는 마음 가눌 길이 없어 _

　"야 !! 휠체어 가지고 와. 바깥세상 구경이라도 하자."

　"나 만화책 봐야하는데…. ㅡ..ㅡ"

　"너 병실에서 쫓겨날래?"

　"알았어 ㅡ_ㅡ;;"

　괜히 이수민 양과 나의 대화에 현민이 놈과 내 모습을 보는 것
같아 슬쩍 미소지으며 수민이 가져온 휠체어에 올라탔다.

　"하린아 공원으로 갈까?"

　"니 맘대로."

그래도 어쩌면 수민이라도 옆에 붙어 있어서 굉장히 다행인지도 모른다.

너무 많이 슬프고 죽을 것만 같은데 수민이 옆에 있어 조금이라도 웃을 수 있으니까.

휠체어에 앉아 공원을 이리저리 구경하고 있노라니 _

참 많이 본 사람이 내 앞에 있는 벤치에 앉아서 조잘조잘 떠드는 게 보인다. 어라??

"재수씨야~~"

"아… 안녕하세요."

우민님이었다. 그나저나 우민님이 어찌 이곳에? -0-

"여긴 어떻게…"

"어 ^o^ 우리 애들 몇 명이 입원을 해서."

"네?? 누구랑 싸웠어요?? 어느 학교랑 한판이라도 했나보죠?"

"괜찮아 재수씨. 사강이는 안 다쳤어~"

"핫… 그렇군요. 그나저나… 저기… 저… 사강님이랑 헤어졌는데 재수씨라고 부르지 마세요. ^^;;"

"알고 있어."

"-_- 알고 있으면서 왜?"

"습관이 돼서."

"거참 세상 편하게 사시는군요. 그나저나 정말 딴 학교랑 싸운 거예요??"

"아니. -_-"

"그럼 왜 사람들이 입원을…?"

"몰라. 사강이 놈 안 그러더니 갑자기 1년 전으로 돌변해선 지 맘에 조금이라도 안 들면 줘 패고 깨고… 무서워. 정말 살 떨려."

"그… 그래요??"

"내일은 아마 사강이도 애들 병문안 올거야. 앗_!! 이런, 나 지금 어디 가야 하는데~ 그럼 나 낼모레 쯤에 병실에 놀러갈게.~ 안녕 하린아~~^^"

횡_! 하니 사라지신 우민님 _

재수씨가 습관되서 그렇다면서 맨 끝에 남기신 하린아~~^^

〈 - 이건 대체 뭔가요? - _-^

이리저리 돌아다니는 것도 귀찮아져서 다시 병실로 돌아왔다.

언제 왔는지 또 만화책을 한껏 이고 온 이강이 _

"또 빌려왔냐?"

"달링 심심할까 봐. ^o^"

"- _-^ 시끄러."

내가 입원한 이후부터 또 달링이라 부르는 이강이 녀석 _

하지만 이젠 그저 웃음만 픽_ 감돌 뿐이다.

곧이어 현민이 놈과 도현이도 들어와 병실은 온통 시끌벅쩍 하다가 간호사의 쿠사림 한번 먹고 깊은 밤이 되어서야 _

"또 올게!!! 마이 허니 잘자~ -3-♡" 〈-이강

"먹을 거 또 채워 놔. - _-" 〈-도현

"- _-^ 회복력 빠른년 생각해 보고 또 오마." 〈-현민

257

이 지랄염병을 하시고는 모두들 사라지셨다.

이수민도 오늘은 뭐 내 휠체어를 끌어서 피곤하대나 어쨌대나 하면서 일찍 잠들었다.

조용한 내 병실 _

오랜만에 사강이란 이름을 들어서인지 오늘 따라 눈물나도록 더 그립다.

내일 병원에 오신다. 비록 내 병실이 아닐지라도 _

옆에 종이와 펜이 놓여있다.

뒤적이다 보니 여러 가지 나오는 이수민의 낙서들 _

"오빠 미워. ㅜ_ㅜ 강오빠~ 사강 오빠 알러뷰~~"

철딱서니 없는 것 그렇게 당해 놓고서도 _

후홋 _ 그래. 그래도 그게 사랑이니까.

다음 장을 펼치니 아직은 흰 백지 _

그리하여 나는 조용히 건네줄 수 없는 편지를 쓰게 되었다.

↥Again…♀°No.54

오빠 안녕 ᴹ

처음이다. 오빠한테 편지쓰는 거.

그런데 건네줄 수도 오빠가 읽을 수도 없는 그런 슬픈 첫 편지가 되어버렸네.

이제는 그리워할 수밖에 없는 오빠지만 우연히 밖에 마주칠 수밖에 없는 오빠란 걸 알아.

그래서 나 지금 내일을 기대하고 있는 거겠지?

오늘 밤은 기도를 할까해. 언제나 행복하길, 언제나 웃을 수 있갈…

나는 오빠의 가는 미소가 너무 좋았어. 크게 웃지도 않는 가는 미소 _ 아무리 투정부려도 찌푸릴 줄 모르던 오빠였는데…

그래서 그 투정으로 늘 오빠한테 안기던 나였는데, 이제는 그런 투정 부릴 이유 조차도 없게 되어버렸네.

나 지금 너무 그리워. 하지만 늘 이렇게 그리워 할 수밖에 없네.

그리움에 지쳐 잠들 때까지 단 한번만이라도 볼 수 있게 되길 기도 드려.

오늘도 이렇게 그리움에 지쳐 눈을 감어.

눈물나도록 그리운 날에

259

오빠를 사랑하는 하린이가

무수한 눈물방울이 연습장에 적힌 내 글씨들에게 번졌고 나는 베개에 얼굴을 묻은 채 이수민이 깨지 않도록 흐느끼며 잠이 들었다.

part4. 증오

"하린아_!! 일어나 나 심심해~"

아침부터 이수민이 하도 시끄럽게 구는 통에 9시밖에 되지 않았는데도 일어나 버렸다!! 제길 _

"헉!!"

분명 어제 운 건 난데 왜 이수민의 눈이 저렇게 붕어눈처럼 부어있는 건지!!

"너 눈이 왜 그래??"

"나도 몰라. ㅜ0ㅜ 쪽팔려서 밖에도 못 나가겠어."

"그렇겠다. ㅉㅉㅉ 그럼 만화책이나 보지 왜 날 깨워!!"

"그 만화책 너무 슬프단 말야. ㅠ_ㅠ 게다가 오늘 사강 오빠 병원에 온다잖아~ 이쁘게 하고 복도 돌아다녀 봐야지~~ 눈에 붓기도 빼고 말야 ~~"

여전히 철딱서니 없는 이수민 _

불쌍한 것. 그래 근데 이젠 너랑 나랑 같은 처지구나.

나도 =_= 어제의 오열로 인한 붓기를 빼기 위해 이수민과 함께 분주히 움직였다.

냉장고에 넣어뒀던 차가운 쌕쌕이를 꺼내 눈과 얼굴에 문지르고 대충 붓기가 가라앉자 복도 배회를 시작했다. 물론 난 휠체어에 타고 이수민은 그 휠체어를 끌고 _

"야 -_- 근데 5층이 맞냐?"

"아마… 도?"

망할 우민님 _ 말을 해주시려거든 몇 층이란 것도 확실하게 말씀해 주시고 가시지!!

어쩔 수 없이 5층이라는 기대를 걸어보는 수밖에!!

꼭!! 5층이어야 한다는 소망을 가진 채 계속해서 복도를 배회하였다.

그때 _!!

오!! 주여 ㅜ0ㅜ 감사합니다.

낯익은 얼굴이 모습을 나타내었다. 그것도 정면으로 활짝 웃고 있는 제인과 함께 _

"제인이랑 독일로 떠날 거야."

갑자기 사강님의 목소리가 내 머릿속에서 메아리친다.

이수민도 제인을 발견하긴 한 건지 갑자기 얼굴이 굳어지고 _

"괜찮니?"

라는 인사라도 기대했던 내 모습을 비웃기라도 하듯 제인은 내 휠체어의 바로 옆을 스쳐 지나갔다.

그리고 사강님 _

"어머~ 사강씨. ^^ 쟤 자기 옛날 여자친구 아냐?"

"모르는 사람이야."

그러며 스쳐 지나가셨다.

이제 알았다.

그동안 사랑을 나 혼자 했었다는 것을 _

261

한참동안 주변의 시간이 멈춘 듯 했다. 하지만 그게 아니란 걸 증명이라도 하듯 벌써 병문안을 마치고 복도로 유유히 걸어나오는 사강님과 제인 _

눈물 때문에 흐릿해서 자세히 보이지 않지만 누군가 내 앞으로 걸어옴을 느낄 수 있었다.

굳이 보지 않아도 누군지 알 수 있다. 향기만으로도 _

"내 앞에서 알짱 대지마. 재수 없어."

참으로 잔인하구나.

이제 알겠어. 왜 그렇게 다들 오빠란 사람 무서워했는지…. 그래 이제 알겠어.

깨진다. 그래도 꿈일 거라고… 현실이 아닐 거라고 생각했던 것들이 거울이 깨지듯 산산조각이 났다. 단 한마디에 _

그래 철저하게 잊어줄게. 내 기억에서 이사강 이란 이름 삭제 시켜줄게.

시간은 무수히도 흘렀다. 더 오랫동안 있어야 했지만 난 입원 2주만에 퇴원해서 집으로 돌아왔다.

집으로 돌아오니 그 사이 정말 독일로 가신건지 사강님의 방은 텅텅 비어 있었다. 하지만 정말 떠나신 건지 확인하고 싶을 만큼 그리 궁금하지는 않다.

내게 있어 이미 사랑은 죽었으니까.

오랫동안 집을 비운 탓인지 엉망진창이었다. 아직 허리가 온전

하진 못했지만 이수민 외 3명의 남자새끼들을 들들 볶기 위해 대청소를 시작했다.

"나는 사강 오빠 방 청소해야지. ^o^"

"됐어. 그곳은 청소할 필요 없어."

내 말의 심각성을 인식한건지 이수민은 금방 돌아섰고 청소를 시작한지 세 시간쯤 후에는 집에서 광이 나고 있었다.

"배고파. ㅜoㅜ"

"힘들어서 밥 못하겠다~ 아이고 허리야.ㅜ.,ㅜ"

"야 _! 이수민 니가 밥해."

"뭐어??"

이강이의 말에 오도방정을 떨며 매우 놀라는 이수민 양 _

"뭘 그렇게 놀래? 공짜로 먹여주고 재워주면 그 정도는 해야지 안 그래?"

"이강아 ㅜoㅜ 내게 어떻게 이럴 수가 있니?"

최대한 오바했지만 여자라면 다 좋아하는 이강이 놈은 꿈쩍도 안 했다. 왜 저리 이수민을 싫어할까 - _-; 하긴 뭐 나도 불과 2주 전까지만 해도 죽일 듯이 미워했었지. ㅋㅋ

이수민은 눈물 콧물 다 짜며 결국 밥을 했지만 우린 그 밥을 먹지 못했고 짱개집에 시켜서 먹어야만 했다. ㅠㅏㅠ

배불리 짜장면을 먹고 나시니 때맞춰 누군가 오시네.

"띠이이이이~~~ 잉 똥"

집을 비운 동안 밧데리가 다 됐는 지 초인종 소리가 저 모양이

263

되어 버렸다.

"누구세요~~"

"하린아~~~ 나 우민이야."

웬일이시지??

이틀 후에 오신다 해놓고선 코빼기도 안 보이셨던 우민님. 어찌하여 집으로까지 찾아오셨단 말인고. ㅇ_ㅇ;;

스스럼없이 문을 따드리자 활짝 웃으시는 우민님의 모습이 보였다.

"안녕. ^-^"

여전히 아름다우시군요. -_-

"네… 지금이 이틀 후인가 보죠?"

"미안 미안~ 그땐 사정이 좀 있어서. ^^ 어라? 다들 집에 있었네?"

"형 안녕. -_-" <- 일동 합창

"=_=…." <- 관심 없는 이수민

"근데 진짜 웬일로 온 거예요?"

내가 묻자 웬지 어색한 듯이 말하는 우민님 _

"어?? 어… 강이가 남은 물건 좀 챙겨 달래서."

"아… 네. ^-^ 그럼 챙겨가세요~ 전 올라가 봐야겠어요."

"응?? 응. 아니… 저기_!!"

"왜요? ^-^?"

"나랑 이야기 좀 하자."

"내가 왜요?"

"니가 아무리 사강이랑 헤어졌어도 넌 나의 사랑스런 후배이자 또… 또 -_- 씨발 어쨌든!!"

"-_- 거기서 씨발까지 하실 필요야… 그래요 2층 거실로 가요."

"응."

잠깐 이야기를 하고 싶다는 우민님과 함께 2층 거실로 향했다.

"무슨 얘기가 하고 싶으신데요?"

"사강이 아직 독일 안 갔어."

"그래요? -_- 남은 짐 가지러 오신 거 보면 아직 안 갔겠죠."

"아무… 렇지 않아?"

"네. -_-"

"진짜 ?"

"네. -_-"

"진짜??"

"그렇다니까요 -0-!!"

"뭐야 난 그래도 니가 사강이 많이 사랑하는 줄 알았는데. 그래서 일부러 내가 왔는데… 사강이 소식 전해줄려고…."

"고마워요. 근데 이제 그러실 필요 없어요. ^^ 나 사강님 잊었어요. 나타나지 말랬어요. 재수 없다고. 그러니 알려고도 알고싶지도 않아요. 나 괜찮아요."

"잊었다는 생각 조차도 그 사람에 대한 생각이야."

“…….”

순간 할 말을 잃어버렸다. 사실 아직 난 정말 잊은 게 아니고 그럴려고 노력하고 있는 건지도 모른다는 생각을 했기에_

☝Again…♀°No.55

우민님과의 짧은 대화가 끝나고 우민님은 사강님의 남은 짐들을 대충 챙겨서 돌아가셨다.

그리고 난 내 방으로 올라왔다.

미워하기로, 철저하게 잊어주기로 결심했는데 이런 소식하나에 흔들리다니 _

아니야. 잊어야해, 하린아. 잊는 거야. 놓아주는 거야. 이제 너무 멀리 있는 사람이기에 감히 사랑할 수 조차도 없어.

가만히 두 눈을 감고 머리 속을 백지로 만들었다. 그리고 이젠 마지막 편지를 써보기로 했다.

왜 진작 오빠 놓지 못하고 바보같이 그렇게 나 혼자 아파했는지… 오빤 벌써 날 다 잊고 그렇게 행복한데.

그것도 모르고 난 오빠 생각에 얼마나 많은 눈물 흘렸는지 _

하지만 _

오빠 사랑했던 걸 결코 후회하지 않아.

사랑이란 건 역시 나 혼자 느낀 감정이었는데도 그래도 난 오빠 사랑했었다고 자신 있게 말할 수 있어. 사랑했으니까, 정말 사랑했으니까.

이제 오빠 보면 웃을 자신도 생겼어. 사실 우연이라도 오빠 보면 눈물 먼저 나올까봐 바보같이 목이 아플 정도로 고개를 숙이고 다녔어.

함께 걷던 그 길들을 고개를 들어 똑바로 볼 수 없었어. 더 이상 오빠가 여기 없다는 걸 알고 있는데 그런데 저절로 고개가 숙여지는 날 보며 눈물지었는데_

나 더 이상 그렇게 바보처럼 우는 일 이제 그만 할래.

오빠 놓기까지 참 많이 힘들었는데, 참 많이 그리워했는데 막상 이렇게 놓고 나니 후련하네.

오빠도 이런 기분이었니?

날 두고 돌아설 때 이런 기분이었니? 그래서 아무렇지도 않았던 거야?

살아가면서 겪을 수많은 아픔 중에 사소한 아픔이었다고 생각할게.

다행이야. 이제 웃을 수 있으니까. 오빠 참 나에게 많은 걸 알려주고 가는구나.

사랑하고 이별하면서 우는 법과 웃는 법.

기쁨을 슬픔으로, 아픔을 행복으로 바꿀 수 있는 법을 알려주려고 내게 온 거구나.

고마워. 이제 더 이상 아프도록 고개 숙이는 일도 오빠랑 함께 한 시간 속에 묻혀 지내는 일도 바보처럼 돌아와 줄 거란 기대 마저도 오늘 나 여기서 모두 버린다.

하지만 오빠, 사랑했던 그 기억은 잊혀지는 슬픔 속에 묻어 둘게. 다신 오빠 꺼내서 추억할 수 없게 오빠로 인해 아파하는 일도 없게 그저 지금처럼 웃을 수 있게.

이제 오빠… 놓아줄게.

늦었지만 이제야 보내주는 걸 용서해.

마지막으로 정말 마지막으로 다시는 오빠한테 이 말 하지 않아.

사랑해…. 지금 이 순간까지만 사랑해.

잠이 들었다.

머리 속을 하얗게 지우고 내가 썼던 편지가 불태워졌다 생각하고 그렇게 잠들었다.

영원히 안녕이야 오빠….

나 이제 정말 이사강이란 남자 사랑 안해. 미안해.

"달링 ^o^~~~ 우리~ 달링이 어차피 학교도 못 가는데 여행이나 갈까?"

"=_= 잠 와 죽겠어 임마. 내려가 잠이나 더 자."

"에잉~ 우리 이번엔 필리핀 말고 유럽으로 가자~"

"싫어. -_- 그나저나 너 학교 안 늦었냐?"

"-_-; 끄응 가기 싫은데."

"어여 가 어여~!!"

시끄럽게 구는 이강이 놈을 보내버리고 대충 끼니를 위해 힘든 허리를 부축해서 내려가니 이수민이 웬일인지 짐을 싸고 있다.

"너 왜 짐을 싸냐?"

"응, 나 독일에서 촬영 있어서~~"

"그만 둔다며?"

"이게 마지막이야.^-^"

시원섭섭한게냐. 마지막의 그 씁쓸한 웃음은 또 뭐냐.

"언제 오는데?"

"3박 4일 예정 ~!! 그나저나 나 가면 너 혼자 있어야 하는 건 가?"

"뭐가 혼자야. 뭐 예전처럼 돌아가는 거지."

"그러지 말고 하린아!!"

쟤가 갑자기 또 왜 저러는 거야. ㅡㅡ.. 오한이 드는구나.

"왜. -0-"

"같이 가자!!"

"싫어. ㅡㅡ"

"왜~ 에 가자!!! 너 설마 사강 오빠 독일서 만날까봐 그러는 거 야?"

"아니야_!!"

"그럼 가는 거지? 그래 간다고? 빨리 옷 입고 여권 챙기고 준비 해~~"

그렇게 예정에 없던 독일행이 결정되어 버렸다. ㅠㅠ 이게 뭔 일이야!!

결국 애들에게 이수민 따라 독일 간다는 메모 한 장 달랑 남긴 채 얼굴이 호빵 만하게 나온 사진이 붙여져 있는 내 여권을 손에 쥐고 이수민을 따라 나섰다.

내가 태어나서 또 외국여행을 가게 되다니 역시 세상은 오래 살고 봐야한다.

필리핀에 갈 때와는 달리 꼬박 하루를 비행기를 타고 날고 날아 겨우겨우 도착한 독일 _

뭔 사람들이 이렇게 다 무섭게 생겼대. 시꺼먼 사람들 만큼이나 무섭구나.

첫날은 호텔에서 묵고 다음날부터 이수민이 촬영을 하는 곳을 따라다녔다.

그래도 꼴에 프로기질은 있더라구. 촬영하는 모습의 이수민은 꽤 멋졌다.

"다음은 어느 마을이래~ 디게 이쁜 마을이라던데~~~"

오랜만에 주접 아닌 정말 즐거운 모습을 보이는 이수민 _

"그… 그래."

작은 마을로 이동하고 나서 보니 정말 이쁜 마을이로구나. 샬라샬라~~ 알 수 없는 말들이 오고가지만 그래도 참 이쁜 마을이다. ㅜ.,ㅜ

"나 여기서 촬영하고 밥 먹으러 가니까 구경하던지 아님 마을 한바퀴 돌아보고 와~"

"오냐. -_-"

정말 마을 구경이나 해볼까?? 이리저리 구석구석 마을을 헤집었다. 그런데 마을에 성당 하나가 자리잡고 있었다. 낡긴 했지만 어딘지 모르게 음산한 기운도 느껴지고, 나름대로 여러 가지 치장을 해서인지 기품 있어 보이기도 했다. 들어가 봐야지!!!

낡아서인지 약간은 삐거덕 소리를 내는 문을 열어 제치고 성당 안으로 들어갔다.

역시 오래된 성당이라 그런지 작고 이쁜 마을과는 안 맞게 굉장히 크고 웅장하다.

"와아 ㅇㅁㅇ ㅇㅁㅇ."

이곳저곳 둘러보고 있는데 갑자기 목걸이가 반짝반짝 빛을 낸다.

어?? 이 목걸이가 갑자기 왜 이러는 거지??

ㅇ_ㅇ ㅇ_ㅇ ㅇ_ㅇ

반짝거리던 목걸이에서 갑자기 물이 줄줄 나기 시작했다.

어… 어째서 -0-;; 모… 목걸이가 우는걸까 -0-??

대체 왜 -0-??

↑Again⋯♀°No.56

옴마야 옴마야 ㅇㅁㅇ 목걸이가 우네. 이 일을 어찌해야 할꼬 -0-;;;

근데 대체 이 목걸이는 왜 우는 거야!!

 허둥지둥 어찌할 바를 몰라 발을 동동 구르고 있는데 갑자기 번뜩 생각나는 것 하나!!

분명 제인과 사강님은 독일로 간다고 하셨다. 왜 꼭 독일 이어야만 했을까? 미국, 프랑스 더 살기 좋은 곳도 많은데 왜 하필 독일??

분명 제인과 독일이 연관이 있어서 일거야_!!

아하하하하 _v__ 역시 난 천재인가 봐!!

아, 이런 미친 생각 할 겨를이 없구나. 알아 내야해. 알아 내야해.

대체 제인한테 무슨 일이 있었기에 그 이쁜 여자가 악마가 된 건지 _

계속해서 물이 줄줄 흘러내리는 목걸이를 손으로 움켜쥐고 무작정 성당 이곳저곳을 헤매였다.

그러다 구석 후미진 방을 발견했다.

아니 방이라고도 할 수 없는 이상한 곳.

그곳에는 관 하나가 떡! 하니 버티고 있었다.

오미 _ 엄니 나 좀 살려줘!!!

후들후들~~ 다리는 떨려오고 이 일을 어찌해야 할까. 엄마, 수민아, 이강아 ㅠ0ㅠ 엉엉 _

그래도 궁금하다.

멀쩡한 사람한테서 불이 뿜겨져 나오고 이쁜 악마도 겪어봤는데 내가 더 이상 무엇이 겁나리오!!

　좀 겁나긴 하지만 -.,- 그래도 열어 봐야해!!

　슬금슬금 관 쪽으로 다가가 뚜껑에 손을 대었다. 그러자 더 서럽게 우는 목걸이 _

　이 목걸이 대체 왜 이러신데?? -0-

오래된 낡은 수채 구멍 냄새도 좀 나고 -.,-

껑껑대며 힘들게 -_- 관 뚜껑을 열었다.

헉!!

빈 관이다. -_-; 단 한 장의 사진을 제외하고 _

어째서 여기에 이게 있는 거지??

제인과 아기가 찍은 듯한 사진 _ 매우 낡아 보이는 흑백사진.

수민이 _!! 이수민 이 기집애 빨리 가봐야겠어!!

그대로 성당을 빠져나와 이수민의 촬영현장까지 엄청나게 빨리 달렸다.

"이수민_!! 야!! 이수민!! 헉헉 -0-"

"뭐야 너 촬영하는 거 안 보여?"

"지금 촬영이고 나발이고 야!! 너 제인에 대해서 좀 알지??"

"옛날 이야긴 또 왜? -_-"

옛날 같은 소리하네 -_- 불과 몇 주 전 일이면서 _

"아 어쨌든 야 너 이 촬영 잠시 중단하면 안돼??"

"안돼_!! 그래도 마지막이란 말야."

"아, 좀 중단해!! 제인이랑 관련된 것 같은데 성당 안에 웬 관이 있었단 말야."

"정말… 이야?? 착각한 거 아니고?"

"아니야."

"알았어 잠시만!! 감독님 저 남은 2컷은 내일 촬영하도록 해요. 죄송해요."

이수민은 눈물 지으시며 부르는 감독님을 뒤로한 채 죄송하단 한마디만 남기고 나랑 함께 다시 성당으로 뛰어갔다.

#성당안

274

"잘봐. 이거… 이거 이 사진에 있는 거 제인 맞잖아. 근데 이 옆에 아기는 대체 뭐야??"

"맞어. 이거… 이거 제인이야. 그리고 이건 제인의 아기야!!"

"뭐?? 그게 뭔 소리야?"

"제인이 그랬어. 사강씨 아기까지 죽였다고. 용서 안 한다고…."

아아아아아아아아악_!!

정말 미쳐버리겠다. ㅜ0ㅜ 대체 이게 뭐야~ 사강님이랑 헤어진 지금에 내가 왜 이딴 걸 걱정해야 하냐고.

그래도 -_-궁금하잖아.

"미치겠네 정말!! 대체 어떻게 된 걸까?"

"그러게…?"

"야! 그냥 나가자."

"그래."

수민이와 함께 그곳을 나가려는데 _

"어?? 이건??"

☝Again…♀°No.57

우리 집 창고 겸 내 방에도 있고 -_- 사강님 별장에도 있고 사강님 본가에도 있던 이상한 그 문양이었다.

"수민아, 저거… 저거 나 저거 많이 봤어. 니네 집에도 저거 비슷한 모양 많았잖아. 저거 뭐야?"

이수민은 뒤를 힐끔 돌아 그 모양을 보더니 _

"아~ 저거? 저거 없애려고 제인이 우리 집에 이상한 모양 새긴 거였어!!"

제인이 없애야 한다고 했다고??

혹시 다시 목걸이의 부속 부분을 맞춰 넣으면 그때의 그 기품 있는 여자가 나올까?

에라이_! 밑져야 본전인데 한번 해보자!!!

이수민과 함께 그 모양의 중간으로 들어가 목걸이의 보석 만한 크기에 알맞게 패인 홈 사이로 목걸이의 보석을 들이밀었다.

순간 예전에 그랬듯 주변이 환해지면서 무언가 나타나기 시작
했다.

오옷_!! 성공 인가봐.

근데 사람은 안 나타나고 웬 배경이 나타나지?? 하나의 영상처
럼 스쳐 지나가는 것들 _

"사강씨 ^^ 그림 다 그렸어? 뭐해?"

"어, 참!! 제인 선물."

"응?? 뭔데??"

"이거."

이쁘장한 팔찌, 그리고 그 안에 새겨진 두 사람의 이니셜.

"정말 이쁘다. ^^ 고마워~ 정말 고마워."

그러면서 또 장면이 바뀌었다.

"제인 미안!! 부모님이 위독하시단 전보가 왔어."

"한국에서??"

"응. 어쩌지…?"

"가봐야지.^^ 가봐. 기다리고 있을게. 사강씨 나 꼭 기다리고
있을게. 돌아… 올거지?"

"응. 꼭 돌아올게."

또 하나의 장면이 지나가고 새 장면이 등장했다.

"어머니, 어쩜 그런 거짓말을 하실 수가 있어요."

"됐다. 이미 돌아온 거 성희랑 결혼해라."

"그럴 수 없어요 _!! 저는 제인을 사랑해요."

"말도 안돼!! 있을 수 없는 일이야!! 눈알이 퍼런 여자라니, 만일 니가 성희랑 결혼하지 않겠다면 내가 이 자리에서 죽어버릴 거다!!"

결국 사강씨는 성희란 여자와 결혼하는 장면이었다.

그리고 또 장면은 바뀌고 _

"어머님, 제발… 제발 사강씨 만나게 해주세요!!"

"돌아가라!! 우리 사강이는 이미 성희랑 결혼했어!! 여긴 니가 있을 곳이 아니야!!"

"흐흑 _ 어머님, 어머님."

그리고 또 한 장면 _

성희란 여자가 눈물을 흘리고 있었다. 제인에게 수많은 욕설과 매질로 _

277

"제인 왜 이래! 이러지 마!!!"

뛰어오는 사강씨 _

"놔!! 용서 안 할거야. 사강씨를 뺏어간 이 여자도 그 누구도 용서 못해!! 흑 _"

"성희야 미안하다."

사강씨는 조용히 성희씨를 일으켰고 그렇게 영상은 사라져버렸다.

대체 왜 이렇게 엉킨 실타래 같을까?

다만 한 가지는 알 수 있었다. 영상에서 나타난 사강씨의 눈은 그래도… 그래도 제인에게 향해 있었다는 걸.

역시 사강님은 전생에 제인을 많이 사랑하셨구나.

영상이 사라지자 갑자기 전에 이수민의 집에서 제인과 싸울 때처럼 동굴에서 울리는 듯한 소리가 났다.

"내가 성희예요….”

"헉 −0−”

순간 움찔한 수민과 난 서로를 껴안았다.

"그분은 언제나 제인을 사랑했어요. 제인을 제발 말려줘요."

"제가 어떻게요. 전 그냥 아무 힘없는 학생일 뿐이에요."

"그 목걸이는 내 목걸이예요. 사강씨가 처음이자 마지막으로 내게 선물한….”

"아!! 그래서 제가 위험할 때마다….”

"그래요. 제발 제발 제인을 말려줘요. 제인에게 그분의 사랑을 알려주세요.

제인은 그걸 알지 못해요. 그래서 어쩌면 되돌리려고 그러는 건지도 몰라요. 제인은 사강씨의 기억을 되돌려 사강씨로 돌려놓고 복수를 할 생각인 거예요. 자신을 버린 복수를!!

그분은 제가 죽고 나서도 제인을 잊지 못하시고 바로 독일로 가셨어요. 지금 이곳에서 나가 바로 옆의 초록색 집을 찾아가 봐요. 그럼 알 수 있을 거예요."

"네?? 그게 무슨….”

"제발… 부탁해요. 이제 그만 제인이 편히 쉴 수 있게 도와주세요. 오 오 오!!"

소리는 점점 작아지면서 사라져 버렸다.

이곳에서 나가 초록색 집이라고?

수민이와 함께 초록색 집을 찾아 들어갔다. 정말 있긴 있었다. 이게 꿈이 아니긴 아니구나. -0-

초록색 집으로 들어서자마자 정말 많은 제인의 초상화 _

이 집은 성희씨가 죽고 나서 독일로 온 사강씨의 집이었다. 이리저리 이곳저곳을 헤매였다. 하지만 전부 웃고 있는 제인의 초상화였다.

정말 사랑하셨구나. 그림에서 조차 사랑했다는 게 느껴지는구나.

괜시리 버림받은 내 자신이 초라해 보인다.

제인도 그분이 성희씨와 결혼한 사실을 처음 알게 되었을 때 이랬을까?

"하린아 이만 가자. 나 제인 얼굴 보는 것만으로도 살 떨려."

"엉?? 그… 그래. 그나저나 우리 어디 가냐?"

"성당."

"거긴 또 왜 -_-;"

"무서우니까!! 성당으로 가면 하나님이 지켜 주실거야. -0-"

전직 악마였던 거랑은 안 맞게 하나님 타령은~!!!

"그래. -_-"

이수민의 의견에 따라 초록색 집을 나와서 다시 성당으로 향했다.

밖으로 나오니 이미 날은 어둑어둑해져 있었다.

오늘도 이렇게 하루가 가버렸구나. 대체 내가 독일에 와서 한게 무어란 말인가. ㅜoㅜ

성당 안으로 삐그덕 거리는 문을 열며 들어섰다.

그런데 _

둘이 함께 환희 웃으면서 우리를 반기는 사강님과 제인 _

"어… 어째서."

"여긴 웬일이지?"

놀란 나와는 달리 차가운 표정 하나 바뀌지 않으시고 날 향해 무뚝뚝한 저음으로 말씀하시는 사강님 _

"아 어쩌다 보니…."

"오빠!! 왜 거기 있어? 일로 와!!"

여전히 사태파악 못하고 소리치는 이수민 양 _

"다시는 니 얼굴 보고싶지 않아. 나 좀 그만 쫓아다닐래??"

사강님의 입에서 그런 말이 나올 줄 몰랐다. 너무도 당황스러운 말 _ 하지만 정말인 것 같은 말.

어쩜 어쩜 그런 말을 그렇게 _

제인은 옆에서 내가 매우 우습다는 듯 비웃으며 사강님을 끌어 안았다.

"꼬맹이, 이만 빠져주지 그래? 우리 지금 결혼식 하려고 왔거든?^-^"

"……"

행여나 싶어 사강님을 보았다. 하지만 정말인 듯 역시 날 비웃는 듯한 표정으로 나가라는 듯한 제스처를 하셨다.

"오빠!! 오빠 어떻게 하린이한테 그럴 수가 있어? 정말 너무 하는 거 아니야??"

"됐어. 수민아 이만 나가자."

"뭐가 됐다는 거야? 넌 억울하지도 않아? 엉??"

"됐어!! 나와!!"

그곳에 있다간 더욱더 초라해질 것만 같아 수민이를 데리고 성당을 나와 버렸다.

하하하하 _

역시 정말 사랑이 아니었어.

이사강이 날 가지고 놀았다니 당신을 정말 죽여버리고 싶을 만큼 증오스러워 _

그동안 당신을 사랑한 내 자신이 정말 미친 듯이 한심스러워 _

281

그로부터 20년 뒤_

"엄마! 학교 다녀올게요!"

"그래~^^"

벌써 20년이 지났어요. 난 이강이와 결혼을 했구요. ^^

내 딸 강린이를 학교로 보내고 오늘은 쉬는 이강이와 함께 오랜만에 데이트를 하기로 했다.

"여보~ 나가자."

"그래. 잠시만~ 참! 나 창고에 가서 졸업장 좀 찾아다 줄래?"

"갑자기 졸업장은 왜?"

"아~ 회사에서 필요하대잖아."

"능력 없어서 확인하려고 그러나 봐?"

"뭐야~~"

"후후 _ 장난이야 알았어."

내 남편 이강이가 졸업장을 찾아달라길래 창고에 들어갔다. 시집 오고서 한번도 제대로 이곳에서 뭘 찾은 적이 없었던 나_

이것저것 뒤지기 시작하다가 힘들게 구석진 책장에서 앨범들과 함께 있는 졸업장을 찾았다.

그나저나 이건 무슨 앨범이지?? 왜 앨범이 이런 창고에 처박혀 있냐?

이상스러운 생각에 앨범을 펴보았다. 웬 남자들과 함께 둘러쌓여 있는 나_

이건 이강이고, 이건 현민이고, 이건 도현인데 _

그런데 내 옆에 바로 붙어있는 이 사람은 누구지?? 이강이랑 많이 닮았네.

나와 매우 친했던 것 같은 사람 _

외국인인 것 같은데 _

모두 함께 찍은 사진에서 이강이와 매우 닮은 사람과 내가 다정스러운 포즈로 찍은 사진이었다.

이상하네. 물어봐야겠네~ 누구지?

창고에서 나와 식탁에서 토스트를 만들고 있는 이강이에게 물었다.

"여보, 근데 우리 젊었을 때 필리핀 여행갔을 때 말야."

"갑자기 웬 필리핀 여행??"

"아무튼."

"그래, 왜?"

"그때 혹시 현민이랑 도현이 말고 자기 친구 중에 한 명 더 갔었어? 사진에서 보기엔 자기랑 너무 닮았더라."

"뭐??"

갑자기 들고 있던 토스트접시를 떨어뜨려 버리는 이강이 _

"뭐야!! 왜 그래? 놀랬잖아. 안 다쳤어?? 왜 그래??"

"아… 아냐. 그 사진… 그 사진 어디서 봤어??!!!"

"창고에서. 자기 졸업장 찾다가 앨범이 있길래… 왜 그래??"

"아… 아냐. 놀랬지? 미안. 우리 나갈까?"

"밥도 안 먹었는데??"

"나가자!!"

갑작스레 허둥대는 이강이 _

그렇게 난 서두르는 이강이에게 이끌려 집을 막 나서려는데 _

"어디 나가시나봐요? ^^"

"아 네 무슨 일이죠?"

"소포가 왔네요. ^^ 사인 좀 해주시겠어요?"

나서던 대문에서 우체부와 마주쳤다.

"네, 그러죠~"

사인을 하고 소포물을 건네 받은 나 _

웬 소포지?? 수민이가 보낸 거네??

난 얼른 오래된 내 친구 수민이가 보낸 비디오테잎 하나와 일기장이 들어 있는 소포를 뜯었다.

"으아아아아아아악!!"

"하린아!! 주하린 정신차려!! 정신 차리라고!!"

"놔!! 놓으라고!! 어떻게… 어떻게 이럴 수가 있어. 어떻게 이렇게 그동안 어떻게!! 나… 나 어쩜 좋아. 어떡해."

"정신차려 제발!! 이미 다 끝난 일이야. 넌 아무 잘못 없다고!!!"

"아냐. 아냐!! 나… 나 가야겠어!! 놔!!!"

"어딜 간다고 그래!! 제발 진정 좀 해!!"

무작정 뛰쳐나왔다.

"학교 다녀왔습니다~ 어?? 엄마 어디가?"

미친 듯이 달렸다. 그 곳으로 _

학교에서 귀가하자마자 미친 듯이 달려나가는 엄마를 본 강린
은 의아했다. 분명 엄마의 상태가 정상이 아니어 보였음에도 불
구하고 아빠는 망연자실하여 멍하니 티비만 바라보고 있었기 때
문이었다.

"아빠, 엄마 왜 저래??"

"강린아."

"응?"

"미안하다….."

"뭐가 ~~ 아빠 진짜 엄마 왜 저러는데??"

"엄마 끝까지 못 잡아서 미안해."

"아빠 진짜 왜 그러는데~~ 응?? 아~ 씨 대체 무슨 일이야?"

강린은 이해할 수 없었다.

자꾸만 알 수 없는 말만 하는 아빠 _ 그리고 갑자기 어디론가
가버린 엄마 _

하지만 _

강린은 몇 분 뒤 모든 사실을 이해할 수 있었다. 처음부터 다시
재생되어서 되돌아가는 비디오 테잎 _

수민이 아줌마의 _

"이제서야 보내서 미안해. 그때 우연히 나 쫓아온 카메라감독
이 이걸 찍게 되었더라. 그 사람도 이제야 이걸 내게 넘겨줬어. 죽
기 직전에. 미안하다 하린아. 그리고 이 일기장은 그때 내가 방 청

소하면서 찾았던 건데 그땐 너 미워서 차마 못 줬던거야. 미안
해.”
　라는 쪽지 _
　그리고 땅바닥에 놓여져 있는 오래된 듯한 일기장.
　모든 것이 당황스러웠다.
　아빠의 옆에 주저앉아 말없이 흐느끼기 시작한 강린 _
　그런 강린의 흐느낌 소리와 함께 비디오 테잎은 천천히 강린에
의해 다시 한번 재생되고 있었다.

　모든 것이 기억나기 시작했다.
　그가 죽은 후 한동안 정신병원에 갇혔었던 나 _

　그리고 나 혼자의 망상에 갇혀 스스로 슬픔을 이겨내기 위해
조작한 기억 _
　그 기억을 안고 그동안 20년이나 살아왔던 나 _
　그렇게 미워했는데 그런 사실도 모르고 당신이란 존재도 모른
채 난 20년을 살아왔어.
　미안해. 미안해.
　조금씩 떠오르는 그 날 그 시각….

　환하게 밝혀진 촛불들과 울려 퍼지는 주문소리 _
　“야 -0- 으시시하게 갑자기 이게 뭔 소리냐?? 아깐 이런 거 없
었는데….”

"이거… 제인이 무슨 일을 할 때마다 하는 주문이야. 맞아 이거 제인 목소리야."

뭐시라고 -0-??

제인이 갑자기 여긴 왜 나타난 거지??

주문 소리 _

후들후들 떨리는 다리를 부여잡고 이수민과 나는 서로의 손을 꼬옥 잡은 채 안으로 안으로 들어갔다.

"헉!!"

가관이 아니었다. 아니 너무 놀라 말조차 나오지 않았다.

사강님이 촛불들 사이의 중간에 앉아 계셨고 그 앞에서 계속해서 주문을 외워대는 제인 _

대체 저게 뭐 하는 거야!!

숨소리를 죽이고 계속해서 지켜봤다.

"야 대체 저게 뭐 하는 거야?"

"큰일이야. 안돼 지금 제인은 사강씨의 기억을 오빠에게 깨우고 있는 거야."

"뭐? 그럼 오빠의 존재가치는 사라진다며??"

너무 놀란 나머지 큰소리를 내버렸고 결국 멈춘 시간이 깨져버리 듯 제인과 사강님이 나와 수민이를 봐버렸다.

"후훗 _ 꼬마 여기까지 쫓아왔군. 너무 집착력이 강한 거 아냐??"

"웃기지마. 그냥 우연히 오게 된 것 뿐이야!!!"

정말 우연일 뿐이야. 난 이미 사강님이란 사람 그날 밤 내 머리에서 지웠으니까.

"후훗? 그래? 그럼 방해 말고 나가시지."

"그… 그건 그건 안돼!!!"

"이런 이런 말로 해선 안 되겠는데?"

……

제인의 말이 끝나자마자 촛불 하나가 내게 날아왔다. 그나마 슬쩍 몸을 피해 다행!!

오미!! 무서운 거, 이년은 왜 이렇게 불을 좋아하는 거야?

"운동신경이 꽤 좋은데? 훗.^-^"

"그분은 널 사랑했는데 넌 왜 그러는거야? 다시 그분 만나고 싶지 않아?"

"만나고 싶으니까 이러는 거야."

"사랑했다면서. 니가 사랑했다며. 그런데 어째서 이러는 거야?? 그렇게 만나는 게 진짜 만나는 거라고 생각해?? 그분은 이미 죽었어!! 돌아가셨다고!!"

"이렇게 환생해서 내 앞에 있는 걸?"

"그래서… 그래서 어쩔건데? 지금 니 목적은 그게 아니잖아!!"

"그래 내가 사랑했는데 그 사람은 날 배신했어. 배신한 죄값은 치르게 하고 다시 그 사람과 사랑할거야!!!"

"넌 그분을 사랑한 게 아냐. 훗 _ 역시 넌 악마 따위밖에 되지 않아!! 넌 그분의 사랑을 받을 자격이 없어."

"네까짓게 뭘 안다고!!"

순간 엄청나게 많은 촛불들이 나를 향해 돌진했다.

옴마야!! 하나 정도는 괜찮지만 나도 이렇게 많은 건 피할 재간이 없어!!

그러자 갑자기 엄청나게 커져버린 내 목걸이-0- 어느새 목걸이의 형태는 없어지고 칼이 되어 버렸다.

어… 어찌 이런 일이!!

다시 메아리처럼 울리는 소리 _

"그걸로 맞서 싸워!!"

좋아!! 그래 한번 해보자 이거야!!!

"야! 이수민 너 아까 그집에 가서 지하실로 한번 가봐. 혹시 몰라. 그분의 유골이 있을지도!!"

"야 -0- 나 혼자 가라고?"

"시간 없어! 어서 가_!! 가서 그분의 유골 찾으면 팔찌가 있을거야. 너도 아까 영상 봤지?? 그거 꼭 가져와 빨리!!"

이수민에게 다급히 소리친 채 다가오는 촛불들을 칼로 하나나 막아냈다.

정말 나 운동에 소질이 있나봐. 매니저 하지말고 진짜 운동선수로 나설 걸 그랬나??

"훗 _ 꽤 하는데?? 하지만 정말 이제 끝내 주겠어!!"

제인이 주문을 외우자 엄청난 힘이 느껴지면서 내 몸이 갑자기 꼼짝할 수 없게 되어버렸다.

그리고는 손에 힘이 빠지면서 쥐고 있던 칼을 떨어뜨렸다.

이러면 안 되는데 이럼 싸울 수가 없는데 _ 이럴 수는 없어!!

꼼짝 못하는 내 몸을 향해 커다란 돌덩이가 날라 오기 시작했다.

18년의 내 인생이 주마등처럼 스쳐 지나간다.

나 이제 정말 죽나봐. 이 머나먼 이국땅에서. ㅜㅜ

이강아, 수민아, 현민아, 도현아 그리고 우민님 행복하셔야 해요.

정말 마지막이라는 마음으로 이제 끝이구나 생각하는데 분명 이쯤이면 커다란 돌덩이가 내 몸에 부딪쳐야할 시간인데 아무 일도 일어나지 않고 내 몸은 멀쩡했다.

뭐… 뭐지??

이상한 기운을 감지한 난 슬그머니 눈을 떴고 내 앞에는 피투성이가 되어 쓰러져 있는 사강님 _

"오… 오빠?"

"무… 무사하네…."

피를 뚝뚝 흘리며 살짝 미소를 띄우는 사강님 _

어째서… 어째서….

"왜… 왜 이랬어. 나 싫다고 했잖아. 나 사랑 안하잖아!! 근데 왜 이래!! 왜이래!!"

"미안….^-^"

주체할 수 없는 눈물이 흐른다.

제인도 적지 않게 당황했는지 저주가 풀리고 내 몸이 원활하게 움직여졌다.

하지만 제인에게 대항할 정신이 지금 내겐 없었다. 그저 보이는 건 깨진 머리와 성한 곳 한군데 없이 쓰러져있는 사강님 _

"왜 그래. 흑흑 _ 대체 왜 그랬던 거야. 왜이래. 그렇게 잔인하게 해놓고는 이젠 또 왜 내 앞에서 이러고 있는 거야."

"나 괜찮아. 괜찮아. 울지마…."

얼마나 보고싶었는데… 얼마나 보고싶어서 울었는데 얼마나 내가 원망 많이 했는데 _

"정말 못 봐주겠군. 흥 _"

제인의 코웃음 치는 소리가 들려오고 나는 쉴새 없이 흐르는 눈물을 참으며 애써 다시 사강님을 외면하려고 했다.

이건 동정이라고 _ 남자의 쓸데없는 매너라고 _

하지만….

"죽어버려!!"

"악~~!!"

덜컹 텅 쨍그랑

지… 지금 내 눈앞이 하얗다.

나 대신 제인의 칼에 맞아 이젠 입에서까지 피를 내뱉으시며 나를 향해 웃어 보이시는 사강님 _

때마침 성당문을 열고 팔찌를 찾아 들어오던 이수민이 그 장면을 보고 놀라서 팔찌를 떨어뜨렸다. 그 팔찌를 보고 또 놀라는 제인 _

그리고 사강님을 품에 안은 채 덜덜 떨고 있는 나 _

"오빠!! 아니지?? 응?? 아니지? 빨리 눈 크게 떠봐. 응? 정신차려봐!!"

이게 아니다.

내가 얼마나 미워하고 얼마나 증오했는데 _ 그리고 얼마나 많이 아파했는데.

다시는 사랑 따윈 믿지도 않을거라고, 차라리 죽어버렸음 좋겠다고 얼마나 원망했는데 어째서, 어째서.

"미안해… 미… 미안해. 하… 린아. 거… 짓말… 해서 미아… 안해."

제대로 말조차 못하는 사강님의 배에서는 계속해서 피가 뿜어져 나온다.

"오… 오빠 안 죽어. 그런 소리 하지마. 오빠 전엔 허리에 칼을 맞고 와도 살았었잖아!! 그치?? 응? 오빠 내가 다 잘못했어. 오빠를 믿지 않아서 미안해. 정말 미안해. 흑_ 그러니까 죽지마. 제발… 제발 죽지마. 사랑 안 해줘도 좋아. 안 미워할게. 그러니까 그러니까 흐흐흐흑… 제발…"

부들부들 힘없는 손으로 피가 가득 묻어 내 얼굴을 쓰다듬으시는 사강님 _

"아… 프면 안… 돼. 오늘… 까지… 만 내가 지켜…줬어. 내…
일부…터는 내가… 못… 못 지켜줘. 울… 지도 마. 울면 내가… 너
무… 슬플거야…. 저… 절대… 따라 오겠…단 생각… 하면 안…
돼. 넌 꼭… 꼭 행… 복해 져야해. 행복… 하게 사… 살다가 우
리… 다… 다시 만나자. 그… 그때 나… 마… 만나러… 올 땐 지…
진짜… 거… 북이 들고 와… 야해. 알았… 지?^-^"

"오… 오빠. 안해. 싫어. 흐흑… 안 할거야. 싫어. 나중에 만나
는 거 그런 거 싫어. 안 할래. 흐흑… 죽지마. 죽지마. 안돼."

"사… 랑해…. 하… 린아. 이사강이… 주하린… 많이…사랑…
해. 미… 미… 안해…. 끝까지… 눈물 나게 하고 평생… 지켜… 주
지 못해서 미… 안해…."

말이… 없다.

힘겹게 이어지던 사강님의 목소리가 들리지 않는다.

"오빠!! 안돼!! 눈떠봐. 응? 눈떠봐!!"

사강님을 힘껏 흔들었다. 하지만 아무 반응이 없다. 아직 이렇
게… 따뜻한데 이렇게… 따뜻한데….

"그러지마. 그러지마 하린아. 엉엉 _ 흑 _ 그러지마. 오빠 그렇
게 흔들지마. 보내줘. 오빠 보내주자…. 흐흐흐흐흑…."

용서 못해. 이제 내가 용서 안해. 나 자신도 제인 너도 다 용서
안 할거야!!

떨어져 있던 칼을 손에 쥐었다.

"제인!!"

......

손에 쥔 칼을 들고 제인을 향해 뛰어갔다.

그런데 이수민이 떨어뜨린 팔찌를 쥐고 서럽게 울고있는 제인

악마였던 모습은 간데 없고 불쌍하고 청순한 한 여인만이 남아 너무나도 서럽게 울고 있었다.

"날… 죽여…. 그걸로 날 죽여 줘."

"......."

어차피 할 수도 없었다. 다만 내 분노의 표출 방법이었을 뿐_

"아이를 데리고 혼자 살면서 난 항상 사강씨를 기다렸지. 밤이든 낮이든 먼 하늘을 바라보며 기도를 했어. 비가 오나 눈이 오나 나의 사강씨에 대한 그리움은 식을 줄 모르고 더 깊어만 갔지.

사람들은 그런 날 마녀라고 이름지어 성당 감옥실에 가둬두었어. 하지만 그렇다고 나의 사랑이 식은 건 아니었어. 그래서 마을 사람들은 동네에 여러 가지 흉한 일들이 일어나는 게 내가 기도하기 때문이라고 생각해서 결국은 성당에 불을 질러 버렸던거야. 그래서 난 악마와 계약을 했지. 내 영혼을 갖는 대신 사강씨를 되찾을 힘을 주기로."

"......."

할말이 없었다. 제인이 얼마나 아팠을지 얼마나 슬펐을지 느껴졌기에….

"왜 이제야 깨달았을까. 사강씨 미안해. 미안해."

갑자기 제인은 벌떡 일어나 내 손에 있던 칼을 빼더니 자신의
배에 칼을 찔러 넣었다.
"안돼!!"
"미… 미안해.^-^ 꼬마 미안하다…."

2002년 9월 15일 PM. 9시. 이사강 사망.

2002년 7월 19일 비옴

오늘은 더럽게도 재수없는 날이다.

개자식들 사시미로 찌르다니 _ 훗! 역시 이곳에 발을 들여놓는 게 아니었는데… 깡패라… 깡패라.

학교에선 그저 일진으로 알려진 내가 사실은 흑진회의 차기 보스다. 웃기는군.

그나저나 오늘 애들이 얘기하던 그 식모가 온 것 같다. 집 앞에서 못 들어오고 쩔쩔 매는 꼴이 꼭 강아지 같더라.

웃기는 애다. 웬지 하는 짓이 유희의 엉뚱함과 닮았다.

오늘은 편히 쉬고 싶다.

2002년 7월 24일

어쩌다보니 애들 합숙훈련에 따라가게 되었다. 어쩔 수 없다. 우리 집 식모가 매니저라서 그곳에 간다니 밥 해줄 사람이 없기 때문이다. 밥 먹으러 가야지.

2002년 7월 26일

정말 수많은 일이 있었던 어제 하루였다.

벼랑끝에 식모 껴안고 떨어지는 바람에 나까지 죽을 뻔했다.

하지만 그럴 수밖에 없었다. 유희를 못 지켜줬던 것처럼 또 누군 가 한 사람이 내 앞에서 죽는 꼴을 볼 수가 없었다.

그리고 그 아이도 유희 때처럼 유희 때처럼….

대체 무슨 일인지 모르겠다. 다만 난 그 아이의 몸을 보고 말았 다. -_-

어쩔 수 없었다. 그 아이가 다 벗겨진 상태였으므로 _

웬지 미워할 수 없는 아이다. 유희를 만난 이후로 이런 호감을 느끼긴 처음이다.

이 아이 만큼은 유희처럼 보내지 말고 지켜주고 싶다.

2002년 8월 2일

내 생일이다.

거북이나 토끼나 팬더 중에서 꼭 선물을 달랬는데도 하린이는 선물을 주지 않았다. 그래도 괜찮다. -_-

하린이 자체가 토끼 같아 귀엽다. 별장으로 데리고 갔더니 뭐 가 그렇게 궁금한지 낮에는 나보고 혼혈이냐고 묻더라. 그냥 내 눈알은 검은색이라고 말해줬을 뿐인데 황당해함이란!! 내가 더 황 당하더라. -_-

호프집에선 몰랐는데 이강이 놈이 하린이 정말 좋아 했었나보 다. 새끼 미리 말하지.

이젠 소용없다. 너무 좋아졌으니까… 너무 사랑하니까….

내 뼈가 부서지더라도 이 아이만큼은 웃을 수 있게 지켜주고 싶으니까.

미안하다, 동생아.

2002년 8월 17일

하린이가 오늘 거북이 인형을 사다줬다.

친구 만나러 갔다오는 길에 사왔다고 했다.

정말 기쁜 날이다.

비록 진짜 거북이가 아니고 인형이지만 너무 좋다.

내일은 하린이가 여행을 간단다. 보내고 싶지 않다. 잠시라도 내 눈에서 사라지는 거 싫다.

혹시라도 무슨 일이라도 생기면 내가 지켜줄 수 없으니.

하지만 보내줄 수밖에 없다. 그 애가 하고 싶다면 다 해주고 싶으니까.

2002년 8월 18일

아침부터 이수민이 찾아왔다.

저 기집애는 어릴 때부터 졸졸 쫓아다니더니 정말 짜증난다.

와서는 하린이가 나이트에서 부킹하는 걸 봤단다.

......

그리고 친구들이랑 여행 간 게 아니고 부킹에서 만난 이강이랑 이강이 친구들이랑 여행을 갔단다.

이강이녀석, 대체 무슨 생각으로….

화가 난다. 그치만 화낼 수 없다.

적어도 나는 그 애 없으면 안 되니까….

그 애가 먼저 떠나면 난 이제 숨을 쉴 수 조차 없으니까.

그리고 사랑하니까….

2002년 8월 19일

어제 하린이가 돌아왔다.

일주일 예정이라고 하고 떠났는데 내가 알아버린 걸 아나보다.

모른 척 하려고 했는데 먼저 말을 꺼내며 미안하단다.

이뻐서… 너무 사랑스러워서 껴안아줬다. 그리고 이 애 앞에서 처음으로 웃었다.

그랬더니 하린이가 운다.

내가 처음 웃었다는 것에 감동했나보다.

사실 나도 놀랐다. 내가 웃었다는 것에 _

다만 그 애의 미안하단 한마디에 웃음이 났다.

299

2002년 9월 3일

엄청난 일들이 있었다.

유희의 일도 제인이란 여자가 꾸민 거라는 걸 알아냈다.

이 여자 악마다. 처음엔 현실이 아닌 줄 알았다. 하지만 사실이었다.

많이 피곤하다.

그 여자가 사랑했던 남자가 나로 환생했다는 이야기다. 그 여자는 그 사실을 하린이가 안 이상 가만 두지 않겠단다.

그럴 순 없다. 내 전부인 아이다. 언제까지고 웃어야만 한다. 그리고 내가 그렇게 해 주기로 나 자신과 약속했다.

......

계약을 했다.

내가 전생의 기억을 되찾고 전생의 사강이란 놈으로 돌아가는 대신 하린이는 내버려 두기로.

......

2002년 9월 4일

학교에서 제인과 있다가 우연히 하린이와 마주쳤다.

차갑게 돌아섰다.

얼굴을 보자마자 웃어주고 싶었지만 그럴 수가 없었다.

집으로 돌아가자마자 말했다. 헤어지자고….
자신을 사랑한 적 없었냐고 묻는다.
없다고 말했다. 다만 책임감이었다고….
아닌데, 사실은 그게 아닌데….
충격이 컸나보다.
쓰러졌단다.
병원으로 실려가도 따라 갈 수가 없다.
하린이를 살리는 일은 이 길밖에 없다.
미안해, 정말 미안해….

2002년 9월 7일

……
화가 나서 참을 수가 없었다.
너무 보고싶은데 볼 수 조차 없고, 만질 수 조차 없으니.
닥치는 대로 다 부셔버렸다. 말리는 애들도 때렸다.
덕분에 애들이 입원했다. 하린이가 입원한 병원이다. 그래서
오늘 병문안을 다녀왔다. 복도에서 그렇게 그리워하던 그 아이와
마주쳤다.
하지만 모르는 사람이랬다. 비아냥거리는 제인에게 _
그래 나 이렇게 잊어. 제발 이렇게 잊어. 그리고 넌 더 좋은 사
람 만나는 거야. 많이 미워해. 절대 용서하지마.

2002년 9월 14일

내일이면 독일로 떠난다.

제인이 내 몸이 느끼는 내 기억을 되찾기 위해선 독일이어야
한다고 했다.

내일부터 더 이상 나는 없다. 우리 하린이는 어쩌면 좋을까.

지금은 모두들 잠들었다. 내가 이곳에 들어온 것 조차도 모른
다. 그저 하린이 얼굴 한번 보고싶어서 온 거기에 이렇게 일기만
쓰고 자는 얼굴만 보고 간다.

제발 행복해라. 내가 계속 지켜줄 수가 없으니까.

302

어떡하면 좋을까….내 영혼은 쉴 곳이 없으니 하늘에서도 널
지켜주지 못 할텐데….

이젠 나 잊고 편안하게 쉬어라.

20년 전 우리가 함께 살았던 집으로 왔다. 그대로였다.

꽤 오랫동안 비워져 있었음에도 불구하고 약간 낡은 것 외에는
아주 깨끗했다.

기억을 더듬어 사강님이 쓰시던 방을 찾았다. 방을 보니 더욱
더 짙게 기억나기 시작한다.

사강님의 유골을 강에 뿌리던 내 모습도 _ 예전 같이 생활했던
일도 모두 하나 하나 기억이 난다.

모든 게 그대로인 이곳 _ 하다 못해 우리가 쓰던 가구들까지 그

대로이다.

난 자꾸만 20년 전으로 되돌아간다.

침대 구석에 앉아보았다. 이곳에 사강님이 잠들어 계실 것만
같다. 멍하게 앉아있는 나를 꼭 안아주며 보고싶었다고 투정이라
도 할 것 같다.

처음 봤을 때 피투성이었던 모습, 허리에 칼을 맞고 와 치료해
줬을 때 모습, 그리고 이 집에 처음 와서 사강님을 깨우려다 본의
아니게 덮쳤던 모습 _

여기저기 모든 일들이 그대로 남아있는데 사강님만 안 계신다.

이젠 아픈 것조차 모르겠다. 그저 숨이 탁탁 막혀서 숨을 쉴
수가 없을 뿐 _

303

"흑흑… 오빠… 오빠 제발 꿈이라고 말해줘. 어떻게 내가 오빠
를 잊고 있었던 걸까. 어떻게…"

사강님의 침대에 얼굴을 묻은 채 한참을 흐느껴 울었다.

얼마나 울었는지 모른다.

나 대신 그 돌덩이를 맞으며 쓰러져 가던 오빠의 모습이 떠오
른다. 이제는 정말 어렴풋해져 버린 기억 _

나는 잊지 말아야 했던 기억들을 모두 잊고 행복하게 20년을
살았다.

이제 보고 싶다는 말보다 미안하다는 말을 꼭 해야 할 것 같다.

오빠 너무 많이 기다렸지? 조금만 기다려 줘. 오빠가 날 기다
리며 지낸 시간을 이제 내가 기다릴게.

오랫동안 기억 못해서 미안해. 슬퍼 하지말고 조금만 기다려
줘.

......

공항으로 가는 길 _

행복하라고… 이젠 지켜줄 수 없으니 아프지 말라고 한 사강님
의 힘겨운 목소리만이 내게 남아 나를 더욱 더 안타깝게 한다.

매우 수척해 보이지만 그래도 청순하기만 한 여자 _

웨이브가 진 갈색머리에 조금 늙은 듯 하지만 흰색 원피스를
입은 그녀는 마치 천사 같았다.

그녀는 낡아서 삐그덕 거리는 문을 조용히 열고 성당 안으로
들어갔다.

모두들 이국의 낯설고 신비로운 동양여자가 오자마자 성당부
터 찾으니 의아해했다.

그런 그녀가 성당 안으로 들어섰다.

"오빠… 나 왔어…. 오랜만이지?? 여긴 시간이 지나도 그대로
네…. 나 조금 늙었지? 여기 이렇게 앉아 있으니 오빠 처음 본 날
이 생각난다.

엄청나게 비가 많이 오던 날이었지??

비는 오는데 문은 잠겨있고 그런데 피투성이의 한 남자가 내
앞에 나타났지.

눈, 코, 입 어느 한 구석 못난 곳이 없는 사람 _ 소문에 비해 눈

빛이 참 선한 사람 _

바다, 작은 어항과 금붕어, 토끼와 거북이, 팬더, 막 끓기 시작한 커피물 모두 오빠가 좋아하던 것들이네.

유난히 비를 좋아해 비만 오면 난 강아지처럼 돌아다녔고 오빤 그 비 다 맞으며 나 지켜봤었지.

그러고 보니 여기 오는 동안 하늘은 비를 퍼부을 것만 같았어.

잘… 지내지?

버스를 타다가, 커피를 마시다가, 세수를 하다가도 문득문득 떠올랐었어.

굳이 잊으려고 애쓴 적은 없지만 그렇게 불쑥 오빠 얼굴이 떠오르면 아직도 얼굴이 빨개지곤 해.

정말 잘 지내고 있는 거지?? 그렇게 많이 생각했으면서 어느날 갑자기 어떻게 오빠를 잊어버릴 수 있었는지….

나 이강이랑 결혼도 했어. 우리 딸 강린이도 아주 예쁘고 착하게 자랐어. 이강이와 강린이 생각만 하면 가슴이 아프지만 내가 지금 선택한 일이 평생 살면서 오빠를 그리워하고 아파하는 것 보다는 나을 것 같애.

바보 같은 선택이라고 너무 화내지는 마. 난… 난 정말 어쩔 수가 없어.

오빠를 기억하는데 꼬박 20년이 걸렸다. 이 정도면 오래 견뎠지??

......

나 이제 오빠한테 가도 되는 거지?? 너무 오랫동안 기다리게 해서 미안해. 정말 미안해. 이제 갈게…."

여자는 조용히 성당을 나왔다.
성당으로 들어가던 때의 모습과는 아주 달리 활짝 웃고 있었다.
그 누구보다도 행복해 보이는 표정으로 _ 그 누구도 그녀가 왜 그렇게 활짝 웃는 지는 알 수 없었다.
그녀가 큰길로 향했다. 성당에서 나와 바로 보이는 초록색 집이 더욱 아름답게 치장되어있다.

아마 저 집에는 어느 누구라도 부러워 할 행복한 가족이 살고 있을 것이다.
그녀는 다음 세상에서는 그런 가정을 만들어 꼭 행복하게 살거라 생각했다.
그녀는 작은 마을을 지나 차가 다니는 길로 나왔다. 트럭이 그녀를 향해 다가왔다. 하지만 그녀는 피하지 않았다.
여기저기에서 그녀를 향해 비키라고 소리쳤지만 그녀는 들었는지 못들었는지 움직이질 않는다.
그녀는… 떠났다.
그렇게 그리워하던 그의 곁으로….

2023년 9월 15일 주하린 사망

306

☝Again···♀°No.58

사람의 인연의 실은 끊어지지 않는 이상 항상 이어져 있어서 만나야 할 사람들은 꼭 만난다고 합니다.

하지만

가끔 하나님의 실수로 만나도 이루워지지 않는 엉킨 실타래가 있는데 그런 실타래는 꼭 다음 세상에선 이루워진다고 합니다.

그렇지 않다면

내가 그렇게 만들겠습니다.

당신과 다시 만날

그날을 기약하며······

Again··

307

시간은 흐르고 흘러 -0- 달이 수백 번이 바뀌고 해가 수천 번 떴다가 져 지금은 23세기 _

"야 ㅠ0ㅠ!! 정현민 너 죽을래??"

"흥 -_-^ 매니저란 게···."

그렇다. 저늠은 축구를 딥따시 잘하는 울 학교 에이스이다.

나?? 나는 매니저다. ㅠㅠ;; 이씽 _

그리고 오늘 ??

오늘은 참으로 슬픈날이다.

어제 우연히 이강이 따라 저놈 집 놀러갔다가 저놈 집의 파출부 로봇을 고장내 버려서 오늘부터 내가 직접 파출부 노릇을 해야 한다. 엉엉 ┬0┬

학교 꼭대기 층인 우리 하늘축구 동아리실로 들어와 빨래를 하려는데 한 놈이 튀어나온다. −_−

"달링 ~~~ ^0^ 이것 봐라 −0−~~ 내 몸 이쁘지? 이쁘지?? 이 근육 봐 근육."

"제발 쫌 −0−!!!"

"안 이뻐? −_−"

"아오!!"

저늠은 나랑 같은 반이자 짝궁이자 웬수 덩어리인 이강이 놈. 아아아악_!!

저 놈 때문에 매일매일 내 인생이 꼬여가고 있어!!

"오늘은 우리 달링이 집으로 오는 날. 랄라~♬ ^0^~"

"야 임마~ 빨랑 꺼져!!"

이렇게 나는 힘든 하루를 마치고 그놈들의 집으로 향하는 중이다. 에이씽 _

청승맞게 비도 오고 지랄이네!!

후두둑 _ 후두둑 _ 쏴아 _

으악_!!

펑펑 쏟아지네~!!!! 헉헉 -0-

가까스로 그 놈들 집 앞에 도착해 대문앞에 쭈구리고 앉았다.

그나마 지붕이 길어 비는 많이 안 들어오네. 고맙기도 하여라. ㅠ_ㅠ

저벅 저벅 꽈당 _!!

잉?? 모야??

조용히… 아주 살… 짝 -_-; 소리가 난 곳을 바라보았다.

검은 물체가 벽에 기대어 있다. 뭘까 -0-?

천천히 살금살금 도둑고양이 마냥 다가간 나 _

자세히 보니 사람이다!!

헉헉 -0-

……

피가 흐른다. 지나가던 깡패한테 두들겨 맞았나?

"저기요… 저기요~~ 정신 차려 보세요. ㅠㅠ"

스르륵 _

고개를 드는 사람은 남자다. _0_

새하얗게 질린 얼굴에 입술이 빨~ 갛네. 너무 이쁘게 생겼잖아!!

근데 왜 이렇게 갑자기 내 가슴이 아프지??

"저기… 정말 괜찮아요??"

"이제 찾았다. ^-^"

뭘? 날 알아??

"=_= 누구세요? 절 아세요?"

"아니 몰라. -_-"

"근데 뭘 찾나요? =_="

"몰라. 오랫동안 잃어버렸던 물건을 찾은 느낌이야."

무슨 말인지 모르겠지만 웬지 이 집, 이 자리에서 이런 상황을 겪어봤던 기분이 든다.

그리고 나 이 사람 처음 봤지만 웬지 울컥 하고 눈물이 날 것 같다.

내가 한참동안 그리워했던 것 같은 사람 _

아주 오래 전에 이 사람과 내가 사랑했는데 하나님이 질투해서 헤어지게 되어 그 엉켜있던 인연의 실이 이제야 풀린 게 아닐까 하는 생각이 든다.

나 이제 운명을 만난 건가보다.

난 운명을 믿으니까. ^-^···.

The end

어게인

초판 1쇄 인쇄 2003년 8월 11일 / 초판 1쇄 발행 2003년 8월 12일
지은이 야.내.꺼.자.까 (박신명)
펴낸이 박대용 / 편집, 기획 최선영 · 임혜란
인쇄 대정인쇄 / 출력 프레스파크

펴낸곳 도서출판 징검다리 / 등록 1998년 4월 3일 (제10-1574)
주소 서울시 마포구 합정동 426-1
전화 3143-1966 · 332-3880 / 팩스 3143-2757
e-mail zinggumdari@hanmail.net

ISBN 89-88246-59-4 (03810)